www.bbulmedia.com

Kerberos

켈베로스

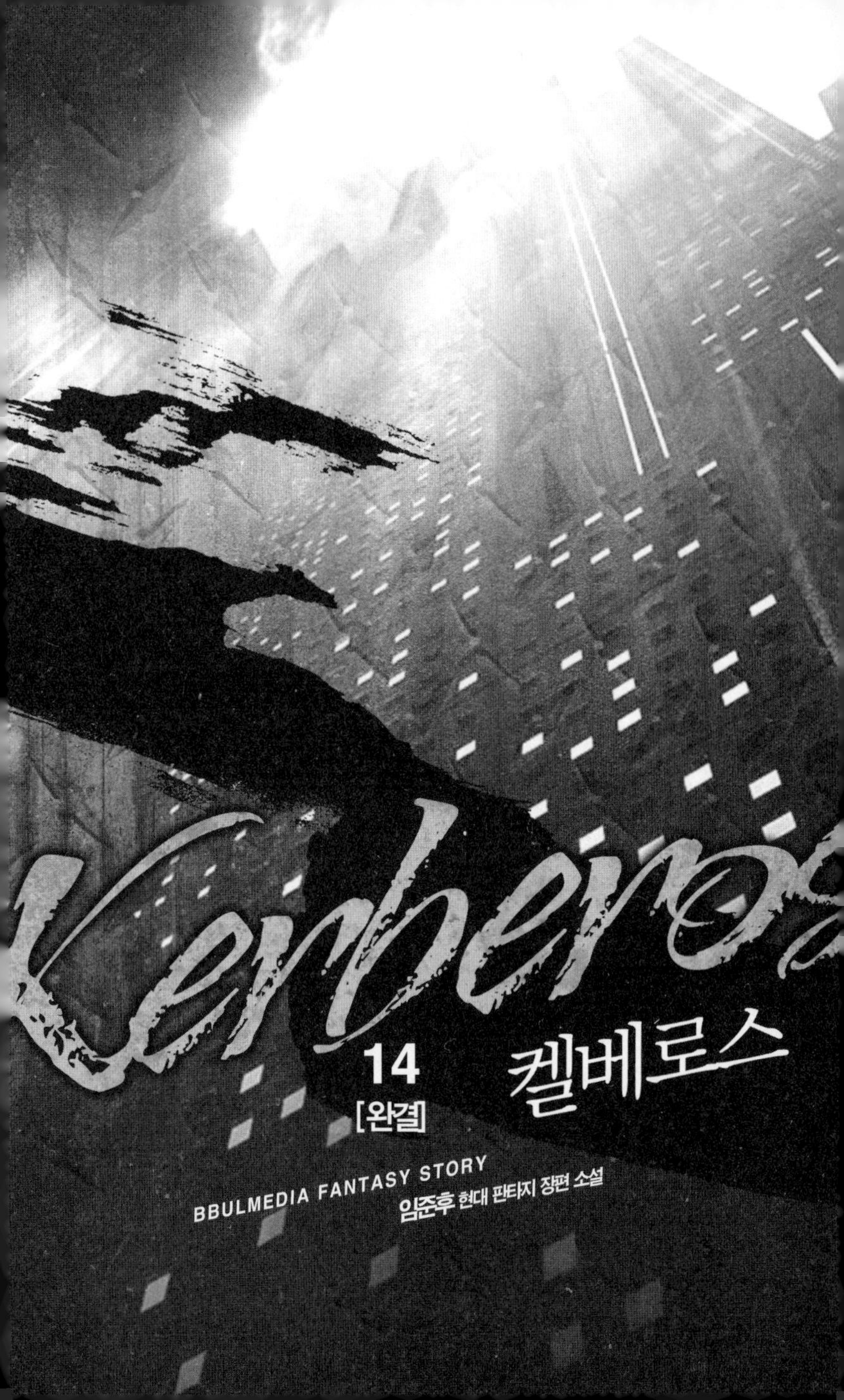
14
[완결]
켈베로스
BBULMEDIA FANTASY STORY
임준후 현대 판타지 장편 소설

목차

제1장

사방이 훤히 트인 너른 포도밭의 한복판에 자리 잡은 원두막.

　짚으로 만든 지붕을 얹은 원두막은 지어진 지 오래된 듯 세월의 흔적이 역력했다. 그리고 사면은 햇볕을 막기 위해서인 듯 댓줄기를 듬성듬성 엮어 만든 발이 쳐 있었다.

　발의 길이가 긴 편은 아니어서 안에 있는 사람들의 가슴 아래가 보였다. 먼저 눈에 들어오는 건 이마를 바닥에 대고 엎드려 있는 건장한 중년 남자였다.

　그의 앞에는 갈색의 마로 된 개량 한복을 입은 왜소한 체구의 남자가 앉아 있었는데 드러난 손등의 주름으로 보아 노인인 듯했다.

"광재야, '그자'가 정선에 들어온 흔적이 있느냐?"

강한 힘이 실린 맑은 목소리가 원두막 밖으로 흘러나왔다. 허리를 꼿꼿이 세우고 앉은 노인의 입에서 나온 음성이었다.

노인은 중년인, 안광재를 무심하게 바라보았다.

안광재는 이마를 바닥에 대고 있어 그의 정수리를 휘감고 있는 가마가 보였다. 그 옆에 원래 오른쪽 귀가 붙어 있어야 하지만 이제는 텅 빈 자리가 한눈에 들어왔다. 그의 귀는 불과 얼마 전 노인이 직접 베었다.

그것을 보는 노인의 눈에는 아무런 감정이 담기지 않았다. 일말의 미안함도, 연민도 깃들어 있지 않았다.

그는 어머니의 자궁을 떠난 이후로 타인과 정서적 공감대를 형성해 본 적이 한 번도 없는 사람이었다. 그건 대제자인 안광재도 예외가 아니었다.

안광재는 여전히 고개를 숙인 채로 대답했다.

"사제가 정예를 이끌고 수색 중이지만 아직 흔적을 발견했다는 보고는 없습니다."

노인은 고개를 끄덕였다.

"간단히 찾을 수 있을 거라고는 기대하지 않았다. 반세기가 넘는 세월 동안 세상을 속이고 숨어 다녔던 자다. 찾는 게 쉬울 리가 없지."

말을 흐리며 잠시 침묵하던 그가 다시 입을 열었다.

"살기가 솟구쳤던 지역에 대한 조사는 어떻게 되었느냐?"

"그 기운이 일어난 곳은 정선으로 향하는 일반국도로

추정됩니다. 그 지역은 약 2킬로미터에 걸쳐 주변의 나무와 풀들이 말라 죽어 있었습니다. 하지만 그곳은 인가가 없는 곳이라 목격자는 발견할 수 없었습니다."

노인의 눈빛이 깊어졌다.

"누군가를 떠올리게 만들 정도로 파괴적인 대살기였다. 그런 대살기는 수련을 통해 얻을 수 없다. 오직 자신의 손으로 수많은 생명을 끊은 자만이 얻을 수 있지."

톡톡…….

노인은 손끝으로 나무 바닥을 가볍게 두드리며 말을 이었다.

"지금 세상에 제 손으로 수만의 생명을 끊으며 대살기를 얻은 자는 존재하지 않는다. 수십, 수백을 죽인 자는 있어도 수만을 죽인 자가 있다는 얘기는 들어본 적도 없다."

"저도 그렇습니다, 스승님."

안광재도 동조했다.

노인이 말하는 '제 손으로'라는 의미는 맨손이나 냉병기를 사용해서 살생하는 것을 뜻했다.

대량 살상용 화기를 쓴 살생이 아닌 것이다.

화기를 사용해서 노인이 말한 '대살기'를 얻는 건 불가능했으니까.

그렇게 봤을 때 한 사람이 수만의 생명을 끊는다는 건 현실적으로 불가능했다.

일상에서는 당연히 불가능하고 전쟁터에서라도 한 명이 그 정도의 대학살을 벌이는 건 영화에서나 가능할 일이었다.

만약 그 정도의 살생을 한 인간이 있다면 그건 사람이 아니라 다른 존재, 신화 속의 악마라고 해도 이상하지 않을 것이다.

노인은 미간을 찡그리며 말했다.

"그런 대살기의 주인이라면 범상한 자일 수 없어. '그자' … 이시이 시로일 가능성이 아주 높다."

그의 시선이 안광재의 정수리에 꽂혔다.

"너는 이시이가 얼마나 잔혹한 자인지 아느냐?"

"제자는 그에 대해 연구한 자료만을 보았을 뿐이라 실감이 잘 나지 않습니다."

오랜 시간이 흐른 뒤였음에도 이시이 시로를 떠올리는 노인의 눈썹이 경련하듯 파르르 떨렸다.

그가 숨을 깊이 들이마신 후 말했다.

"그래, 그렇겠지. 이시이를 직접 겪지 않은 다음에야 어떻게 알 수 있을까. 종전될 때까지 그 부대가 죽인 사람의 수는 사십만 명이 넘었다. 그중에 이시이가 죽인 조선인과 중국인의 수가 만 단위를 가볍게 넘었지. 제 손으로 말이다."

그는 헛웃음을 흘리며 말을 이었다.

"맨손이나 몽둥이로 패 죽인 건 자비로운 거였다. 강간 중에 목을 졸라 죽이고, 독과 바이러스를 투여한 후 피실험자가 고통 속에서 죽어가는 것을 바라보며 와인을 마셨지. 임산부의 배를 가르고, 백일도 되지 않은 아이를 뜨거운 물에 삶은 후 사지를 떼어내며 살이 연하다고 웃었다.

공포를 즐긴 거지."

끔찍한 내용이었다.

노인의 볼살도 가늘게 떨렸다. 그러나 그 반응은 회상한 장면의 그로테스크함 때문이 아니었다.

그는 그 행위의 당사자를 떠올리며 흥분한 것이다.

"이시이 시로는 살육에 미친 자였다. 그는 사람을 개돼지보다도 못하게 여겼고, 그들을 죽일 때도 눈썹 한 번 찡그리지 않았다."

노인의 눈이 무서운 빛을 발했다.

"그자가 벌인 살육의 정점은 '혈륜'이었다. 세상의 초상능력자들은 수많은 사람의 생명력을 뽑은 후 그것을 피실험체에게 투여해 초상능력자를 만드는 과정으로 안다. 후후후. 그것이 '혈륜'의 일부에 불과할 뿐이라는 걸 아는 자는 이 세상에 나와 이시이뿐이다."

안광재는 자신도 모르게 고개를 들었다.

그가 '혈륜'에 대해서 언급한 적은 있지만 지금처럼 구체적으로 그 내용을 말하는 걸 들은 적은 없었다.

노인이 말을 이었다.

"종전 직전 이시이는 '혈륜'으로 초상능력자를 만들어낼 수 있는 1차 연구를 완성했다. 한 명의 초상능력자를 만들어내기 위해서 수백 명의 재료가 필요하고 성공 확률도 1퍼센트가 되지 않았지만 그는 전혀 개의치 않았다. 그리고 그는 2차 연구를 시작했지. 그것의 단서를 잡았을 즈음 이차대전이 끝났다."

"2차 연구라면 어떤 것이었는지요?"

평소의 안광재는 아무리 궁금한 것이 있어도 노인이 말해주기 전에는 질문을 하지 않았다. 하지만 이번에는 그도 질문을 참지 못했다. 그만큼 '혈륜'에 대한 호기심이 강렬했다.

"초상능력자를 창조하는 과정에서 재료로 쓸 타인의 생명력을 필요로 하지 않는 '혈륜'에 대한 것이다."

노인은 별다른 고민 없이 질문에 대답을 했다.

이시이 시로를 잡으려면 '혈륜'의 2차 연구에 대해 반드시 알고 있어야만 했기 때문이었다.

"예?"

안광재는 자신도 모르는 사이 반문했다.

이해할 수가 없었기 때문이다.

"무슨 말씀이신지 모르겠습니다."

노인의 눈빛이 심원해졌다.

"2차 연구는 '혈륜'에 투입할 생명력을 한 사람의 몸에 저장하는 것과 그것을 사용해서 '혈륜'을 돌리는 것에 대해서였다. 그런 저장소를 몸 안에 갖고만 있을 수 있다면 언제든 원하는 순간에 '혈륜'을 돌려 초상능력자를 만들어낼 수 있다고 생각한 것이다. 이시이 시로는 진정한 창조자를 꿈꾼 거지."

"그게… 가능한 것입니까……?"

"알 수 없다."

노인은 고개를 저었다.

"앞서 말한 것처럼 2차 연구가 기초 단계를 막 벗어났을 즈음 종전이 되었고 연구실은 폐쇄되었다. 연구자들은 뿔뿔이 흩어졌고, 자료도 사라졌다."

안광재는 의혹 어린 음성으로 물었다.

"이시이 시로가 전범 재판에 회부되지 않는 조건으로 미국에 넘긴 자료에는 그런 내용이 들어 있지 않았습니다. 공식적으로 사망하기 전까지 그는 그런 연구에 대해서 한마디도 언급하지 않았고요."

"미국은 이시이가 사망할 때까지도 그의 부대 내에서 실제로 어떤 연구가 진행되고 있었는지 아무것도 알지 못했다. 그것에 대한 정보를 입수한 후 CIA가 그를 잡으려고 했을 때는 이미 늦었지. 자신을 잡으러 올 것을 알고 있던 것처럼 때맞춰 저세상으로 가버렸으니까."

노인의 말에는 이시이가 미국의 정보기관을 피해 죽음을 가장하고 숨었다는 뉘앙스가 담겨 있었다.

안광재가 다시 물었다.

"스승님께서 제게 이렇게 자세하게 설명을 해주시는 건 이시이 시로가 '혈륜'의 2차 단계를 완성했다고 보시기 때문인 겁니까?"

노인은 고개를 저으며 말했다.

"그건 아니다. 그것의 완성은 불가능해. 퍼즐의 마지막 조각을 잃어버렸으니까. 그걸 찾으려고 이곳으로 오고 있는 것이고… 하지만 완성에 거의 도달했다는 건 분명하다."

그의 목소리가 스산해졌다.

"나는 이시이의 생존과 그가 '혈륜'을 계속 연구할 거라는 걸 믿었다. 그리고 아까의 대살기가 내 믿음이 사실이라고 확인해 주었다. 그것은 '혈륜'의 2차 단계가 막바지에 이르지 않는 한 얻을 수 없는 것이기 때문이다.”

“그럼 정말로 그 대살기의 주인이 이시이 시로라고 생각하신단 말씀입니까?”

“그렇다.”

노인은 확신에 찬 목소리로 대답했다.

그는 얼음처럼 차갑고 투명한 눈으로 안광재를 보며 말을 이었다.

“‘혈륜’의 2차 단계를 완성하기 위해서는 수만 명의 생명력이 필요하다. 그리고 그것을 숙성시키려면 겨울잠을 자는 곰처럼 긴 시간의 수면도 필요하고. 두 가지 조건이 충족되었을 때 ‘혈륜’을 구동시킬 수 있는 힘인 ‘대살기’를 얻을 수 있다.”

노인의 음성에 힘이 들어갔다.

“나와 이시이는 그 대살기에 ‘파천지력’이라는 이름을 붙였지. 우리 외의 다른 자가 ‘혈륜’을 완성한 것이 아닌 이상 이 세상에 파천지력의 주인은 둘이 있을 수 없다.”

으드득.

말을 하는 노인의 입술 사이로 희미하게 이를 가는 소리가 났다.

‘실험실을 탈출할 때 이시이에게 입은 상처로 인해 나는 혈륜의 2차 단계를 수행할 수 없는 몸이 되었다. 그렇지만 않았더라도… 으드득…….’

절로 이가 갈릴 수밖에 없는 기억이었다.

노인이 생각에 잠겨 있는 동안 고개를 숙인 안광재의 숨이 가빠졌다.

긴 세월 노인을 모셔왔다. 하지만 그의 모든 것을 알고 있지는 못했다. 노인은 비밀이 많은 사람이었고, 자신과 그것을 나누려 하지 않았다.

그렇다고 안광재가 그의 비밀에 대해 아무것도 모를 수는 없었다. 그러기엔 너무 많은 노인의 명령을 수행하며 살아온 사람이었으니까.

그는 노인이 말하지 않은 과거의 신분을 어렴풋하게나마 추측하고 있는 상태였다.

문제는 그 과거의 신분과 스승의 현재 신분 사이에 넘기 힘든 간극이 있다는 것이다. 좁히기 너무나도 어려운 간극이어서 안광재는 지금까지 확신하지 못했다.

그런데 지금 노인은 그가 추측하고 있던, 베일에 싸인 과거의 신분이 사실이라고 우회적으로 인정하는 얘기를 한 것이다.

이시이 시로와 함께 혈륜의 모든 연구 과정에 참여했다고 알려져 있는 인물은 이 세상에 오직 단 한 명뿐이었다.

가네무라 슈이치, 바로 그였다.

노인이 냉엄한 어투로 물었다.

"놀랐느냐?"

안광재는 다급하게 이마를 바닥에 댔다.

"죄송합니다, 스승님."

"그와 나 사이에는 설명하기 곤란한 사연이 많이 있다. 그렇게만 알고 있거라."

노인의 음성은 무서울 정도로 엄숙했다.

더는 호기심을 허락하지 않겠다는 의지가 강하게 담긴

목소리였다.

긴장한 안광재의 이마에 식은땀이 송골송골 맺혔다.

"예, 스승님."

노인은 보일 듯 말 듯 고개를 끄덕이며 말을 이었다.

"'혈륜'의 완성에 대한 이시이 시로의 집착은 광적인 것이었다. 절대로 그것을 포기할 리 없다. 그런 그가 종전 후 지금까지 조용히 숨죽이고만 살았을까? 천만에, 그는 세상에 드러나지 않았을 뿐 '혈륜' 연구를 지속했을 것이다. 그것의 재료로 사용되어 죽어간 자들의 수가 몇천 단위에 그치지도 않았을 것이고."

그는 잠시 침묵하며 밭 너머로 보이는 야산의 풍광을 돌아보았다. 선선한 바람이 나뭇잎들을 흔들고 지나가고, 작은 새들이 이리저리 날아다녔다.

한가로운 풍광이었다.

그가 말했다.

"이시이의 주변에 '혈륜'으로 만들어낸 마리오네트들이 있을 것이다. 그의 종적을 발견하면 거리를 유지하며 즉시 보고하라고 전하거라. 절대 들켜서는 안 된다. 그 순간 죽을 테니까."

"알겠습니다, 스승님."

"그자를 찾는 것에 집중하거라. 다른 자들은 그에 비하면 하잘것없다."

"암왕의 후인들을 찾는 전력까지 이쪽으로 돌리라는 말씀이신지요?"

"이시이를 찾을 때까지 그들에 대한 정보는 태양회의

조력자에게 맡기겠다. 크게 신경 쓰지 않아도 될 것이다. 어차피 이시이를 찾는 도중에 그들을 보게 될 테니까."

"알겠습니다, 스승님."

안광재는 자리에서 일어나 원두막을 나섰다.

노인은 부채질을 하며 멀어져 가는 제자의 등에 시선을 주었다. 하지만 깊게 가라앉은 그의 눈이 보고 있는 건 제자의 등이 아닌 다른 사람의 그림자였다.

오랜 동안 보지 못한 옛 상급자이자 동료이며 또한 원수이기도 한 누군가의 얼굴을 떠올리는 그의 눈 깊은 곳에 스산한 살기가 뱀처럼 똬리를 틀었다.

                  *   *   *

드르륵 드르륵.

승용차의 뒷좌석에 앉아 차창 밖으로 빠르게 멀어져 가는 강원도의 풍경을 바라보며 생각에 잠겨 있던 모용산은 호주머니에서 진동하는 휴대폰을 꺼냈다.

그가 통화 버튼을 누르자 이제는 익숙해진 여인의 목소리가 귀를 파고들었다.

[당주님, 시은이에요.]

"무슨 일이십니까?"

모용산의 목소리는 듣는 것만으로도 정이 떨어질 정도로 차갑고 무뚝뚝했다.

[정선으로 가고 계시는 거 알아요. 다시 생각해 주셨으면 해서 전화드렸어요.]

"20분만 더 가면 정선입니다, 강 샤오지에[小姐]."

[중요한 일은 저와 협의하고 결정하기로 약속하셨잖아요. 이렇게 독단적으로 행동하시는 건 우리 사이의 신뢰를 저버리는 거예요.]

시은의 음성은 화가 난 것처럼 높았다. 그러나 모용산은 그녀가 지금 화를 내고 있지 않다는 걸 잘 알고 있었다. 그녀의 언성이 높은 건 그와 부하들을 걱정하고 있기 때문이었다.

그가 여전히 무뚝뚝한 음성으로 말했다.

"이렇게 말씀하실 것 같아서 얘기하지 않은 겁니다."

한 치도 흔들림 없는 목소리였다.

그의 말을 받는 시은의 말투가 변했다.

[당주님과 부하분들의 실력을 의심하는 건 아니지만 정선은 용담호혈이 되어가고 있어요. 앙천에 뒤떨어지지 않는 조직과 강자들이 모인다는 정보가 들어왔어요. 적천휴를 요격 중에 어떤 일이 발생할지 예측이 힘들 정도예요. 당주님, 생각보다 희생이 커질 가능성이 너무 많아요.]

모용산은 지그시 눈을 감았다.

기계에 불과한 휴대폰이지만 전파 너머에 있는 강시은의 얼굴이 손에 잡힐 듯 떠올랐다.

"마음 써주시는 건 감사합니다. 하지만 화살은 이미 시위를 떠났습니다. 되돌릴 수 있는 일이 아닙니다. 나와 부하들의 마음의 준비도 끝난 상태고 말입니다."

[하아…….]

가늘고 긴 한숨 소리가 들려왔다.

모용산은 시은이 앞에 있다면 손을 들어 어깨를 다독여주고 싶다는 생각을 했다.

한국에 들어온 후 그는 강시은의 전폭적인 지원을 받으며 앙천을 추적해 왔다. 이 나라는 작고 좁은 나라였지만 앙천의 인물들을 추적하는 게 얼마나 어려운지 그는 잘 알고 있었다. 그건 그들이 이 나라의 어둠을 지배하고 있는 태양회와 긴밀한 협조 관계이기 때문이었다.

태양회의 눈을 피해 앙천을 추적하는 건 진혼을 이끄는 시은이 아니라면 불가능했다. 그래서 그는 자신을 돕는 그녀에게 깊이 감사하고 있었다.

모용산은 낮은 목소리로 말했다.

"미안하오."

차분하지만 흔들림 없는 의지가 담겨 있는 목소리였다.

시은은 그의 뜻을 바꿀 수 없다는 걸 절감했다.

[당주님, 제이슨에게 연락해 보세요. 지금 정선에 들어가 있어요. 그가 혁이와 선을 댈 수 있도록 조치를 해줄 수 있을 거예요.]

모용산의 어투가 살짝 변했다.

"혁? 이혁 말입니까?"

[예, 혁이도 정선에 있어요. 말을 잘 듣지 않는 동생이기는 하지만 지금 상황이 간단하지 않으니까 그도 당주님 일행을 외면하지는 않을 거예요. 강자가 너무 많고 혁이는 혼자니까요. 그와 보조를 맞춘다면 적천휴를 잡을 때 희생을 줄일 수 있을 거예요, 당주님.]

"고맙소, 강 샤오지에."

[그런 말씀 마세요. 무사하기만 하세요.]

"노력하겠소."

전화가 끊겼다.

손에 든 휴대폰을 물끄러미 내려다보는 모용산의 눈가에 희미한 미소가 번졌다.

시은은 이런 시기가 아니었으면 목숨을 걸고 쫓아다닐 만한 가치가 있는 여자였다.

"강 샤오지에와 같은 미녀의 걱정 속에 전장으로 향하는 기분도 그리 나쁘지는 않군. 죽어도 한은 남지 않겠어, 후후후."

그는 낮게 웃으며 창밖으로 시선을 돌렸다.

*　　　　*　　　　*

미하리는 평창군 미탄면에 속해 있는 동강 가의 마을이다. 민물고기 생태관이 있고 주변 풍광이 아름다워서 관광객들이 많이 찾는 곳이다.

이 마을에 있는 기화천은 동강으로 흘러들어 가는 하천으로 인근 양식장에서 탈출(?)한 송어가 많았다. 하천을 따라 걷다 보면 송어를 잡기 위해 먼 곳에서 온 낚시꾼들도 간간이 볼 수 있었다.

서편으로 기울어가는 노을을 배경으로 낚시꾼 복장을 한 건장한 사내 둘이 개천가에 마주 앉아 소주잔을 기울이고 있었다.

안주는 푸짐하게 쌓여 있는 송어회였다.

갓 잡아 회를 친 듯 젓가락에 잡혀 올라오는 살점에 싱싱한 윤기가 흘렀다.

고추장을 잔뜩 묻힌 회 서너 점을 한꺼번에 입에 욱여넣은 박철규가 술병을 들어 타케시의 앞에 놓인 빈 종이컵에 술을 가득 따랐다.

그가 이곳에 술과 송어회를 들고 도착한 건 방금 전이었다.

타케시는 혼자 낚시 중이었다.

물론 바늘에는 미끼가 걸리지 않았고, 주변에는 타이료 오바타 대원들이 삼엄한 경계 태세를 유지하며 은신하고 있었지만.

박철규가 입을 열었다.

"드시죠."

정중하면서도 어딘가 주눅이 든 듯한 어투.

본래 박철규는 안하무인에 가까울 정도로 오만한 성격이었다. 하지만 이혁에게 죽기 직전까지 몰리는 경험을 한 후로는 소심하다고 느껴질 만큼 조용하고 겸손한 성격으로 바뀌었다.

타케시는 술을 한입에 털어 넣었다. 입안의 씁쓸했던 느낌이 소주의 쓴맛에 쓸려 내려갔다.

기분이 한결 나아진 타케시가 박철규를 아래위로 훑었다. 좌절을 겪은 사람의 그것으로는 보이지 않는 강한 눈빛이었다.

"상처는 다 나은 모양이군요."

"덕분에……."

박철규는 타케시의 시선을 슬쩍 비끼며 말을 이었다.

"지원이 늦어 큰 피해를 입으신 것에 대해 심심한 위로의 말씀과 더불어 타케시 상을 적극적으로 도우라는 아버님의 지시가 있었습니다."

"고마운 말씀이오."

타케시는 입이 썼다.

그는 이혁과 헤어지고 나서도 30분 후에야 태양회에서 지원 온 전투 요원들을 만날 수 있었다. 하지만 그때는 이미 상황이 종료된 뒤였다.

되돌아간 현장에서 그가 본 것은 백여 명에 달하는 정체를 알 수 없는 자들의 갈기갈기 찢어진 시체와 피 웅덩이뿐이었다.

그는 태양회가 일부러 게으름을 피웠다고 생각하지는 않았다. 그들의 지원이 제때 왔다고 해서 상황을 바꿀 수 있었을 거라는 생각도 들지 않았다.

그 여자 몬스터(?)는 진정한 괴물이었으니까.

그래도 타이밍이 맞지 않아 그가 한 몸처럼 아끼던 부하들을 잃은 것에 대한 아쉬움은 가시지 않았다. 그러니 태양회에 대한 감정이 좋을 수는 없었다.

현장을 떠난 그는 태양회 요원의 안내를 받아 미하리로 온 후 즉시 미국의 본가에 전후 사정을 보고하는 한편, 타이료오바타 대원 전부의 출동을 요청했다.

동시에 만약을 대비해 서울에 남겨두었던 두 명의 대원도 모두 이곳으로 불러들였다.

박철규가 술을 한 모금 마신 후 입을 열었다.

"이미 알고 계시겠지만 상황이 변했습니다. 슈이치가 정선에 있다는 정보 때문에 강자들이 강원도로 몰려들고 있습니다."

타케시는 고개를 끄덕였다.

미국의 본가에 보고할 때 그도 들었던 얘기였다.

박철규가 말을 이었다.

"할아버님께서는 믿을 만한 정보이니 당분간 이혁에 대한 조치는 뒤로 미루고 슈이치를 먼저 찾으라고 하셨습니다. 하지만 행동하기 전에 타케시 상의 생각은 어떤지 의중을 먼저 확인하라고 하셨습니다."

타케시의 눈빛이 깊게 가라앉았다.

"내 뜻이 다르다면?"

박철규는 빙긋 웃었다.

"타케시 상의 뜻을 따르라고 하셨습니다."

타케시의 입가에 보일 듯 말 듯한 미소가 떠올랐다가 사라졌다. 비웃음이었다.

자신의 빈 잔에 술을 따르느라 박철규는 그 미소를 보지 못했다.

사정을 모르는 사람이 듣는다면 박씨 가문의 수뇌부가 포용력이 넓다고 생각했겠지만 타케시에게는 그렇지 않았다.

박철규의 대답은 예상했던 것이었다.

그가 아는 박태호와 박대섭은 온몸이 욕망으로 가득 차 있는 인물들이었다.

타케시의 뜻을 우선할 이들이 결코 아니었다.

그럼에도 그들이 박철규에게 그의 뜻을 따르라는 지시

를 내린 건 지금 상황에서 그가 다른 선택을 할 수 없다는 것을 알고 있기 때문이었다.

일종의 말장난인 것이다. 하지만 태양회의 입장에서는 필요한 발언이기도 했다.

현재 타케시의 일거수일투족은 미국의 본가에 보고되고 있었다.

주변에 은신해 있는 카야데와 하야오는 타이료오바타 대원이었지만 그의 부하이기보다는 할아버지인 리쿠의 사람에 가까웠다.

앞서 여자 몬스터의 손에 죽은 하루쿠를 비롯한 세 사람은 타케시의 모든 것을 상부에 보고해 왔다. 그러니 지금 박철규와 그의 만남도 미국의 본가에 보고되는 게 당연했다.

그러니 가벼운 대화를 나누는 듯한 이 자리도 공식적이라고 봐야 하는 것이다.

원하는 것이 있을 때는 말장난도 필요하다.

그는 태양회의 수뇌부가 이렇게 나오는 이유가 짐작이 갔다. 그들은 손 안 대고 코를 풀고 싶은 모양이었다.

타케시가 그들 대신 총대를 메고 싸워주기를 원하는 것이다.

'노회한 자들······.'

타케시는 자신을 손바닥 위의 손오공에 불과하다고 생각하는 양측의 수뇌부들에게 짜증이 났다. 하지만 내색은 하지 않았다.

'언젠가는······.'

자신이 꿈꾸는 날을 위해 지금은 연기를 해야 할 때였다.

얼굴에서 표정을 지운 그가 입을 열었다.

"내 생각 또한 그분들의 것과 다르지 않소. 이혁을 잡으려고 했던 것도 그가 가네무라의 소재에 대한 단서를 알고 있을 것이라는 의심 때문이었으니까. 그의 소재가 정선이라는 확실한 정보가 있는 이상 급하게 이혁을 잡아야 할 이유는 사라졌소."

"그렇습니다, 타케시 상."

고개를 돌려 잔잔한 하천의 수면을 바라보던 타케시가 물었다.

"가네무라가 있다고 알려진 장소에 대한 구체적인 정보가 있소?"

타케시의 질문에 박철규는 상의 안주머니에서 미리 준비한 지도를 꺼내 바닥에 펼쳤다.

강원도 전체가 세밀하게 그려진 지도였다.

그가 지도상의 한 지점을 짚으며 입을 열었다.

"이곳은 사북이라고 하는 곳입니다. 우리나라의 행정 체계로는 읍에 속하죠. 들어보셨는지 모르지만 이곳에는 강원랜드라는 카지노가 있습니다."

타케시는 미간을 좁혔다.

한 번에 기억날 정도는 아니었지만 처음 듣는 카지노는 아니었다.

도박에는 취미가 없는 그가 들어본 적이 있는 이름이었으니 꽤나 잘 알려진 곳일 터였다.

박철규가 말을 이었다.

"윗분들은 가네무라가 사북읍 어딘가에 은신해 있다고 확신하고 계십니다."

"정확한 장소가 어디인지는 모른단 말이로군."

"현 시점에서는 그렇습니다. 하지만 사북은 좁은 곳입니다. 본 회의 모든 전력이 그곳을 중심으로 정선 지역을 이 잡듯이 뒤지고 있습니다. 조만간 그의 행방에 대한 만족스러운 소식을 얻을 수 있을 겁니다."

타케시는 덤덤하게 웃었다.

그는 박철규의 말을 믿지 않았다.

사북 지역은 좁아도 강원랜드 때문에 1년 내내 관광객들이 끊이지 않는 곳이었다.

이곳에서 동양인인 가네무라에게 관심을 갖는 사람은 아무도 없을 터였다.

대도시에 비할 수 없는 시골이었지만 낯선 사람에게 관심을 기울이는 전통적인 의미의 시골과는 거리가 먼 지역인 것이다.

박철규가 타케시의 기색을 조심스럽게 살피며 말했다.

"타케시 상이 필요로 하는 모든 것을 지원할 준비가 되어 있습니다. 언제쯤 움직이실 생각이신지……?"

타케시는 종이컵에 넘칠 정도로 술을 따른 후 단숨에 들이켰다. 잔을 내려놓은 그가 입을 열었다.

"두 시간 내로 본가의 지원이 도착할 거요. 그때 움직일 생각이오."

박철규의 얼굴에 아쉬워하는 기색이 떠올랐다.

"결례가 될지도 모릅니다만, 좀 더 일찍 움직이실 수는 없습니까? 본 회의 특급 전투 요원들을 원하시는 만큼 지원해 드릴 수 있습니다."

타케시는 무표정한 얼굴로 고개를 저었다.

"조금 늦더라도 준비를 완벽하게 하고 움직이는 게 낫다고 생각하오. 만약 내가 산중에서 만났던 것과 같은 괴물을 정선에서 만난다면… 그때 우리의 대비가 어설프다면 결과는 전멸밖에 없소."

박철규의 얼굴이 굳어졌다.

그는 타케시를 저 정도로 긴장하게 만든 존재가 궁금해서 미칠 지경이었다. 하지만 직접 그 괴물을 만나지 않는 한 답을 얻을 방법이 없었다.

"알겠습니다, 위에는 그렇게 보고하겠습니다."

"배웅은 하지 않겠소. 두 시간 후에 봅시다."

"예."

자리에서 일어나 그에게 인사하는 박철규에게 고개를 끄덕여 보인 후 타케시는 낚싯대를 잡았다.

그는 눈을 감았다.

머릿속이 복잡했다.

가화천은 말없이 흘렀다.

미끼를 물리지 않은 찌가 물결을 따라 조금씩 흔들리는 게 보였다.

저것으로 고기를 잡을 수는 없다.

타케시가 낚으려는 건 시간이었다.

제2장

서쪽 하늘이 조금씩 붉은빛으로 물들었다.

바쁜 하루가 지나가고 있었다.

5일장으로 유명한 정선 아리랑 시장은 한가했다.

시간이 늦어서는 아니었다.

정선장은 끝자리가 2, 7일과 토요일에 장이 서는 데 오늘은 해당 사항이 없어 장이 서지 않는 날이기 때문이었다.

이혁은 도로를 사이에 두고 정선장터를 마주 보고 있는 길가의 슈퍼마켓 부근에 있었다.

정확히 말하면 슈퍼 앞에 설치된 파라솔 밑의 의자에 다리를 쭉 뻗고 앉아 있었다.

그는 갈색의 7부 카고 바지에 헐렁한 회색 반팔티를 입고 간편한 슬립온을 신고 있었다.

짙은 선글라스까지 쓰고 플라스틱 의자에 등을 깊게 묻은 채 캔커피를 홀짝거리는 그는 영락없이 관광하다가 잠시 쉬는 듯한 모습이었다.

흔한 차림이었지만, 그는 자석처럼 사람들의 시선을 잡아끌었다.

그건 다비드 조각상이 무색하리만큼 균형이 잘 잡힌 그의 8등신(?) 몸매 때문이었다. 드러난 팔다리의 근육은 프로 보디빌더처럼 크고 웅장하지는 않았다. 그러나 그들이 꿈도 꾸지 못할 정도로 단단했고, 고무공처럼 탄력이 있었다.

스포츠형보다 조금 더 긴 헤어스타일로 인해 드러난 그의 선이 굵은 얼굴도 흔히 볼 수 있는 생김새는 아니었다.

장이 서지 않는 날이지만, 관광객은 적지 않아서 슈퍼 앞의 거리에는 오가는 사람들이 많았다.

그중에 젊은 여자도 꽤 되었는데 그녀들은 약속이라도 한 듯 이혁을 힐끔거리며 지나갔다. 개중에는 아예 노골적으로 그를 쳐다보며 눈을 맞추려는 여자도 여럿 있었다.

이혁이 선글라스를 내리고 윙크라도 했다면 당장에라도 달려올 것 같은 태도였다.

물론 이혁은 그런 여자들에게 시선도 주지 않았다, 그가 이곳에 있는 건 걸 헌팅을 위해서가 아니었으니까.

커피를 마시던 이혁의 시선이 정선장터의 앞에서 관광객 사이에 섞인 채 머뭇거리는 중년의 외국인을 향했다.

그 외국인은 무척이나 난감한 표정으로 이혁과 주변의

거리를 두리번거리고 있었다.

그는 피식 웃으며 외국인을 향해 힘차게 손을 흔들었다, 그리고 목청껏 소리쳤다.

"제이슨, 거기서 뭐합니까! 이리 와요!"

근처를 지나가던 사람들이 화들짝 놀라 돌아볼 정도로 큰 목소리였다.

제이슨은 인상을 와락 쓰며 고개를 푹 숙였다.

한숨이 절로 나왔다.

'으휴, 아주 나 여기 있다고 광고를 해라! 가뜩이나 제정신이라고 생각할 수 없는 짓을 쉬지 않고 벌이고 있어서 본부에서 진짜 미친놈 아니냐고 의심하는 상황인데, 진짜 욕을 안 하려고 해도 안할 수가 없네!'

산전수전 공중전에 백병전까지, 스파이 세계에 몸담은 30여 년 동안 온갖 위험한 상황을 다 겪으며 살아왔다고 자신하던 그도 지금은 신경이 곤두서고 심신이 위축될 만큼 이곳은 위험했다.

그가 생각할 때 아무리 양보해도 저렇게 소리를 질러댈 상황은 결코 아닌 것이다. 물론 이혁은 동의하지 않을 의견이었고.

청색 신호가 들어오는 것까지 다 기다리며 횡단보도를 건넌 제이슨이 털레털레 걸어와 이혁의 맞은편 의자에 털썩 소리를 내며 앉았다.

이혁은 그사이 하나 더 사서 탁자 위에 올려놓았던 캔 커피를 제이슨의 앞으로 밀었다.

"드세요. 좋아하시는 에티오피아 하라 원두만큼은 못되

지만 그래도 적당히 목을 축일 만은 합니다."

틱!

제이슨은 인상을 쓰며 캔커피의 뚜껑을 따고 벌컥거리며 마셔댔다. 지금 기분이 굉장히 좋지 않다는 아우라가 온몸에서 뿜어져 나오는 몸짓이었다.

이혁은 피식 웃으며 입을 열었다.

"제이슨, 그냥 마음 비우세요. 나는 할 수 있어도 제이슨은 죽었다가 깨어나도 저놈들의 눈을 피하지 못합니다."

이혁의 말에 언급된 자들은 눈에 보이는 이들이 아니었다. 그런 자들이 감시를 했다면 역으로 제이슨이 그들을 데리고 놀았을 것이다.

제이슨이 눈을 껌벅이며 말을 받았다.

"이야, 며칠 못 봤을 뿐인데 그사이 자기 얼굴에 금칠하는 법을 배운 거야?"

이혁은 웃으며 말을 받았다.

"하하하, 금칠이 아니라 있는 그대로의 사실입니다. '리얼'이라고 하죠."

"그래, 자네 잘났네, 젠장."

이혁은 장난스럽게 자신의 캔커피를 제이슨의 그것에 술잔 부딪치듯 가져다 댔다.

"어쨌든 기분 푸세요. 저놈들한테 화내봐야 제이슨만 손해입니다."

"켄, 내가 그걸 모르는 거 같은가? 그냥 내가 이 계통 경력이 몇 년인데 저런 애송이들 눈도 피하지 못하는 현실이 억울해서 기분이 나쁜 거야."

제이슨은 정말 억울한 듯 한숨까지 푹푹 내쉬며 한탄을 했다.

이혁은 빙그레 웃으며 말을 받았다.

"겉모습만 사람과 같을 뿐 내용물은 외계인이나 다름없는 놈들입니다. 제이슨이 능력 비교를 할 대상이 아니에요, 흐흐흐. 그러지 마시고 푹 젖어 있던 타성에서 벗어날 기회를 주는 놈들이라고 생각하세요. 은퇴가 얼마 안 남았잖습니까. 언제 또 이런 시절을 살겠어요? 스파이 새내기 시절처럼 풍성한 스릴과 긴장을 맛보게 해주는 놈들이라고 생각하십시오."

"나를 지켜보는 재미가 쏠쏠한 거 같군그래."

"아예 없다는 말은 못하겠습니다, 하하하."

이혁은 유쾌하게 웃었다.

"아주 신이 났군, 쩝."

제이슨은 혀를 찼다.

이혁이 화제를 바꾸어 지나가는 어투로 물었다.

"여기 사정은 어떻습니까?"

제이슨이 턱짓으로 거리의 사방을 가리키며 대답했다.

"저 자식들을 보면서도 묻나? 좋지 않아."

그의 턱짓이 향하는 곳마다 체격이 건장한 젊은 남자들이 서성거리고 있었다. 짧은 옷 때문에 드러난 팔다리는 온갖 형태의 문신으로 가득했고, 눈빛도 사나웠다.

관광객으로 보이지 않는 사람들이었다.

특이하게도 그들은 노골적으로 이혁과 제이슨을 힐끔거

리고 있었고, 그런 행동을 감추려고도 하지 않았다.

"저 친구들 이곳 토박이들 같은데, 누가 동원한 겁니까?"

"이자룡."

짤막하게 대답한 제이슨이 투덜거리는 어투로 말을 이었다.

"잭팟파인가 하는 동네애들 모임에 속한 놈들이야. 한국말로 똥인지 된장인지 가리지도 못하는 떨거지들이지. 쟤들은 자기들이 누굴 감시하고 있는지, 이곳에서 무슨 일이 일어나고 있는지 아무것도 몰라. 이자룡의 지시를 받은 윗놈이 시키니까 나와서 자네를 지켜보고 있는 것일 뿐이야."

"태양회가 머리를 썼군요."

이혁의 말에 제이슨이 고개를 끄덕였다.

"태양회에서 이자룡을 움직여서 토박이 건달 녀석들을 대거 동원했어, 노림수야 뻔하지."

그는 인상을 쓰며 말을 이었다.

"저런 애들이 오히려 처리하기 더 성가시잖아. 툭 치면 죽어나갈 정도로 매가리 없는 약골이라 능력자들이 손쓰기도 껄끄럽고, 엄살이 심한 놈들이라 다치거나 죽기라도 하면 바로 소문이 정선을 뒤덮겠지."

이혁이 말을 받았다.

"저놈들 중에서 사상자가 몇이라도 나면 태양회는 당장 권력기관을 동원해서 정선 전역에 비상을 걸고 경찰력을 대대적으로 투입시킬 겁니다."

"그러고도 남을 놈들이지."

말을 받으며 청년들에게 시선을 돌리는 제이슨의 눈에 연민이 기색이 어렸다.

선글라스를 벗은 이혁도 제이슨을 따라 고개를 돌려 청년들을 보았다.

그들 중 이혁과 눈이 마주친 남자들이 약속이라도 한 것처럼 씩 웃으며 침을 뱉었다.

제이슨과 이혁은 서로를 보며 혀를 찼다.

청년들은 이혁과 제이슨이 자신들을 어떤 시선으로 보고 있는지 아마 상상도 하지 못하고 있을 것이다.

제이슨이 투덜거리며 말을 이었다.

"쟤들이 다가 아니야."

"더 있습니까?"

"잭팟파라고 해야 여기 없는 애들까지 다 합쳐도 30명 정도에 불과해. 능력자들을 귀찮게 할 수는 있어도 큰 역할을 하기는 불가능한 숫자지. 그 정도는 태양회나 이자룡도 알지 않겠어? 그래서 이자룡은 강원도 전역에 있는 꼬마들 소집령을 내렸어. 오늘 중으로 적어도 1천 명은 정선에 들어올 거야."

"1천이요? 허……."

이혁은 감탄했다.

"이자룡이 강원도에 있는 조직들에게 그 정도의 영향력을 행사할 수 있습니까?"

"그에게 복종하는 관계는 아니지만, 누가 그의 부탁을 거절할 수 있겠나. 자네 같은 사람들 눈에야 차지 않겠지만, 그래도 그는 서울의 밤을 지배하는 거물이야. 강원도 시골 조직들이 눈치를 보는 건 당연한 거라고."

"그래도 좀 이상한데요? 이자룡은 지장보다는 맹장 스타일의 보스라고 알려진 자이잖습니까. 이건 잔머리 굴려서 나온 전술이라, 아무리 봐도 그의 발상일 거 같지 않은데 누구 머리에서 나온 겁니까?"

"훗, 사실 나도 자네와 의견이 같아. 그래서 좀 알아봤지. 누구 머리에서 나온 건지는 몰라도 분명 이자룡 측의 전술은 아니야. 태양회에서 부탁을 해서 그가 실행을 맡은 것뿐이라고 하더군."

그렇게 말을 들어서 그런지 청년들의 수가 불어나는 것처럼 느껴졌다.

실제로도 청년들 숫자는 빠르게 늘고 있었다.

그들을 돌아보는 이혁의 미간에 주름이 잡혔다.

"태양회가 사건을 조작할 수도 있겠군요."

"내가 우려하는 것도 그거라네."

제이슨은 조금 난감해 하는 얼굴로 말을 이었다.

"지역 조폭들이 정선으로 몰려들고 있다는 첩보가 경찰과 검찰에 이미 들어갔네. 건달들 뒤를 따라 사복형사들까지 이곳으로 오고 있고."

제이슨이 턱짓으로 거리 이곳저곳을 가리켰다.

이번에 그가 가리킨 곳에는 삼, 사십대로 보이는 후줄근한 남자들이 두어 명씩 짝을 이루고 청년들을 힐끔거리고 있었다.

나름 잠복을 하는 걸 테지만, 제이슨의 얘기를 듣고 보니 한눈에 형사라는 것을 알 수 있었다.

제이슨이 피식 웃으며 말했다.

"봤지? 서울의 경찰 본청도 이곳을 예의 주시하고 있고, 강원 경찰청과 정선 경찰서는 내부적으로 이미 비상이 걸린 상태야. 이 와중에 만약 저 친구들 몇이 크게 다치거나 죽으면 상황이 어떤 식으로 전개될지 불을 보듯 뻔한 일이 아니겠나."

"아예 작정하고 타이밍을 재고 있을 수도 있겠군요."

"가능성이 크지. 문제는 예측하면서도 그걸 막을 마땅한 방법이 없다는 거라네. 빌어먹을……."

이혁은 입맛을 다셨다.

태양회가 무엇을 노리는지 감이 잡혔다. 하지만 제이슨의 말처럼 손을 쓰기가 난감했다. 그들은 정부와 언론, 민간의 모든 영역에 거쳐 막강한 영향력을 구축하고 있는 조직이었다.

몇 사람의 힘으로 그들을 막는 건 쉽지 않았다.

물론, 이혁과 제이슨은 평범한 사람이 아니기에 그들의 시도를 좌절시킬 가능성이 있었다. 그러나 지금은 아니었다. 시간이 없는 것이다.

제이슨이 말을 이었다.

"그나마 다행인 건 이 지역에 관광객과 외국인들이 많이 찾는 강원랜드가 있다는 거지. 보는 눈이 많아서 막무가내로 일을 저지르기는 어려울 거라고 생각하네."

"태양회가 가네무라 슈이치의 소재가 분명하게 파악될 때까지 기다릴 거라는 겁니까?"

이혁의 질문에 제이슨이 고개를 끄덕이며 대답했다.

"나는 그렇게 생각하네."

입안이 마른 듯 그는 커피를 한 모금 마신 후 말을 이었다.

"내가 능력자들의 머릿속에 들어갔다 나온 건 아니지만 다들 가네무라 슈이치의 정보를 흘린 사람이 그 자신일 거라고 추측하고 있을 거라고 보네. 자네도 그렇지?"

이혁은 고개를 끄덕였다.

"첨부되었다는 불멸인자 연구 자료를 생각하면 그 외의 다른 가능성은 없다고 봐야겠죠."

"지금의 판을 벌이기 시작한 사람은 자네지만 가네무라의 소재를 정말 알고 그런 건 아니었어. 그런데 황당하게도 그가 정말로 무대 위에 등장해 버린 거야. 대체 왜 그는 반세기가 넘는 은거를 깨고, 그것도 이 시점에 느닷없이 튀어나온 걸까?"

제이슨의 눈이 차갑게 번뜩였다.

그의 질문은 이혁도 하고 있는 고민이었다. 가네무라 슈이치의 소재에 대한 정보가 능력자 조직의 수뇌부에 동시다발적으로 뿌려졌다는 이야기를 접하고 나서부터 의문을 품었다.

그동안 가네무라가 살아 있을지도 모른다는 건 단지 가정에 불과했다.

반세기가 넘는 동안 아무도 그의 생존을 확인한 사람이 없었기 때문이다.

여러 가문과 조직들은 이혁이 던진 단서를 쫓아 한국까

지 오긴 했다. 하지만 가네무라의 생존에 대해서는 여전히 물음표 상태였다.

당연히 이번 판이 끝날 때까지 그가 등장하지 않는다 해도 누구 하나 이상하게 생각하지 않았을 터였다. 물론, 이혁을 죽이고 싶도록 미워는 하겠지만.

그런데 정말로 가네무라 슈이치임에 분명한 자의 소재에 대한 정보가 유출된 것이다. 그것도 본인이 한 짓으로 의심되는 짓이었다.

세상에서 흔적이 지워진 지 반세기가 넘는 자의 뜬금없는 커밍아웃.

원하는 것이 없는 데도 그런 짓을 했다면 가네무라 슈이치는 늙어서 미친 거라고 봐야 할 것이다.

그러나 그럴 가능성은 전무했다.

가네무라는 불멸인자에 대한 자료를 갖고 이시이 시로와 함께 '혈륜'에 대해 연구를 했던 비밀 실험실의 핵심 인물이었다.

731부대의 비밀 실험실 근처를 기웃거리기만 했던 하위 연구원들도 종전 직전 얻은 연구 자료의 일부만 가지고도 엄청난 부와 가공할 능력을 획득했다.

하위직 연구원이 아닌 이시이와 함께 실험실의 쌍두마차라 불리던 가네무라가 아무것도 얻지 못한 채 미친 노인이 되었을 가능성은 극히 희박했다. 정말 그런 늙은이가 되었다면 현재의 상황을 만들어낼 수도 없었을 테고.

이혁이 불쑥 물었다.

"가네무라가 사북읍 부근에 은신해 있다는 2차 정보가

흘러나왔다는 얘기를 듣긴 했는데 좀 더 구체적인 정보가 있습니까?"

제이슨은 고개를 저으며 대답했다.

"자네도 알다시피 그곳은 강원랜드가 있는 곳이라 외지인을 추적하는 게 쉽지가 않아. 서양인이라면 그나마 가능성이 높을 텐데 가네무라는 한국인과 외모가 거의 구별되지 않는 일본인이지 않나."

그의 얼굴에 짜증스런 기색이 떠올랐다.

"거기다가 태양회가 한국 기관에 손을 써놔서 내 부하들이 제대로 된 협조를 받지 못하고 있네. 드러내 놓고 방해는 하지 않아도 평소 같은 분위기는 아니야. 그러니 미안하지만 내 쪽의 성과를 기대하지 않는 게 좋을 걸세."

"알겠습니다. 그리고 제이슨이 미안해할 일은 아니죠. 태양회가 이렇게 나올 거라고 이미 각오했던 상황이기도 하고요."

이혁이 손을 머리 뒤로 깍지를 끼고 고개를 젖히며 말을 이었다.

"그건 그렇고, 가네무라가 커밍아웃을 한 건 특정한 누군가를 불러들이고 싶어 하는 게 아닐까요?"

제이슨의 눈이 빛났다.

"왜 그런 생각을 한 건가?"

"내가 벌인 일 때문에 평생 한 곳에 모여본 적이 없는 초상능력자들이 한국에 들어왔습니다. 그들의 목표는 저를 잡는 거였죠. 그러기 위해 움직이고들 있고요."

그는 머리를 젖힌 채로 고개를 돌려 제이슨을 보며 말

을 이었다.

"가네무라는 그 사람들 중 누군가를 보고 놀라거나 하는, 강렬한 자극을 받은 게 아닐까 생각이 들어요. 나를 쫓는 시간 낭비하지 말고 그에게로 빨리 오라고 정선이라는 지역까지 오픈할 정도로 말이죠."

제이슨이 턱을 끄덕이며 말을 받았다.

"설령 누군가 자네를 잡는다 해도 자신을 찾을 수 없다는 걸 잘 아니까……."

"그렇죠."

이혁이 빙긋 웃으며 말하자 제이슨이 물었다.

"그럼 가네무라가 불러들이고 싶어 하는 자가 과연 누굴까?"

곤혹스러움이 가득 담긴 목소리.

이혁이 말했다.

"제이슨, 머리 굴리는 소리가 여기까지 들립니다. 바둑에 장고 끝에 악수 둔다는 말이 있습니다. 고민이 너무 많으면 엉뚱한 결론을 낼 수 있다는 말이죠."

"깊이 생각할 필요가 없다고 말하고 싶은 건가?"

이혁은 등을 세우며 고개를 끄덕였다.

"예. 가네무라 슈이치는 종전 직전까지 731부대의 비밀 실험실에서 일했던 자입니다. 종전과 함께 행방을 감췄고요. '혈륜'으로 만들어졌다고 추정되는 괴물이 돌아다니고 있는 지금 그가 가장 보고 싶어 할 사람이 누구일까요?"

제이슨의 안색이 굳었다.

가네무라 슈이치를 생각하면 꼬리표처럼 따라오는 사람이 있다.

그는 사망한 지 반세기 가까운 세월이 흘렀음에도 불구하고 전 세계의 초상능력자들이 여전히 생사를 궁금해하는 인물이다.

그를 추적할 수 있는 단서가 있었다면 가네무라 슈이치에 대한 관심이 지금처럼 높지 않았을 것이다.

제이슨이 고개를 갸웃하며 물었다.

"설마, 이시이 시로란 말인가?"

"네, 저는 그렇게 생각합니다."

"왜 그가 이시이 시로를 지금 시점에 보고 싶어 한다고 생각하는 거지?"

이혁은 선글라스를 벗어 탁자 위에 올려놓았다.

"종전 직전 731부대의 비밀 실험실에서 어떤 일이 있었는지는 알 수 없습니다. 피가 튀는 전투가 있었다는 얘기가 전해지고 있긴 하지만 추정일 뿐이죠."

말을 잇는 이혁의 표정이 떨떠름해졌다.

"아무튼 종전 후 오늘날까지 이시이 시로는 숨어서 '혈륜' 연구를 하며 몬스터를 만들고 있던 걸로 추정됩니다. 그 성과로 생각되는 괴물 때문에 저와 멜리사가 몇 시간 전에 꽤나 고생을 했죠."

이미 테일러와 연락하며 전후 사정을 들은 터라 제이슨은 피식 웃었다. 그냥 고생이 아니라 목숨이 오락가락할 정도로 위험했던 걸 아는 것이다.

"가네무라는 그런 이시이의 연구 파트너였죠. 그런데

이번에 여자 괴물은 가네무라를 찾기 위해 저를 잡으려 들었고, 또 가네무라는 느닷없이 커밍아웃을 하며 이시이를 부르고 있지 않습니까. 이걸 보면 아무래도 이시이와 가네무라가 당시 기분 좋게 헤어지지 않은 건 분명한 것 같습니다."

이혁의 추측에 제이슨도 고개를 끄덕였다.

가네무라가 이시이와 사이가 좋았다면 서로의 소재를 모를 리 없으니 그들이 지금처럼 행동할 이유가 없는 것이다.

그가 말했다.

"둘이 만나면 볼만하겠군."

이혁이 고개를 끄덕였다.

"둘 중 하나가 살아남을 때까지 끝을 보려 할 거라는데 1달러 걸겠습니다."

"좀 더 쓰지?"

이혁은 단호하게 고개를 저었다.

"사양하겠습니다. 과다 지출하면 제라드의 징징거리는 소리를 한 시간은 들어야 됩니다."

제이슨이 혀를 찼다.

"쳇, 그 보스에 그 부하라니까……."

제이슨이 툭 던지듯 말했다.

"미스 강한테 전화라도 주게. 많이 걱정하고 있다네."

이혁은 쓰게 웃으며 말을 받았다.

"알아서 하겠습니다."

"모르지 않으리라고 생각하네만 모용산이 부하들과 함

께 정선에 들어섰네."

혈해의 움직임에 대해서는 테일러에게 보고를 받아서
이혁도 어느 정도까지는 알고 있었다.

그가 조금 무거워진 목소리로 말했다.

"결국 살아 돌아가기 힘든 곳에 발을 디뎠군요."

모용산의 목적이 앙천의 지배자 적천휴의 목이라는 건
비밀도 아니다. 그리고 그것을 달성할 가능성이 극히 희
박하다는 것도.

제이슨은 고개를 끄덕였다.

"오랜 시간을 같이 보내지는 않았지만 모용은 보기 드
문 진짜 남자였네."

모용산을 한국으로 들어오게 한 사람이 제이슨이었다.
그래서인지 그는 혈해와 모용산에게 깊은 관심이 있었다.

그가 말을 이었다.

"그는 한국에 발을 디디며 죽고 사는 건 하늘에 달렸다
고 말했네. 죽는 걸 두려워하는 남자가 아니었어. 몸과 정
신이 정말 강한 남자이기도 하고. 그래도 결과를 안심할
수는 없네. 그가 목표로 삼고 있는 적은 여러 모로… 상
대하기 벅찬 거물이니까 말일세. 시간나면 한번 만나보게
나. 반가워할 걸세."

"알겠습니다."

제이슨이 엉덩이를 털면서 일어났다, 그리고 생각난 듯
바지의 뒷주머니에서 종이 몇 장을 꺼내 이혁에게 건넸다.

"읽고 버리게. 지금까지 파악한 요인들의 움직임을 적
어놨네. 자네를 만나기 전까지의 행적이니까 그사이 크게

변한 건 없을 걸세."

"언제나 고맙습니다, 제이슨."

제이슨은 빙긋 웃었다.

"가겠네."

눈이 마주친 이혁도 마주 웃으며 말했다.

"고생하셨습니다. 조심하십시오."

서로 연락이야 하겠지만, 아마 정선에서 그들이 다시 만날 일은 없을 터였다.

오늘의 만남은 이혁이 정선에 들어왔다는 것을 광고(?)하기 위해 마련한 이벤트였다.

대놓고 제이슨에게 말하지는 않았지만, 그가 어떤 사람인데 이혁의 속을 모를까. 알면서도 모르는 척 맞장구를 잘 쳐주었으니 이제는 가야 했다.

골목을 돌아 사라지는 제이슨의 등에 덤덤한 시선을 주던 이혁이 일어섰다. 거리를 두고 지켜보던 청년 몇 명이 어슬렁거리며 그의 뒤를 따라 걸음을 옮겼다.

이혁은 슬쩍 뒤를 돌아보고 피식 웃으며 걷는 속도를 높였다. 봉양사거리를 지나 첫 번째 골목으로 들어설 즈음엔 그의 뒤를 따르는 남자 수가 열 명을 넘어섰다.

그들과의 거리는 시간이 갈수록 가까워졌다.

부풀어 오른 어깨와 움켜쥔 주먹, 번들거리는 눈에 어린 잡스런 살기가 바로 앞에서 보는 것처럼 느껴졌다.

그들의 의도는 명백했다. 적당한 장소가 나타나면 공격하려는 것이다.

이혁은 속으로 한숨을 내쉬었다.

'이자룡이 나를 발견하면 공격해도 좋다는 지시를 한 건가? 돌아가는 걸 보면 이 지역 통제는 그가 직접 하는 것 같지가 않으니 그건 가능성이 별로 없고…….'

그는 오른쪽으로 꺾인 골목으로 들어섰다.

'태양회의 지시라고 생각하는 게 맞을 듯. 그렇다면 이 지역에서 태양회와 연결된 자들 중에 이자룡에 버금가는 영향력을 행세할 만한 자가 있다고 봐야겠군. 어쨌거나… 귀찮다.'

뒤를 따르던 사내들이 급한 걸음으로 골목으로 들어섰다. 그들은 폭 3미터가량 되는 골목의 한복판에 한가롭게 뒷짐을 지고 서 있는 이혁을 볼 수 있었다.

이 골목은 단독주택이 많은 곳이라 길의 양쪽은 사람 키를 훌쩍 넘는 담장이 연이어져 있었다.

사내들 중 한 명이 앞으로 한 걸음 나서며 빙긋 웃었다.

30 전후로 보이는, 180센티가 넘고 상체가 두툼한 근육으로 뒤덮여 있는 건장한 남자였다. 그가 앞으로 나서자 다른 사내들이 길을 비켜주는 걸 보니 이 지역에서 상당히 유명한 자인 듯했다.

그가 말했다.

"기특하다고 해야 하나, 용감하다고 해야 하나. 무슨 생각을 하고 있든지 간에 고맙다, 일을 이렇게 쉽게 만들어줘서. 오늘 밤 카지노에서 놀기로 약속을 했다가 동원된 터라 영 기분이 별로였거든."

이혁은 피식 웃으며 말을 받았다.

"생각은 자유니까. 아무튼 난, 머리 다 굵은 사내놈들이 길 잃은 강아지처럼 내 꽁무니를 졸졸 따라오는 건 아주 질색이라서 말이지."

사내들의 눈에 분노가 어렸다.

앞서 말했던 사내가 어처구니없다는 표정으로 말했다.

"허, 말 참 예쁘게 하는 놈이군그래. 팔다리 부러지고도 그렇게 혀를 나불거릴 수 있을 만큼 대가 센 놈인지 한번 보자!"

이혁은 낮게 웃으며 어깨를 으쓱했다.

"후훗, 귀찮기는 하지만 너희처럼 똥오줌 가리지 못하는 것들과 이만큼 말 섞어본 것도 오랜만이긴 해서 잠깐이나마 무척 즐거웠다."

말이 끝나자마자 사내들이 지금까지 한 번도 겪어본 적이 없는, 무시무시한 폭력의 태풍이 골목을 격렬하게 휩쓸었다.

이혁의 모습은 보이지도 않는데 건장한 사내들이 입과 코로 피를 분수처럼 뿜어대며 사방으로 날아갔다.

퍼퍼퍼퍼퍼퍼퍽!

우득, 와직, 뿌드득, 지끈, 꽝!

"억!"

"윽!"

"컥!"

"으악!"

"웩!"

"어머니!"

고통스런 신음과 충돌음이 기관총을 쏘는 것처럼 쉴 새

없이 났다.

사내들은 담장과 부딪친 후 떨어져 휴지처럼 바닥에 굴러 다녔다.

눈 한 번 껌벅일 정도의 시간밖에 지나지 않았지만, 골목에 서 있는 사람은 이혁뿐이었다.

"으윽……."

"으으으으……."

"커흐흐흐……."

"어머니……."

"흑흑흑……."

이혁이 가볍게 손을 털며 말했다.

"이빨 보이는 놈들은 한 군데씩 더 부러뜨려 주지."

"……."

골목 안이 쥐 죽은 듯 조용해졌다. 사내들은 비명을 지르지 않기 위해 이를 악물고 있었다.

이혁은 그들을 둘러보지도 않고 등을 돌렸다.

아무도 감히 그를 쳐다보지 못했다.

이혁이 발목뼈 하나씩을 부러뜨려 놓은 터라 그들은 현장에서 이탈할 수밖에 없는 신세가 되어 있었다.

골목을 나선 이혁이 걸음을 멈췄다.

그의 앞에 처음 보는 여자가 서 있었다.

이혁의 눈빛이 서늘해졌다.

처음 보았을 때 평범한 사십대 동양 여자이던 상대는 곧 흰 피부와 푸른 눈이 매혹적인 사십대의 서양 여자로 변했다가 다시 동양 여자로 바뀌었다.

변화는 찰나지간에 이루어졌다.

초상능력자였다.

그녀가 이혁을 보고 웃으며 말했다.

"태양회는 공권력이 개입할 명분을 찾고 있어요. 굳이 수고를 무릅쓰고 그들이 바라는 걸 해주시는 이유가 궁금하군요?"

"판이 커지는 걸 원하는 건 나도 그들과 마찬가지거든. 그런데 어디서 오신 누구쇼?"

낯선 여자의 뜬금없는 잔소리라 대꾸하는 이혁의 말투가 퉁명스러워졌다.

여자는 대답 대신 또다시 질문을 했다.

"미스터 켄? 미스터 리? 뭐라고 불러 드려야 하죠?"

영어로 말하고 있었지만 그녀의 억양은 완연한 독일식이었다.

"켄."

이혁이 심드렁한 어조로 말을 받았다.

여인이 자세를 바꾸어 손을 앞으로 가지런히 모으며 살짝 허리를 숙였다, 그리고 정중한 어조로 말했다.

"미스터 켄, 함께 가주시겠어요? 왕녀님께서 기다리고 계십니다."

제3장

왜앵— 왜앵—

정선 소방서를 출발한 119 구급차가 정선 제2교를 넘어 사거리에 진입했다.

사이렌 소리와 신호를 완전히 무시하며 사거리에 들어서는 구급차는 운전자가 미친 게 아닐까 하는 의심을 불러일으킬 정도로 기세가 살벌했다.

그래서인지 오가던 차들이 급브레이크를 밟으며 서는 소리가 요란하게 났다.

끼익— 끽!

사거리 안쪽이 뒤엉킨 차들로 엉망이 되었다. 다행히 차량 간 충돌은 없었지만, 위험한 장면이 속출했다. 그래도 운전자들은 구급차를 탓하지 못했다.

그만큼 질주하는 구급차의 기세가 심상찮게 느껴졌기 때문이었다.

"무슨 일인데 저러지?"

"그러게? 큰일이라도 났나?"

차에 타고 있던 주민들은 어리둥절해 하는 얼굴로 구급차의 뒷모습을 바라보며 서로에게 물었다.

정선은 좁은 지역이라 그들은 구급차를 자주 보았다. 하지만 오늘처럼 무섭게 달리는 건 처음 본 것이다.

왜앵— 왜애앵—

볼륨이 최대치까지 올라간 사이렌을 요란하게 울리며 달려온 구급차가 어느 골목길 앞에서 급정거했다.

그곳에는 이미 여러 대의 순찰차가 경광등을 돌리며 정차해 있었다. 그리고 멀리서 형사기동대라는 글자가 옆면에 새겨진 봉고차가 달려오는 게 보였다.

구급차에서 오렌지색 제복을 입은 두 명의 남자와 한 명의 여자 소방대원이 내렸다.

여자는 응급 구조 장비가 든 가방을 들고 있었고, 남자들은 구급 차량용 들것을 든 채였다.

주변을 차단하고 있던 경찰들이 구급 대원들을 향해 손가락으로 골목 안을 가리켰다.

구급대원들은 뛰듯이 골목 안으로 접어들었다. 그리고 2미터를 가기도 전에 이때까지 질주하듯이 움직이던 그들의 움직임이 갑자기 멈췄다.

발이 땅에 달라붙기라도 한 것 같기도 하고, 마른하늘에 벼락이라도 맞은 것 같기도 했다.

"우욱!"

눈앞에 펼쳐진 광경에 극심한 심적 충격을 받은 여자 대원, 박소희 소방위가 쓰러질 듯 비틀거리며 손으로 입을 틀어막았다.

이미 무슨 일이 벌어졌는지 알고 있던 남자 대원들의 얼굴도 시체처럼 창백해졌다.

골목 안은 코를 찌르는 피비린내가 진동을 하고 있었다.

양동이로 피를 부은 듯 시뻘겋게 변한 양쪽의 담장은 아직도 핏물이 주르륵 흘러내렸다. 그리고 고인 핏물은 군데군데 작은 웅덩이를 만들고 있었다.

아마도 얼마 전까지 사람이라고 불렸을 자들의 흔적도 여기저기 남아 있었다.

달리는 기차에 달려들기라도 한 것처럼 시신은 갈기갈기 찢긴 채 여기저기 흩어져 있었다.

제복을 입거나 사복을 입은 여러 명의 경찰관이 주변을 살피고 있었다.

모두 일회용 고무장갑과 비닐 신발을 신고 있었다.

그들 중 사복을 입은 사십대 남자가 다가와 박소희 소방위 일행에게 고무장갑과 비닐 신발을 건네주었다. 그는 정선 경찰서 과학 수사반의 팀장을 맡고 있는 김길용 경위였다.

"착용하세요."

구급대원들은 그사이 어느 정도 평정을 회복했다. 그들이 정선 소방서 내에서도 베테랑에 속하는 대원들이기에 가능한 일이었다.

김 경위의 안내를 받은 박 소방위 일행은 시신 조각들 사이를 지나 골목의 안쪽으로 십여 미터를 걸어갔다.

걸음을 옮기며 그들은 각자 믿는 신에게 쉴 새 없이 기도를 해야 했다.

참혹한 광경을 수없이 보아온 그들이지만 이곳에서 벌어진 것과 같은 건 처음이었다.

조각난 뼈와 잡아 뜯겨 나간 듯한 살점이 사방에 널려 있었다. 그리고 담장에 빨랫줄처럼 걸려 있는 건 내장들이었다.

머리들은 하나같이 목에서 떨어져 나와 있었는데 온전한 것이 없었다. 반쯤 으스러져 회백색의 뇌수가 보였다. 눈알이 온전히 붙어 있는 것도 없었다.

그 모든 것이 핏구덩이 속에 놓여 있었다.

하늘 외의 모든 것이 붉은 피를 흘리고 있었다.

"…지옥이야……."

박소희 소방위가 침을 꿀꺽 삼키며 말했다. 사시나무처럼 떨리는 목소리였다.

김 경위가 박 소방위에게 말했다.

"지옥에서도 살아남은 자가 있습니다. 이 사람입니다."

그의 말을 알아들은 듯 발 앞에 놓여 있던 살덩어리가 꿈틀거렸다.

당연히 시체일 거라고 생각하고 있던 박 소방위와 소방대원들이 질겁하며 뒤로 한걸음 물러섰다.

꿈틀거린 건 팔과 다리가 잘려 나간 채 몸뚱이만 남아

있는 남자였다.

온몸에 피를 뒤집어쓰고 있어 몇 살쯤 되는지, 어떻게 생겼는지도 구분하기 어려운 그는 눈이 반쯤 뒤로 돌아가 있었고, 입에서 피거품을 계속 뿜어 올렸다.

그런데도 그는 살아 있었다.

김 경위가 말을 이었다.

"곧 이 사람을 병원으로 후송할 헬기가 도착합니다. 거기에는 최고의 의사들이 타고 있습니다. 그때까지 이 사람의 생명을 붙들어놔 주십시오. 그는 이 지옥을 만들어놓은 자를 본 유일한 목격자입니다."

박 소방위와 소방대원들이 지체 없이 응급 구조 가방을 열며 사내의 옆에 앉았다.

손을 어떻게 써야 하는지 난감할 정도로 사내의 상처는 컸다. 양팔이 어깨 부위에서 뜯겨 나갔고, 다리는 허벅지 중간에서 잘렸다.

칼과 같은 흉기를 사용한 건 아닌 듯 잘려 나간 부위의 흔적은 너저분했다.

박 소방위는 20년 가까운 경력의 구급 베테랑 요원이었다. 이 나라에서 흔히 볼 수 없는 잔혹한 풍경에 충격을 받았지만, 지금은 그것에서 거의 벗어나 있었다.

그녀는 즉시 환자에게 집중했다. 상처도 크고 출혈 과다로 쇼크 상태인데도 사내가 살아 있다는 게 신기했다. 일단 구급차로 가야 했다.

응급 구조 가방에 들어 있는 장비로는 응급조치도 할 수 없는 중상이었다.

"들것에 눕혀."

그녀의 지시를 받은 소방대원들이 사내의 몸을 아래위에서 잡아 들것에 눕혔다.

들것을 막 들어 올리려 했을 때 뒤로 반쯤 돌아갔던 눈동자가 제자리를 잡았다. 사내의 시선이 박 소방위의 눈과 마주쳤다.

그의 입술이 가늘게 달싹거렸다.

박 소방위는 급하게 귀를 사내의 입에 가져다 댔다.

"이… 이…… 이… ㅎ……."

"뭐라고요? 다시 말씀해 주세요!"

박 소방위가 다급하게 외친 다음 순간 사내의 가슴이 크게 솟아오르더니 턱 하고 아래로 떨어졌다.

박 소방위가 천천히 고개를 들며 일어섰다.

그녀에 의해 가려졌던 사내의 얼굴이 보였다. 그의 눈동자는 이미 빛이 꺼져 있었다.

박 소방위가 김 경위를 돌아보았다.

그녀가 고개를 가로저으며 말했다.

"죽었어요……."

김 경위의 얼굴이 굳어졌다. 하지만 박 소방위를 탓할 수는 없었다. 사내의 상처가 너무 컸다. 그리고 박 소방위가 손을 쓰기에는 너무 늦어 있었다.

김 경위가 박 소방위에게 물었다.

"그가 무슨 말을 하는 것 같던데, 들으셨습니까?"

박 소방위는 인상을 썼다.

"말을 하긴 했는데 발음이 워낙 부정확해서 제가 들은

게 제대로 된 건지 확신하기는 어려워요."

"그래도 말씀을 해주십시오."

"음… 이 사람이 한 말은 '이혁'이라는 것 같아요."

"이혁이요?"

김 경위도 인상을 썼다.

처음 들어보는 이름이었다.

"예."

김 경위의 얼굴을 본 박 소방위의 어투가 낮아졌다. 가뜩이나 제대로 듣지 못한 건 아닐까 불안했는데 김 경위가 저런 표정을 짓자 자신이 없어진 것이다.

김 경위가 얼굴을 일그러뜨린 채로 중얼거렸다.

"이혁? 들어본 적이 없는 이름인데?"

그의 시선이 골목을 훑었다.

과학 수사반에서 온갖 끔찍한 광경을 다 봐왔던 그가 꿈에 볼까 무섭다는 생각을 할 정도로 괴기한 광경이 눈에 들어왔다.

"죽기 전에 아무 상관없는 놈 이름을 말할 리는 없고… '이혁'이라… 그자가 범인이라고 말하고 싶었던 건가?"

그의 중얼거림을 들은 건지 뒤에서 누군가의 목소리가 말을 받았다.

"자네 생각대로야. '이혁'이라면 이런 짓을 벌이고도 남을 놈이지."

익숙한 목소리였다.

고개를 돌리자 나란히 서 있는 두 남자가 보였다.

한 명은 김 경위의 오랜 친구인 강력팀장 박필성 경위

였고, 다른 사람은 형사과장인 김성규 경정이었다.

말을 한 사람은 김 경정이었다.

박경위가 김 경정에게 고개를 돌리며 물었다.

"과장님께서 아는 놈입니까?"

김성규는 고개를 끄덕였다.

"내가 대전 동부서에 있을 때 그놈 때문에 고생을 좀 했었다. 연쇄살인범으로 수배까지 되었던 놈이야. 어떻게 된 건지 몰라도 얼마 전에 수배가 풀렸던데 제 버릇 개 못 준다고 이곳에서 다시 일을 벌인 것 같다."

그의 말을 들은 사람들의 안색이 굳어졌다.

김성규는 충청 지방 경찰청에서 근무하다가 경정으로 진급한 후 강원청으로 왔다.

김성규가 말을 이었다.

"서장님도 곧 도착하실 거야. 위에는 내가 보고할 테니 박 팀장은 주변 통제하고, 김 팀장은 하나도 놓치지 말고 증거들 모아."

"알겠습니다."

부하들이 바쁘게 움직이는 것을 보며 김성규가 중얼거렸다.

"강원도 조폭들이 이곳으로 모여든다고 해서 이유가 궁금했는데 이혁 때문이었던 건가? 그놈이 대체 무슨 짓을 했기에 이 난리가 난 걸까?"

그의 얼굴이 일그러졌다.

"빌어먹을… 한 가지는 명확해, 그놈을 빨리 잡지 않으면 정선이 피바다로 변할지 모른다는 거."

그는 주머니에서 휴대폰을 꺼냈다.

이곳에서 벌어진 일은 무전으로 보고할 성질의 것이 아니었다. 감청이라도 당한다면 나라가 시끄러워질 터였다.

그는 전화번호를 눌렀다.

상대방이 전화를 받았다.

"서장님, 김 과장입니다."

보고는 길게 이어졌다.

＊　　　　＊　　　　＊

정선시장에서 북쪽으로 걷다 보면 얼마 가지 않아 그리 높지 않은 산의 입구를 보게 된다.

삼림욕을 하며 휴식을 취하려는 정선 주민과 관광객들이 즐겨 찾는 해발 827미터의 비봉산이다.

이혁은 여인을 따라 비봉산에 왔다.

등산로를 따라 걸어 올라가자 나무들 사이에 덩그러니 세워져 있는 팔각정을 볼 수 있었다.

여인은 그곳에서 걸음을 멈췄다.

이혁은 어리둥절한 얼굴이 되었다. 그들 외에도 등산하는 사람들은 있었다. 하지만 그들 중에 여인이 말한 왕녀라고 추정되는 사람은 보이지 않았다. 평범한 등산객들뿐이었다.

여인은 팔각정을 끼고 돌더니 위쪽으로 몇 걸음을 옮겼다. 이혁도 그녀의 뒤를 따랐다. 그리고 몇 걸음 내딛기도 전에 놀라 눈을 크게 떴다.

방금 전까지 나무와 풀밭에 없던 곳에 아담한 크기의 공터가 나타났다.

그곳의 중앙에는 커다란 나무를 잘라 만든 의자 두 개와 탁자가 놓여 있었다.

이혁의 눈이 커졌다.

의자에 앉아 있다가 그를 보고 일어서는 진한 황금빛의 머리카락을 가진 아름다운 여인과 눈을 마주쳤던 것이다.

민소매로 가슴이 살짝 드러나는 하늘색 원피스를 입은 여인은 이십대 초중반쯤으로 보였는데 눈이 번쩍 뜨일 만큼 대단한 미녀였다.

외모의 다른 부위는 다 차치하고라도 깊은 바다를 연상시키는 진한 푸른 눈과 모공이 보이지 않는 도자기 같은 흰 피부는 눈부실 정도로 매혹적이었다.

그녀는 살짝 고개를 숙여 인사를 한 후 고개를 들었다. 그리고 이혁의 눈을 똑바로 바라보며 말했다.

"클라우디아 폰 마이야예요. 달갑지 않을 수도 있던 초대에 응해주셔서 감사드려요, 미스터 켄."

다행히 익숙한 영어였다. 게다가 외모에 어울리는 아름다운 목소리였다.

이혁은 어깨를 으쓱했다.

"뜻밖이긴 했지만, 왕녀님의 초대인데 거절할 수는 없죠. 어떤 분인지 늘 궁금하기도 했고."

클라우디아가 이혁에게 맞은편 자리를 권했다.

두 사람이 마주 앉자 클라우디아가 물었다.

"이제 궁금증이 풀리셨나요?"

"아니요. 오히려 더 궁금해졌습니다."

이혁을 이곳까지 안내한 여인이 두 사람 앞에 잔을 놓고 주전자를 기울였다.

그윽한 차향이 숲에 가득 찼다. 종류가 무엇인지 알 수는 없지만, 범상한 차는 아니었다.

클라우디아가 차를 한 모금 마신 후 물었다.

"뭐가 더 궁금해지셨을까요?"

이혁은 대답 대신 질문을 했다.

"이건 결계입니까?"

그는 호기심 어린 눈으로 주변을 보고 있었다.

관광객인 듯 등산복을 입은 사십대 남녀 두 사람이 보였다. 그들은 손을 잡고 그들로부터 불과 5미터 떨어진 곳을 걸어가고 있었다.

그런데도 그들은 이혁과 클라우디아에게 한 번도 눈길을 주지 않았다.

이혁이야 그렇다 쳐도 클라우디아처럼 아름다운 이국의 여인을 두 사람 다 보지 않는 건 정상이 아니었다.

그들뿐만 아니라 산을 오르는 사람이든, 하산하는 사람이든 이혁이 있는 자리에 눈길을 주는 이는 한 명도 없었다.

이 비정상적인 상황에 대한 납득할 만한 설명은 하나뿐이었다. 그들에게는 이 장소가 보이지 않는 것이다.

클라우디아는 빙긋 웃었다.

크지 않은 미소였지만 이혁은 눈앞에서 수천 개의 꽃송이가 한꺼번에 피어나는 듯한 느낌을 받았다.

심장이 떨릴 정도로 아름다운 미소였다.

그녀가 입을 열었다.

"결계라기보다는 일루션 계열의 정신 능력이라고 하는 게 옳을 거예요. 제가 만들어놓은 범위 안에 들어오는 사람은 특정 감각에 혼란이 오면서 사물에 대한 인식능력에 심한 왜곡이 생겨요."

"그들은 왕녀께서 원하는 것을 인식하게 되는 겁니까?"

클라우디아는 고개를 끄덕였다.

"바로 알아차리시는군요. 맞아요. 저는 지금 저들이 이곳을 알아보지 않기를 바라고 있어요."

이혁의 눈길이 멀어져 가는 사십대 부부의 등에 머물렀다. 그가 말을 받았다.

"그게 전부인 것 같지는 않습니다만, 어쨌든 왕녀님께서 바라는 대로 이루어졌군요."

"…아주 작은 바람이 이루어진 것에 불과하죠."

클라우디아의 목소리에 쓸쓸해 하는 듯한 기색이 어렸다.

이혁의 미간이 좁아졌다.

클라우디아의 눈에 우울한 기색이 어리자 그는 하늘이 무너지기라도 하는 것처럼 마음이 아팠다.

그는 천천히 암왕경을 끌어올렸다.

얼마 전 깨달은 필살의 감각이 암왕경과 어우러지며 그의 마음을 날카롭게 일깨웠다.

그는 한 손을 탁자 위에 올려놓으며 중얼거리듯 물었다.

"천성의 매력입니까, 아니면 능력입니까?"

클라우디아는 이혁이 손을 내려다보며 되물었다.

"능력이라고 하면 그 손을 쓰실 건가요?"

여전히 쓸쓸한 기색이 느껴지는 목소리였다.

"그럴 수도 있습니다, 왕녀님. 너무 위험한 느낌이라서 말이죠."

손을 모으고 공손한 자세로 탁자 옆에 서 있던 중년 여인의 눈에 살기가 떠올랐다.

클라우디아가 그녀를 돌아보며 고개를 살짝 가로저었다.

"실비아, 그러지 마세요. 큰 실례예요. 이분은 내게 살의를 품고 있는 게 아니니까요."

이혁이 실비아를 돌아보며 어깨를 으쓱했다.

"왕녀의 말씀이 맞습니다. 이건 그냥 내가 익힌 것 때문에 일어나는 반사작용일 뿐입니다."

연이어 그가 클라우디아에게 물었다.

"대답해 주시겠습니까?"

"능력이라는 말보다 천성의 매력이라는 말을 좋아해요. 태어날 때부터 이랬거든요."

"그 말을 들으니까 크면서 애로사항이 무지막지하게 많으셨을 것 같군요."

클라우디아와 실비아가 당황할 정도로 그의 어조에서는 안 됐다는 기색이 역력했다.

클라우디아의 안색이 진지해졌다.

"미스터 켄의 말이 맞아요. '미혹(Infatuation)'이라고 불리는 이 능력은 저에게 정말 많은 문제를 안겨주었어요. 그것 중 일부는 현재 진행형이고요."

"문제라… 무스펠하임입니까? 아니면 왕녀에게 국한된 겁니까?"

"둘 다예요."

이혁은 미간을 찡그렸다.

초상능력자들의 조직 중에서도 무스펠하임은 가장 비밀이 많은 조직 중 하나였다.

1왕녀 1대공, 2공작과 백작들 등의 중요한 인물에 대한 이름은 알려져 있지만 그것뿐이었다. 그들의 본부와 조직원의 수, 보유하고 있는 진정한 전투력과 권력, 그리고 재산에 대해서는 거의 알려진 것이 없었다.

그들에 대해 모르기는 이혁도 마찬가지였다.

그는 키안에게서 무스펠하임의 내부 사정에 대해서 들은 적이 있었지만, 정보의 양은 많지 않았다. 아는 게 많지 않으니 이혁이 클라우디아의 말을 이해하는 건 쉽지 않았다.

그가 인상을 찌푸리는 건 자연스러운 반응인 것이다.

클라우디아 왕녀가 말을 이었다.

"제게 닥친 문제는 가볍지가 않아요. 해결하지 않으면 제 인생과 무스펠하임의 근본이 뒤흔들릴 정도지요. 그런데 제힘으로는 이 문제를 풀 수가 없어요."

이혁이 불쑥 끼어들며 물었다.

"안에서 도와줄 사람도 없는 겁니까?"

클라우디아 왕녀는 고개를 끄덕였다.

"그랬다면 제가 미스터 켄을 초대하지도 않았겠지요."

이혁의 안색이 딱딱해졌다.

세간에 알려지기로 클라우디아 왕녀는 무스펠하임의 정신적인 지주였으며 실질적인 지배자였다.

실제로 조직을 관리하는 건 미하일 블라디미르 대공이었지만, 그의 권력이 왕녀를 넘어서지는 못한다는 것이 정설이었다. 왕녀에 대한 대공의 충성심도 절대적이라고 알려져 있었고.

생각이 미하일 대공에 미친 이혁이 중얼거리듯 물었다.

"대공이 건재하다면 왕녀께서 나를 찾아올 리 없겠죠. 대공의 신변에 뭔가 큰일이 생긴 거로군요?"

클라우디아는 슬픈 얼굴로 고개를 끄덕이며 대답했다.

"등을 맡겼던 사람에게 살해당하셨어요."

이혁의 안색이 변했다.

"살해요?"

믿기 힘든 말이었다.

미하일 블라디미르 대공은 적들에게 전투의 마왕이라고까지 불렸을 정도로 강력한 능력을 지닌 초상능력자였다. 게다가 무스펠하임이라는 강대한 조직을 이끌던 인물이기도 했다.

남에게 쉽게 살해당할 사람이 아닌 것이다.

클라우디아가 한결 차분해진 목소리로 대답했다.

"예, 당신이 키우다시피 했던… 아들처럼 여겼던 사람에게 죽임을 당하셨지요."

"내부 사람에게 말입니까?"

"예."

이혁은 입을 굳게 다물고 클라우이다의 말에 귀를 기울였다. 놀라 반문을 하기도 했지만, 이제부터는 듣는 것이 궁금증을 해소할 수 있는 유일한 방법이었다. 그녀가 입을 다물면 대공의 죽음에 얽힌 비밀은 영원히 알 수 없었다.

클라우디아는 이혁의 눈을 똑바로 마주 보며 입을 열었다.

"그분을 죽인 사람은 요하네스 렌부르크 공작이에요. 그리고 공작은 한 시간 뒤에 에릭 브린센 공작도 죽였어요. 두 분 모두 렌부르크 공작이 그런 짓을 할 것이라고는 상상도 하지 못했기에 무방비 상태로 당했죠."

이혁의 눈이 저절로 커졌다. 놀람을 감추기 어려울 정도로 믿기 어려운 말을 들은 것이다.

클라우디아가 말을 이었다.

"저는 대공과 에릭 공작이 돌아가셨다는 것을 알게 된 순간 즉시 머물던 곳을 빠져나왔어요. 그분들이 어떻게 돌아가셨는지 알 수 있었기 때문이에요. 한 곳에 머물면 저도 렌부르크 공작의 수중에 떨어졌을 거예요."

당연한 추측이었다.

렌부르크 공작이 무스펠하임을 완벽하게 장악하기 위해서 반드시 제거해야 하는 사람들이 왕녀와 대공, 그리고 에릭 공작이었으니까.

이혁은 여전히 침묵하며 귀를 기울였다.

클라우디아의 짧은 설명으로 그녀의 주변에 어떤 일이

생겼는지는 알았다. 하지만 그 속에는 가장 중요한 내용이 빠져 있었다.

렌부르크 공작이 배신한 이유가 그것이었다. 클라우디아도 그것을 알고 있었다.

그녀는 슬픔에 젖은 목소리로 말을 이었다.

"렌부르크 공작은 야망이 컸지만, 그보다 조직과 저에 대한 충성심이 더 강했어요. 그래서 아무도 그가 배신할 거라는 생각을 하지 못했던 거죠."

그때야 이혁이 입을 열었다.

"그 충성심으로도 배신할 수밖에 없게 만든 무언가가 그에게 있었다는 말이로군요. 그게 뭡니까?"

클라우디아가 고개를 끄덕이며 대답했다.

"아들, 그의 아들 니콜라이에 대한 사랑이죠."

"니콜라이?"

이혁은 고개를 갸웃했다.

키안이 제공한 무스펠하임의 수뇌부에 대한 정보 중에 그런 이름은 포함되어 있지 않았다.

클라우디아가 쓸쓸하게 웃으며 대답했다.

"니콜라이는 올해 27세가 된 그의 아들이에요. 그는 태어날 때부터 심각한 정신적인 문제를 갖고 있었어요. 그래서 렌부르크 공작은 그를 절대 밖으로 내보내지 않았죠. 지금까지 그의 존재를 아는 사람은 저와 대공, 그리고 에릭 공작밖에 없었어요. 그리고 이제는 저 혼자뿐이죠."

그녀는 탄식과 함께 말을 이었다.

"7년 전 공작은 스무 살이 된 니콜라이를 우리에게 소개했어요. 성년이 되었으니 우리가 그의 존재를 알고 있어야 한다고 믿은 거죠. 우리는 기꺼이 니콜라이를 가족의 일원으로 받아들였어요. 문제는 그때부터였어요. 저에 대한 니콜라이의 병적인 집착이 시작되었던 거죠."

이혁은 무스펠하임 내부에서 벌어진 일의 전모를 이해할 수 있었다.

"그런 어처구니없는……."

"미스터 켄이 어떤 생각을 하는지 알아요. 그의 배신이 니콜라이에 대한 사랑에서 비롯될 것이라는 건 우리도 예상하지 못했으니까요. 하지만 렌부르크 공작에게는 그렇게 할 수밖에 없는, 정말 절박한 상황이었겠죠."

이혁은 클라우디아가 그를 찾아온 이유를 알았다.

"내게 도움을 청하고 싶으신 겁니까?"

"예. 나는 렌부르크 공작이 바라는 것처럼 니콜라이의 여자가 되고 싶지 않아요. 나는 그를 조금도 사랑하지 않으니까요."

"왕녀의 마음을 알겠습니다. 하지만 내가 돕기에는 이곳 상황이 그리 우호적이지 않다는 것 정도는 아시지 않습니까?"

"일방적인 도움을 요청하는 것이 아니에요. 거래하려는 것이죠. 도움을 주신다면 저도 미스터 켄이 필요로 하는 것을 줄 수 있어요."

"무엇을 말입니까?"

"렌부르크 공작은 중국의 앙천과 한시적 동맹을 맺었어요. 타이요우가 당신 손에서 박씨 가문의 후인을 구할 때

도움을 주면서 태양회와 우호적인 관계를 맺는 데도 성공했고요."

그런 무스펠하임의 움직임에 대해서는 테일러와 제이슨에게 들은 바가 있었다.

귀를 기울이는 이혁을 보며 클라우디아가 말을 이었다.

"미스터 켄이 렌부르크 공작을 제거한다면 앙천과 태양회와 보조를 맞추어 움직일 수도 있는 강력한 힘이 즉시 한국을 떠나는 것을 볼 수 있을 거예요."

"불멸인자 연구 자료를 포기하겠다는 말입니까?"

클라우디아는 고개를 끄덕였다.

"영구적인 포기는 아니에요. 그것이 우리 가문과 어떤 관계가 있는지 당신도 모르지는 않을 거라고 생각하는데요?"

이혁은 클라우디아가 조상인 '미하엘 폰 마이야의 연구'에 대해 알고 있다는 것을 깨달았다.

마이야 가문조차 '혈륜'이 미하엘과 이시이 시로의 연구결과라는 걸 모를 거라던 에이단의 말은 착각에 불과했던 것이다.

클라우디아가 단호한 음성으로 말을 이었다.

"하지만 한국에서는 포기하겠다고 약속드릴 수 있어요."

이혁은 잠시 침묵했다.

그의 목적은 '혈륜'이라는 것으로 대표되는 불멸을 가능케 할 수 있을지도 모르는 연구물의 완전한 파괴였다.

그것을 노리는 초상능력자 가문과 조직을 상대로 끝없

는 전쟁을 할 각오도 되어 있었다.

그러나 클라우디아처럼 그와 잠정적 휴전을 원하는 사람이 있다면 굳이 마다할 필요는 없었다. 적의 전력을 줄일 수 있다면 그가 하고자 하는 일의 성공 가능성도 커지는 거니까.

그가 입을 열었다.

"제안을 받아들인다고 해도 렌부르크 공작을 제거하는 건 쉬운 일이 아니오. 그가 어디에 있는지조차 모르니까."

거래가 성사 직전에 있음을 느낀 클라우디아가 활짝 웃으며 말했다.

"아까 말했잖아요. 대공과 에릭 공작이 돌아가셨을 때 제가 그것을 바로 느꼈다고요. 범인이 누군지도요. 내가 가진 능력 중 하나는 무스펠하임의 수뇌부가 어디에 있든 그 위치를 알 수 있는 거예요. 대공과 에릭 공작은 렌부르크 공작과 함께 있을 때 돌아가셨어요. 그러니 범인이 누군지 어떻게 모를 수 있겠어요?"

이혁은 더는 생각할 필요가 없다는 걸 알았다. 이렇게 도움이 되는 사람이 기꺼이 힘을 빌려주겠다고 하는데 왜 거절하겠는가.

그는 싱긋 웃으며 말했다.

"거래를 받아들이겠습니다, 왕녀님."

제4장

제천 경찰서 정보과 사무실.

드르르르르륵.

책상 위에 올려놓아 두었던 휴대폰이 진저리를 치며 몸을 떨어댔다.

서류철에 머리를 박고 있던 이수하는 그 자세 그대로 손만 뻗어 휴대폰을 집어 들었다.

화면에 뜬 이름을 확인한 뒤 수신 버튼을 눌렀다.

"왜, 이년아?"

[뉴스 못 봤어?]

수화기를 통해 흘러나온 윤성희의 다급한 목소리가 고막을 울렸다.

이수하는 어리둥절한 얼굴로 허리를 펴며 물었다.

"뉴스? 무슨 뉴스?"

[명색이 정보계장이라는 년이! 빨리 포털 들어가서 확인해.]

"미친년아! 알아들을 수 없는 말만 툭툭 던지지 말고 기승전결을 갖춰서 말하라고!"

[그럴 시간 없어. 나 출발하니까 너도 빨리 와!]

뚝!

휴대폰이 끊겼다.

이수하는 어처구니없다는 얼굴로 휴대폰을 내려다보았다.

"대체 무슨 일이 벌어졌기에 얘가 갑자기 미친년처럼 지랄이야?"

고개를 들었다. 사무실에는 그녀 외에도 여러 명의 남자 직원이 있었다. 하지만 아무도 그녀 쪽으로 시선을 돌리지 않았다.

일이 많아서라기보다는 다들 그녀와 눈이 마주치는 걸 꺼렸기 때문이었다.

그녀는 지난 하반기 정기 인사 때 경감으로 승진하면서 이곳, 제천 경찰서 정보계장으로 발령받았다. 그리고 며칠 되지도 않아서 성격이 남다르다는 소문이 났다.

그녀의 미모에 혹한 남자 직원 몇 명이 과감하게 소문의 진실을 파헤치려고 시도했다가 바닥까지 까인 후로는 아무도 그녀에게 접근하려 하지 않게 되었다.

이수하는 마우스를 잡았다.

인터넷을 켜고 포털의 뉴스를 열자 헤드라인을 장식하

고 있는 몇 개의 기사가 한눈에 들어왔다.

　그녀의 안색이 변했다.

　—'정선' 피로 물들다.

　—'정선' 엽기적인 대량 학살 발생.

　—'정선' 비공식 사망자 수 80명 이상.

　—'정선' 미친 살인마의 방문.

　—'정선' 살인마는 '이혁'이라는 자일까.

　—대전 연쇄살인범으로 수배되었던 '이혁'은 어떻게 수배가
풀렸을까.

　—정부, '정선' 대량 살인 사건 용의자 '이혁' 공개 수배.

　—정부 '정선'에 공안기관 총동원령.

　—정부 '정선' 지역 통행금지 검토 중.

　—정부 '정선' 지역 군병력 투입 검토 중.

　헤드라인의 대부분이 어떤 식으로든 정선, 그리고 이혁
과 관련되어 있었다.

　그의 사진도 공개되었다.

　아마도 최근 입국할 때 공항에서 찍은 듯한 것으로 해
상도가 높아서 이목구비가 또렷했다.

　이수하는 몇 개의 기사를 빠르게 읽었다.

　그에 따르면 정선 지역 곳곳에서 십여 명의 남자가 무
더기로 죽어 있는 것이 발견되었다고 한다.

　사망 시간 간격은 일, 이십 분 정도에 불과하며, 살해
수법도 엽기적이라는 말이 무색할 정도로 잔혹해서 온전

한 시신을 찾기 어려울 정도라고 했다.

공식적으로 아직까지 이 대량 학살 사건의 생존자는 한 명도 없었다.

그러나 소방대원이나 경찰관이 도착할 때까지 생존했던 사람은 있었던 듯했다. 그리고 그들의 입에서 살인자가 이혁이라는 증언이 나왔던 것이다.

모니터에서 눈을 뗀 이수하는 의자에 등을 기대며 손으로 이마를 짚었다. 머리가 지끈거렸다. 그녀는 수사 전문가였고 공안기관의 생리에 정통한 여인이었다.

뉴스 기사 몇 개를 읽는 것만으로도 정선에서 벌어지고 있는 일이 심상치 않을 뿐만 아니라 진실은 보이는 것과 많이 다르다는 것을 알아차렸다.

그녀는 자리에서 일어났다.

"어떤 놈들인지 모르지만 혁이에게 누명을 씌우느라 엄청난 짓을 벌이고 있네. 그 자식은 잡아도 내가 잡아. 이 따위 협잡질을 하는 놈들에게는 절대로 넘길 수 없어, 으드득!"

이수하는 이를 갈며 사무실을 뛰쳐나갔다.

*　　　　*　　　　*

거래가 성립된 후 이혁은 클라우디아와 좀 더 많은 이야기를 나눴다.

그녀는 자신에 대해서 자세한 얘기를 하지는 않았다, 그럴 자리도 아니었고. 하지만 이혁은 클라우디아가 드물

게 뛰어난 다중초상능력자라고 확신했다.

그를 만난 후 보여준 몇 가지만으로도 그녀는 세계 최고 수준의 초상능력자였으니까. 하지만 전투와 관련된 능력까지 뛰어난 건 아닌 듯했다. 전투 관련 능력이 탁월했다면 굳이 자신을 찾지 않고 직접 문제를 해결했을 것이다.

이혁은 나무 의자에서 일어났다. 클라우디아와 실비아는 먼저 떠난 터라 공터에는 그 혼자뿐이었다.

이혁은 손을 들어 손목에 찬 팔찌를 내려다보았다.

손톱만 한 유리구슬을 꿰어 만든 그것은 염주처럼 보였는데 이곳에 올 때까지만 해도 그의 몸에서 볼 수 없던 물건이었다.

'클라우디아는 흥미로운 재주를 많이 갖고 있는 여자야.'

구슬 팔찌는 클라우디아가 그에게 건네주고 간 것이다. 평범해 보였지만 그와 클라우디아의 텔레파시 통신을 가능하게 만들어주는 물건이었다.

마법 같은 기능이어서 이혁은 무척이나 신기해했다. 하지만 클라우디아는 그것이 어떻게 가능한지에 대해서는 한 마디도 해주지 않았다.

팔찌에서 시선을 뗀 이혁은 사방을 돌아보았다.

눈에 보이지는 않지만 공터를 돔처럼 둘러싸고 있던 무언가가 천천히 걷히고 있었다.

'어떻게 만드는 건지 궁금하군. 공간을 비틀어서 그곳에 일정한 영역을 확보하는 것 같은데… 외부인이 전혀

감지하지 못하는 걸 보면 단순한 환각 같지는 않고.'

그때였다.

ㄷㄷㄷㄷㄷㄷㄷ—

이혁은 눈살을 찌푸렸다.

귀에 꽂혀 있는 통신기가 지진이라도 난 것처럼 진동을 반복하고 있었다. 전화가 온 건 아니었다.

메시지 진동이었다.

이 통신기는 독수리의 발톱 수장인 크리스티나가 준 것으로 통화뿐만 아니라 문자와 음성 메시지까지 저장했다가 들려주는 것이 가능했다.

이혁은 손가락으로 두어 번 건드리는 것으로 통신기를 작동시켰다.

[전화가 안 되네요. 켄이 한 짓 아니죠? 전화 줘요.]

[어디 있어요? 왜 연락이 없죠?]

[메시지 듣는 즉시 전화해 줘요!]

…….

…….

십여 개에 달하는 음성 메시지가 들어와 있었다. 모두 크리스티나의 것이었다.

클라우디아의 일루션 능력은 그 영역 내에서 통신 장치까지 먹통으로 만들 정도로 강력한 듯했다.

이혁은 통신기의 통화 버튼을 건드렸다.

[켄!]

신호가 한 번 가기도 전에 크리스티나의 음성이 들렸다.

이혁의 안색이 굳어졌다.

그를 부르는 크리스티나의 목소리에서 날카롭게 곤두선 무언가가 느껴졌기 때문이다.

"목소리가 왜 그래요? 무슨 일 있으신 겁니까?"

[그건 내가 묻고 싶은 말이에요. 어떻게 된 거죠?]

"뭐가요?"

[미스터 켄의 이름으로 정선에 대학살이 벌어지고 있어요. 사망자 수가 벌써 100명을 넘었다고요.]

"예?"

[역시… 모르고 있었군요.]

이혁의 눈빛이 차가워졌다.

"내가 한 짓이 아닙니다."

[나도 켄이 한 짓이라고는 생각 안 해요. 하지만 내 의견은 중요하지 않아요. 피해자들 중에 당신의 이름을 말하고 죽은 사람이 몇 명 있어요. 그 때문에 한국 정부가 출국 금지와 함께 전국에 켄의 사진을 뿌리면서 지명수배 조치를 내렸고요.]

"내 이름을요? 게다가 사진에 지명수배까지? 그 짧은 시간 동안 발 빠르게도 움직였네요."

이혁의 입가에 서늘한 미소가 떠올랐다.

그가 말을 이었다.

"한국 정부가 움직이는 속도를 보니까 배후에 태양회가 있는 건 확실한 것 같군요."

[나도 그렇게 생각하고 있어요. 그런데 연락도 안 되고, 어디에 있던 거예요?]

"비봉산이라는 곳입니다. 아름다운 여인의 초대를 받아서 함께 차 한잔하고 있었습니다."

[예?]

조금 놀란 크리스티나가 되물었다.

이혁이 여자에게 관심이 없다는 건 비밀도 아니다. 오죽하면 레나 같은 절세 미녀도 귀찮아할까. 그런 남자가 여자와 차를 마셨다니, 크리스티나의 호기심이 동했다. 하지만 이혁은 그에 대해서 더 말할 생각이 전혀 없었다.

그가 웃음기 어린 목소리로 말했다.

"아무튼 정보 감사합니다, 크리스."

이혁이 곧 전화를 끊을 듯한 기색을 보이자 크리스티나가 나직하게 한숨을 쉬며 말했다.

[조심해요. 저들이 켄만을 노리는 건 아닐 거예요. 하지만 드러나 있는 켄이 가장 먼저 집중포화를 맞을 거예요.]

"제가 원한 상황입니다. 너무 염려하지 않으셔도 됩니다, 크리스."

[도움이 필요하면 언제든 연락해요, 켄.]

"말씀만으로도 감사합니다."

이혁은 통신기를 껐다.

그의 입가에 쓴웃음이 떠올랐다.

지금 벌어지고 있는 일을 통해서 태양회가 어떤 생각을 갖고 있는지 명확하게 알게 되었다.

학살에 가까운 대량 살인 사건으로 인해 정선 지역은 준계엄 상황에 맞먹는 공권력 투입이 이루어지고 있었다.

보통 사람은 물론이고 초상능력자들이라도 쉽게 움직이기 어려운 환경이 된 것이다. 하지만 그건 한국 정부와 협조적인 관계에 있지 않은 사람들에게만 해당되는 얘기였다.

반대로 정부를 등에 업은 태양회는 물을 만난 물고기처럼 최적의 활동 환경을 얻었다.

'홈그라운드의 이점을 살려서 두 마리 토끼를 다 잡겠다는 구상이겠지.'

태양회는 이혁을 노출시켜서 운신의 폭을 극단적으로 제약한 후 궁지에 몰린 그를 공권력을 동원해 확보하려하고 있는 것이다.

그것만이 아니었다.

지금 상황에서는 정부의 통제에 불응하는 초상능력자들에 대해서 강력한 제재, 즉 물리적인 제압도 가능한 여건이 갖추어졌다고 할 수 있었다.

그리고 이혁을 잡기 위해서라는 명목하에 정선 지역 전역에 걸친 무한대의 수색도 가능해졌다.

실제 목적은 가네무라 슈이치를 잡기 위해서겠지만 그걸 아는 자들은 어차피 극소수에 불과했다. 게다가 그들은 항의를 할 처지도 아니었다.

대량 학살 조사 국면이 조성되면서 수색과 추적, 물리적인 힘을 투입할 수 있는 정당한 명분을 확보했다. 누구도 공권력에 저항할 수가 없게 된 것이다.

'일석이조라……. 나쁘지 않은 전술이긴 한데, 사람 생명을 장기판의 졸로 보지 않으면 구사할 수가 없는 전술이야. 어떤 놈 머리에서 나왔는지 알 수 없지만 이걸 구상한 개자식은 사이코패스가 틀림없어. 이런 식으로 흘러갈 수도 있을 거라고 예상은 했지만 피를 너무 많이 본다.'

최초의 사건 발생 후 반나절도 지나지 않았는데 사망자 수가 1백 명을 넘어섰다.

자신들의 계획을 위해서 제대로 저항할 능력이 없는 사람들을 파리 잡듯 죽이고 있었다. 이런 자들을 사이코패스라고 하지 않으면 누굴 그렇게 부를 것인가.

✽   ✽   ✽

벽에 걸린 65인치 텔레비전에서 방영되고 있는 뉴스를 표정 없는 얼굴로 바라보던 적천휴가 고개를 돌렸다.

그의 옆에는 앙천의 군사인 적포일이 손을 모으고 서 있었다.

"군사."

"예, 천주님."

"태양회의 박태호는 예전부터 잔머리를 너무 심하게 굴리곤 했었지. 뉴스를 보니 그 버릇은 지금도 버리지 못한 모양이야."

알려지지 않았지만 적천휴가 구사하는 외국어는 여섯 개에 달했다. 그중 한국어와 일본어는 모국어처럼 사용할 수 있었고.

"제 기억 속에 있는 그는 욕심은 많고 속이 좁은 전형적인 소인배였습니다."

"작은 땅덩어리에서 아옹다옹하며 살아서 그럴 걸세.

큰물에서 놀지 못하는 자의 그릇은 한계가 있으니까."

지그시 눈을 감은 그가 중얼거리듯 물었다.

"호위 무단에서는 아직 소식이 없는가?"

"죄송합니다."

"흠……."

낮은 헛기침과 함께 눈을 뜬 적천휴가 고개를 돌려 다시 적포일을 보았다.

"모용산의 위치는 파악되었겠지?"

"예."

"뒤통수를 치려고 벼르는 자를 그냥 둘 수는 없지. 조치하게."

"사령강마대를 보내겠습니다, 천주님."

적천휴는 다시 텔레비전으로 시선을 돌렸다.

＊　　　　＊　　　　＊

사방은 어두웠다.

도둑처럼 밤이 소리 없이 찾아온 것이다.

이혁은 큰 걸음으로 산을 내려왔다.

정체를 숨길 생각을 갖고 있지 않은 터라 굳이 사문의 무예를 펼쳐 은밀하게 이동할 이유가 없었다. 밤이 되면서 오르내리는 사람이 확 줄어서인지 그에게 시선을 주는 이는 보이지 않았다.

초입부에 도착하자 뒷짐을 선 채 누군가를 기다리고 있는 낯익은 영국 신사를 볼 수 있었다.

그의 눈이 커졌다. 영국 신사는 '키안'이었다.

'거참, 편하게 사람 만나는 건 꿈도 꿀 수 없게 되었군.'

속으로 투덜거리며 이혁은 암향무영을 펼쳐 나무 그늘 속으로 스며들었다.

크리스티나는 그가 사진과 함께 공개수배 되었다고 했었다.

그는 세력들을 자극하기 위해서 숨지 않지만 그렇다고 맨 얼굴로 키안을 만나는 건 현명한 일이 아니었다.

한국 사람들의 투철한 신고 정신은 세계챔피언감이다.

키안까지 신고의 대상이 될 것이고 그 뒤로는 공안에 의해 추적당할 테니까.

"키안!"

이혁은 키안의 그림자 속에 몸을 숨긴 상태에서 그를 불렀다. 그의 귀에만 들릴 정도로 작은 목소리였다.

키안은 흠칫하며 아래를 내려다보았다.

자신의 그림자 속에서 어렴풋하게 낯익은 윤곽이 웃고 있었다.

키안이 빙긋 웃으며 읍내 쪽으로 걷기 시작했다.

오가는 사람들과 일정한 거리를 둔 그가 입술을 달싹였다.

"켄, 많이 바쁘시더군. 크리스가 언질을 해주지 않으셨으면 찾는 데 오래 걸릴 뻔했소."

"예의가 아닌 줄 알지만 수배당한 상태라 이 기법을 풀 수가 없습니다."

"알고 있소."

키안은 웃으며 품에서 손가락 두 개를 합친 것만 한 크기의 작은 상자를 꺼냈다. 그리고 실수처럼 그것을 놓쳤다.

땅으로 떨어지는 듯하던 상자는 키안의 그림자와 닿자 환상처럼 사라졌다.

"혹시 몰라서 가져왔소. 켄은 은신술의 대가이니 크게 필요가 있을 거라고 생각되지는 않지만 그래도 없는 것보다는 나을 거요."

상자 속에는 매미 날개처럼 얇고 투명한 물건이 들어 있었다. 돌돌 말려 있는 것을 꺼내어 펼치자 사람 얼굴 형상이 되었다.

"인조가면이로군요."

이혁은 키안의 선물이 마음에 들었다. 지금 그에게 꼭 필요한 물건이었으니까.

"능력자가 아니라면 알아보지 못할 정도로 완성도가 높은 거라오."

"감사합니다, 키안."

이혁은 사양하지 않고 그것을 얼굴에 뒤집어썼다.

키안의 그림자를 떠나 근처의 나무 그늘을 찾은 그는 사람들의 눈길이 없는 순간을 이용해 암향무영을 해제했다.

어느새 다가온 키안이 품에서 손거울을 꺼내 내밀었다.

거울 속에는 서른 살 정도 되어 보이는 청년이 눈을 껌벅이며 그를 보고 있었다.

너무 평범해서 스쳐 지나가면 다시 떠올리기 쉽지 않은 인상이었다.

이혁은 히죽 웃었다.

"솜씨가 좋군요."

인조가면은 평범한 사람의 눈썰미로는 죽었다 깨어나도 그것을 착용하고 있다는 것을 알아차릴 수 없을 만큼 정교했다.

키안은 빙그레 웃으며 말을 받았다.

"마음에 들 줄 알았소."

"어디서 만들어진 물건인지 물어봐도 됩니까?"

"필요하면 언제든지 말하시구려. '빛의 고리'에는 다양한 분야에서 장인의 경지에 오른 능력자들이 많다오."

즉답은 아니지만 휘하의 부하가 만들었다는 대답이다.

"그건 부럽습니다. 후후후."

마주 보며 웃은 두 사람은 근처에 있는 나무 벤치에 어깨를 나란히 하고 앉았다.

키안이 호주머니에서 꺼낸 작은 휴대폰을 건넸다.

"여러 사람이 켄과 연락이 잘 되지 않는 것에 대해 불편을 토로하더군요. 어떤 기관에서도 도청을 할 수 없는 최고의 보안장치가 되어 있는 폰이오. 걱정하지 않고 써도 되오."

"이거, 필요한 물건들이라 사양하기도 어렵고, 쩝. 너무 신세를 지는 것 같습니다."

키안의 얼굴에 떠오른 미소가 진해졌다.

"부담 갖지 말고 마음껏 써주시구려. 켄에게 쓸모가 있다면 내가 더 기쁘니까 말이오."

지나가는 사람들이 두 사람을 힐끔거렸다. 물론 이혁은 그냥 스치듯 볼 뿐 그들의 시선이 머무는 건 키안이었다.

나이는 들었지만 키안은 보기 드문 미남이었다. 게다가

등산복 차림 일색인 사람들과 달리 단정한 슈트를 차려입은 그의 전신에서 흘러나오는 우아함은 아무 곳에서나 흔하게 볼 수 있는, 그런 조잡한 것이 아니었다.

그들의 시선을 따라 키안을 아래위로 훑어본 이혁이 중얼거렸다.

"키안과 같이 있으면 가면이 아무 소용없을 것 같습니다."

"내가 생각보다 사람들의 시선을 강하게 끄는 모양이군요."

"둘러보시면 대답이 필요하지 않다는 걸 아실 겁니다."

키안이 웃으며 화제를 바꾸었다.

"돌아가는 상황은 켄도 대충은 아실 테고. 정선에는 내 휘하의 정예 멤버들을 데리고 왔소. 전투보다는 능력자와 관련된 정보 수집에 특화된 이들이지만 급할 때는 전투에도 도움이 될 거요."

"기꺼이 쓰겠습니다. 감사합니다, 키안."

"힘들겠지만 그들의 희생을 최대한 줄여주기를 바랄 뿐이오."

"노력하죠."

말을 받는 키안의 표정이 단단해졌다.

"크리스의 도움을 받아서 급한 대로 정보의 흐름을 일원화시켰소. 제이슨과 에이단, 그리고 미스 강과 테일러가 확보하는 정보들은 일단 내게로 모이게 했소. 모두 그에 대해 동의했소."

이혁의 안색이 밝아졌다.

키안은 말이 필요 없는 최고의 능력자였다.

"잘됐군요. 키안이라면 안심이 됩니다."

"이곳저곳에서 대량 학살을 벌이고 있는 건 각기 두 명씩의 한국인 능력자로 구성된 세 팀이오. 히트맨에 불과한 자들이라 처리한다고 해도 대세에 영향을 미치진 못할 거요. 그래도 켄이 요청하기만 하면 언제든지 침묵시킬 수 있소."

"좋군요."

키안이 한국에 들어온 건 하루도 채 되지 않았다. 그런데 벌써 무엇을 어떻게 해야 하는지를 알고 있었다.

오랫동안 '빛의 고리'라는 능력자 그룹을 이끌어온 리더다웠다.

"일단 그들은 내버려 두는 게 좋겠습니다. 제거한다고 해도 얼마든지 대체할 수 있는 자들이라 의미가 없습니다."

키안이 말을 이었다.

"알겠소. 그리고 폰 안에 혈해와 앙천, 태양회, 무스펠하임의 거점과 동선에 대한 정보를 넣어두었소. 정보의 양은 많지 않지만 도움이 될 거라고 생각하오. 그리고 반나절 정도 후에는 주목할 만한 조직들에 대해서 동선 파악이 완료될 테니 좀 더 상세한 정보를 제공할 수 있을 거요."

키안의 말은 이혁에게 단비와 같았다.

그가 엄지를 척 하며 세웠다.

"최곱니다, 키안."

키안은 빙긋 웃으며 말을 받았다.

"다른 요구 사항이 있다면 언제 어느 때든 말해주시오. 내가 할 수 있는 최선을 다하겠소."

"기꺼이 그렇게 하죠."

키안이 자리에서 일어 이혁에게 슬쩍 윙크를 하며 말했다.

"이제는 가봐야겠구려. 여러 조직은 나와 만난 켄의 정체를 무척 궁금해할 거요."

그의 말대로였다.

세상에서 키안과 이혁의 관계를 아는 이는 '독수리의 발톱' 수장인 크리스티나와 부하 몇 명뿐이었다.

정선에 들어와 있는 조직들은 키안의 등장에도 경계의 날을 세우겠지만 그가 만난 동양인 청년의 정체에 대해 더 많이 궁금해하리라.

드드드드.

작은 진동음과 함께 막 자리에서 일어나던 키안이 미간을 살짝 찡그리며 호주머니에서 폰을 꺼냈다. 액정에 뜬 글을 읽곤 돌아보았다.

그의 눈에 깃든 긴장감을 느낀 이혁이 물었다.

"무슨 일입니까?"

"앙천이 움직였습니다. 목표는 혈해의 모용산 당주인 듯합니다. 이해할 수 있는 조치입니다. 가네무라에게 집중해야 하는 상황에서 뒤가 근질거리는 걸 두고 볼 수만은 없었겠지요. 그런데……."

이어지는 그의 말을 듣는 이혁의 눈가에도 긴장된 기색이 떠올랐다.

잠시 후 대화를 마친 키안이 작은 묵례와 함께 자리를 떠났다. 그가 우아한 걸음으로 정선 읍내를 향해 걸음을 옮기자 이혁에 대한 사람들의 관심도 함께 멀어져 갔다.

＊　　　＊　　　＊

해발 1,151미터의 노옥산은 강원랜드가 있는 사북읍 북쪽에 위치한 산이다.

노옥산의 아랫자락을 따라 우회하다 보면 디근 자 형태로 움푹 팬 계곡이 나온다.

그리고 계곡의 안으로 몇십 미터를 들어서면 숨듯이 자리 잡은 2층짜리 별장 한 채를 볼 수 있다.

불이 꺼진 별장은 어둠 속에서 거대한 바위처럼 보였다.

밤이 점점 깊어져 갈 때 그곳이 내려다보이는 왼쪽 산 릉선에서 작은 움직임이 일어났다.

모용산은 길게 숨을 들이마시며 움켜 쥔 주먹을 들어 올렸다.

그의 뒤를 따르던 삼십여 명의 사내가 일제히 동작을 멈추며 자세를 낮췄다.

그들은 하나같이 등에 1미터가 넘는 대감도를 메고 있었는데 무기는 그뿐만이 아니었다. 소음기를 장착한 AK12 돌격소총까지 들고 있었다.

전쟁이라도 치를 기세였다.

"일택."

모용산의 오른쪽 옆에 바짝 붙어 있던 성일택이 지체 없이 대답했다.

"예, 당주님."

"열을 데리고 반대편으로 가서 대기해라."

"예."

성일택은 열 명의 부하와 함께 전력을 다해 달렸다. 보통 사람이 평지에서 질주하는 것보다 더 빠르게 움직이는데도 아무런 소음도 나지 않았다.

그들은 지난 수년 동안 죽음 직전까지 가는 혹독한 수련 과정을 통과한 무예의 고수들이었다.

그뿐만 아니라 지금은 금지된 약물까지 복용한 상태여서 신체 능력이 인간의 한계를 넘어서 있었다.

"역봉."

모용산의 왼쪽에 있다가 그의 부름을 받은 거구의 사내가 즉시 대답했다.

"예, 당주님."

그는 2미터에 가까운 장신에 온몸이 쇳덩이 같은 근육으로 뒤덮여 있는 거인이었다.

"열을 데리고 건물 뒤쪽에 대기해라."

"예."

대답을 마친 역봉은 열 명의 부하와 함께 별장의 뒤편 산자락으로 질주했다.

역봉을 따르는 사내들은 하나같이 그에 버금가는 거구들이었다. 그런데도 움직임은 성일택과 그 부하들에 비교해도 뒤지지 않을 만큼 은밀하고 빨랐다.

별장을 내려다보는 모용산의 눈빛이 삼엄해졌다.

'내가 머무는 곳에 대한 정보를 흘린 직후 앙천의 사령강마대가 그곳으로 이동하는 것이 목격되었다. 호위 무단은 태양회의 정보망과 거리를 두고 독자적으로 가네무라를 찾고 있는 중이고… 기회는 지금밖에 없다.'

모용산은 시은으로부터 정보를 받았다.

제공하는 것 속에는 그녀가 복원한 진혼의 정보망과 테일러, 제이슨이 수집한 것들이 통합되어 있었다.

키안이 정보의 흐름을 일원화시키기 전까지 이혁의 주변에서 가장 뛰어난 정보 제공자는 시은이었다. 그런 그녀의 전폭적인 지원을 받은 덕분에 모용산은 수년간 와신상담하며 고대해 온 복수를 결행할 기회를 잡을 수 있었다.

그가 야간투시경을 눈에 가져다 댔다.

제이슨에게서 제공받은 이 장비는 건물 내의 생물체가 발산하는 열을 감지할 수 있었다.

모용산은 이를 악물었다.

투시경에 댄 두 눈에서 무시무시한 살기가 일어났다.

예상대로였다. 두 사람의 열상이 감지되었다.

'적천휴와 군사 적포일일 것이다.'

투시경을 내린 그는 주먹을 움켜쥔 손을 높이 들었다.

눈에 보이지는 않았지만 성일택과 역봉의 강렬한 시선이 느껴졌다.

그의 손이 아래로 확 내려갔다.

동시에 서른세 명의 사내가 무서운 기세로 별장을 향해 내달리기 시작했다.

제5장

잘 가꾸어진 넓은 정원엔 노인 혼자뿐이었다. 늘 그를 보필하던 제자의 모습은 보이지 않았다.

　한때 가네무라 슈이치라는 이름으로 불렸던 노인은 고개를 들어 하늘을 보았다. 빠르게 어둠이 내려앉고 있었다. 너무 깊어 속을 알 수 없는 그의 눈동자에 기묘한 빛이 일렁였다.

　한동안 말이 없던 그의 입술이 달싹였다.

　"이제 정선은 폭발하기 직전의 화약고나 다름없다. 과연 누가 심지에 불을 붙일 것인가⋯⋯."

　　　　*　　　　　*　　　　　*

적천휴는 와인 잔을 천천히 코끝에 가져다댔다.

코로 숨을 들이마시자 스페인산 와인 우니코의 향이 폐부 깊숙이 스며들어 왔다.

한 모금의 와인을 천천히 목울대 너머로 넘긴 그는 잔을 내려놓으며 고개를 돌렸다.

양손을 모은 자세로 장승처럼 꼼짝도 하지 않고 우측에 서 있던 적포일이 그의 시선을 받았다.

적천휴가 나지막한 목소리로 중얼거렸다.

"모용광은 실력은 모자랐지만 투지는 쓸 만했던 적이었지. 그가 폐인이 되고 나서 나는 적이라고 부를 만한 자를 만나지 못했어."

그는 다시 와인을 한 모금 마신 후 말을 이었다.

"군사, 그의 아들이 나를 실망시키지 않았으면 좋겠는데."

적포일이 빙긋 웃으며 말을 받았다.

"기대치를 조금 낮추셨으면 하는 바람입니다. 모용산은 카리스마 넘치는 인물로 알려져 있긴 하지만 아직 사십 세도 되지 않았습니다."

적천휴는 잠시 눈을 지그시 내리감고 감각에 마음을 집중했다.

평생을 고련한 혼원앙천강(混元殃天罡)의 거대한 기운이 그를 중심으로 동심원을 이루며 퍼져 나갔다.

보이지 않는 기의 그물은 생명력을 가진 모든 것을 보듬으며 그들의 움직임을 알려왔다.

불과 몇 초도 지나기 전 수십 명의 사내가 이곳을 목표로 전력 질주하고 있는 장면이 눈으로 보는 것처럼 적천휴의 심상에 그려졌다.

그들의 맨 앞에서 달리고 있는 사람은 건장하고 얼굴선이 굵은, 호쾌한 인상의 삼십대 중반의 사내였다. 핏발이 잔뜩 선 그의 눈에 무서운 살기가 일렁이고 있는 게 느껴졌다.

적천휴의 입가에 스산한 미소가 떠올랐다.

눈을 뜬 그가 입을 열었다.

"아주 마음에 들 정도는 아니로군. 하지만 나이를 생각하면 기특할 정도의 성취야."

적포일도 고개를 끄덕였다.

"그렇습니다, 천주님."

"운기나 무린이 살아 있었다면 먹잇감으로 손색이 없었을 터인데……."

말을 잇는 그의 눈가에 조금씩 붉은 기운이 어렸다.

안색을 굳힌 적포일은 감히 맞장구를 치지 못했다.

방 안에 공포스러운 살기가 넘실거리고 있었다.

적천휴의 직계인 적운기와 적무린은 갑하산에서 죽었다. 그리고 모용산은 그들을 죽음에 이르게 만든 원흉 중 한 명이었다.

적포일이 적천휴의 중얼거림에서 끔찍한 살기를 느낀 것은 그 때문이었다.

적천휴는 잔을 탁자 위에 내려놓으며 자리에서 일어났다. 그리고 적포일에게 말했다.

"이곳에서 잠시 쉬고 있게나, 그리 오래 걸리지는 않을 걸세."

"알겠습니다, 천주님."

적포일은 허리를 숙이며 말했다.

그도 무공을 익히고 있긴 했지만 그건 제 몸 하나 건사할 수준에 불과했다.

오늘과 같은 싸움에서는 조용히 차나 마시며 끝나는 시간을 기다리는 것이 적천휴를 돕는 길이었다.

*　　　　*　　　　*

별장의 정면을 향해 질주하던 모용산은 현관의 철문이 천천히 좌우로 열리는 것을 보았다.

그의 눈빛이 차가워졌다.

열린 문 안쪽에서 한 명의 노인이 걸어나왔다.

황금색 용이 수 놓인 중국식 장포를 입은 백발백염의 노인은 이 세상 사람 같지 않은 신비스러운 분위기를 풍겼다.

모용산의 입술 사이로 살기가 뚝뚝 떨어지는 이름이 흘러나왔다.

"적. 천. 휴!"

마중 나온 적천휴를 보는 혈해의 조직원들에게서는 놀람이나 두려움이 엿보이지 않았다.

이미 각오하고 있던 상황이기 때문이었다.

적천휴는 중국에 전승되어 오는 고대무예를 익힌 당대의 고수 중에서도 단연 첫손 꼽히는 초강고수였다.

그런 초강자가 삼십 명이나 되는 그들의 접근을 알아차리지 못할 거라고 기대하는 건 어리석은 일이었다.

그들은 적천휴가 그들의 종적을 최대한 늦게 알아차리길 바랐을 뿐이었다.

　모용산이 불길이 쏟아질 것처럼 열기 가득한 목소리로 소리쳤다.

　"다들 저자를 보고 있는가! 형제들의 원수가 저기 있다. 복수를!"

　"복수를!"

　반대쪽과 별장 후면에서 쏟아져 내려온 사내들까지 더해져 삼십여 명이나 되는 사람들이 한꺼번에 내지르는 고함 소리가 계곡의 적막을 단숨에 깨뜨렸다.

　동시에 삼십여 개의 수류탄이 허공을 날았다.

　오늘 이 자리에 온 혈해의 조직원들은 무예의 고수들이었다. 거기에 오랫동안 혈해 내부에서 연구를 거듭해서 만들어낸 특수한 약물로 신체를 강화한 상태였다. 그래서인지 그들이 던진 수류탄은 포물선이 아니라 직선으로 허공을 갈랐고, 속도 또한 눈에 보이지 않을 정도로 빨랐다.

　쑤와아아앙—

　혈해의 조직원들은 수류탄이 터질 때까지 기다리지 않았다.

　두두둑— 두두둑— 두두두두두둑—

　AK12의 소음기를 통과한 총탄들이 둔중한 소리와 함께 적천휴의 전신에 우박처럼 쏟아졌다.

　수류탄에 이은 총탄의 폭포수까지…….

　아무리 담대한 사람이라도 절망하지 않을 수 없는 공격이었다. 하지만 적천휴의 평온한 안색은 조금도 변하지 않았다. 그는 오히려 은빛 수염 사이로 흰 이를 드러내며 환하게 웃기까지 했다.

그의 미소를 본 모용산은 가슴이 덜컥 내려앉았다.

한국에는 자라 보고 놀란 가슴 솥뚜껑 보고 놀란다는 속담이 있다.

적천휴는 지난 5, 6년 동안 중국 대륙 내에 존재하는 혈해의 기반을 뿌리까지 추적해서 파괴하고, 조직원들을 학살했다. 당시 그가 보여준 집요함과 잔혹함은 악마조차 혀를 내두를 정도였다. 그래서 살아남은 혈해의 인물들은 그의 이름만 들어도 두려움에 몸을 떨었다.

당연히 그런 인물의 편안한 미소를 본 모용산 일행이 불길함을 느낀 건 이상한 일이라 할 수 없었다.

적천휴는 자신을 향해 날아드는 수류탄을 보며 장포의 커다란 소맷자락을 휘저었다. 삼십여 발의 수류탄은 마치 원격으로 조종이라도 받는 것처럼 얌전하게 적천휴의 소맷자락 안으로 빨려 들어갔다.

모용산은 이를 악물었다.

혹시나 했지만 역시 그가 기대한 폭발은 일어나지 않았다. 뒤이어 쏟아진 총탄 세례도 적천휴를 쓰러뜨리지 못했다. 그는 아예 단 한 발의 총알도 맞지 않았다.

그가 피해서는 아니었다.

그를 대신해서 총탄 세례를 받은 자들이 있었던 것이다.

장내에는 사람의 수가 많이 늘어나 있었다. 바위처럼 거대한 체구를 가진 열 명의 사내가 적천휴를 중심으로 원을 그리며 방벽을 쌓고 있었다.

울퉁불퉁한 근육으로 뒤덮인 육체, 표정 없는 얼굴, 감정이라고는 한 톨도 느껴지지 않는 눈동자를 가진 자들이었다. 디자인이 동일한 검은 트레이닝복 세트를 입은 그들은 땅속에 몸을 숨기고 있다가 솟아나듯이 나타났다. 적천휴를 향해 빗발치듯 쏟아진 총탄은 그들이 거대한 체구를 이어서 만든 육체의 방어막을 통과하지 못했다. 개인당 수백 발의 총탄을 몸에 맞았는데도 그들은 표정 변화가 없었다. 몸에도 상처 하나 나지 않았다.

갈기갈기 찢어진 트레이닝복 사이로 빠르게 사라지는 붉은 점 몇 개가 보일 뿐이었다. 정상적인 보통 사람의 육체를 가진 자들이 아니었다.

그들을 본 모용산의 안색이 처음으로 변했다.

"사령강마대? 외부로 나간 것이 아니었단 말인가?"

단 십 인에 불과했지만 사령강마대는 적천휴의 친위대인 호위 무단과 앙천 최강을 다툴 정도로 강력한 전투력을 보유한 무력 집단이다.

모용산은 찰나지간에 일이 어떻게 돌아가는지 알아차렸다.

그는 뒤로 고개를 돌렸다.

예상은 틀리지 않았다.

그와 부하들이 은신해 있던 자리에 낯선 그림자 이십여 개가 주욱 늘어서서 그들을 내려다보고 있었다. 분명히 있다는 것을 알고 있음에도 의식적으로 주목하지 않으면 알아차리기 힘든 묘한 자들. 마치 주변 지형과 하나가 된 정물처럼 서 있는 자들은 적천휴의 친위대 '호위 무단'의 인물들이었다.

적천휴를 노려보는 그의 얼굴에 허탈한 기색이 떠올랐다.

"속은… 건가……."

총성은 멎었다.

혈해의 조직원들은 총과 폭탄 따위로는 적천휴와 사령강마대를 어찌할 수 없다는 것을 인정해야 했다.

'호위 무단과 사령강마대가 우리를 추적하기 위해 적천휴를 두고 외부로 나왔다는 정보를 너무 믿었다. 적천휴를 제거할 가능성이 있다는 것에 흥분해서 눈에 보이지 않는 것까지 들여다볼 생각을 하지 않은 내 실수다.'

후회는 아무리 빨라도 늦다.

모용산은 동료이자 부하인 사내들을 돌아보았다.

그를 위해서라면 죽음도 불사하는 충성스런 자들이었다.

그런 부하들이 그의 전술적 판단착오 때문에 이 자리에 뼈를 묻게 될 터였다.

가슴이 찢어질 것처럼 아팠다.

어두운 눈으로 부하들을 돌아보던 그는 처음과 달라진 것이 없는, 강렬한 열기를 품고 있는 그들의 눈동자를 볼 수 있었다.

그의 얼굴에 떠올랐던 허탈한 기색이 씻은 듯이 사라졌다. 아무도 말을 하지 않았지만, 그들은 서로의 마음을 읽었다. 모두가 최선을 다했다. 그리고 아직 마지막은 오지 않았다. 그때까지 최선을 다하면 되었다.

세상사가 언제나 뜻대로 흘러간다면 얼마나 좋을까.

그러나 모용산 일행은 그런 낭만적인 기대를 갖기에는 세상의 험한 모습을 너무 많이 본 사내들이었다. 물론, 바라던 결과를 얻는다면 더할 나위가 없을 것이다. 그렇지만 설령 실패한다 해도 억울함만 남지는 않을 터였다.

모용산도 부하들도 이 자리를 만들기 위해 한순간도 최선을 다하지 않은 때가 없었으니까.

스르릉―

총을 놓은 모용산 일행은 일제히 등에 메고 있던 칼을 뽑았다.

모용산은 나이 스물다섯 때 도백(刀伯)이라는 별호를 얻은 도(刀)의 일대고수다.

그리고 부하들은 그가 직접 혈해의 비전 도법인 굉천도법(轟天刀法)을 훈련시킨 절정의 도객(刀客)들이다.

적천휴는 흥미롭다는 기색을 숨기지 않은 채로 모용산과 부하들의 눈빛과 태도가 어떻게 변화하는지, 그리고 급격하게 바뀐 상황을 어떻게 받아들이는지를 지켜보았다.

그가 고개를 끄덕이며 입을 열었다.

"모용광이 자식 농사를 잘 지었다는 얘기는 귀에 못이 박히도록 들었지. 직접 보니 헛소문이 아니었다는 것을 알겠네."

담담한 미소와 함께 그가 말을 이었다.

"그렇다고 자네의 운명이 바뀌지는 않을 것이네만."

모용산은 말을 받는 대신 도를 곧추세웠다.

그와 평생을 같이한 애도(愛刀) 단심(丹心)의 칼날에 서늘한 예기가 흘렀다.

적천휴는 여전히 덤덤한 얼굴로 살짝 턱을 끄덕거렸다.

말은 없었지만, 뜻은 통했다.

모용산 일행을 샌드위치의 속처럼 가운데 두고 있던 사령강마대와 호위 무단의 인물들이 걸음을 옮겼다.

사령강마대는 맨손, 호위 무단은 언제 빼 들었는지 낭창거리는 1미터 길이의 연검을 하나씩 들고 있었다.

강대한 살기가 폭풍처럼 일어났다.

어느 순간,

스팟!

사람의 그림자가 엇갈리는가 싶더니 핏물이 솟구치며 주인을 잃은 팔다리가 사방으로 날았다.

혈해의 조직원 수는 삼십삼, 양천은 이십이다.

수적으로는 혈해가 우세했다. 하지만 전황까지 유리하지는 않았다.

사지가 끊어지고 목이 잘려 쓰러지는 건 하나같이 혈해의 조직원들이었다.

싸움이 시작되고 얼마 지나지 않아 모용산의 오른팔인 성일택이 머리가 수직으로 양단된 시신이 되어 쓰러졌다.

왼팔인 역봉은 죽지는 않았지만 팔과 다리 하나씩을 잃고 바닥을 나뒹굴었다.

양측의 무공 실력 차이는 크지 않았다.

치명적인 것은 육체적인 능력의 격차였다.

사령강마대와 호위 무단 인물들의 몸에는 칼이 박히지 않았다. 총알도 뚫지 못하는 육체를 소유한 자들에게 칼이 통하지 않는 건 당연했다.

혈해의 도객들이 전설처럼 전해지는 도기(刀氣)나 도강(刀罡)을 펼칠 수 있다면 몰라도.

그럼에도 혈해의 조직원들 중 두렵거나 도주하려는 기색을 보이는 사람은 아무도 없었다. 그들은 이를 악물며 적의 몸에 맞고 튕겨 나오는 도를 고쳐 잡으며 다시 한 번 더 칼질할 뿐이었다.

모용산은 단심을 고쳐 잡으며 적천휴를 향해 똑바로 걸음을 옮겼다.

허리가 양단된 부하의 상체가 툭 소리를 내며 바로 옆에 떨어졌다. 화악하며 뜨거운 핏물이 그를 덮쳤다.

모용산은 피하지 않았다.

그의 온몸이 붉게 변했고, 지면을 향해 사선으로 내려진 단심도의 칼끝에도 핏방울이 맺혔다.

사령강마대와 호위 무단의 인물 서넛이 모용산의 앞을 막아섰다. 하지만 그들은 곧 좌우로 비켜서며 길을 내주었다. 말은 없었지만 적천휴의 지시가 있었던 듯했다.

부하의 피를 뒤집어써 붉게 변한 모습으로 모용산은 그들 사이를 통과했다.

눈동자는 똑바로 적천휴를 향한 채 흔들리지 않았고, 발길에서는 일말의 두려움이나 멈칫거림도 엿보이지 않았다. 거리가 점점 가까워지며 그의 발길도 빨라졌다.

접근하는 모용산을 보는 적천휴의 입가에 진한 미소가 떠올랐다.

그가 흥겨운 음성으로 말했다.

"무공은 기대 이하지만 기백만은 높이 평가할 만하다. 오랜만에 가슴이 뜨거워지는구나."

모용산의 눈빛이 강렬해졌다.

"겪어보면 기대 이하라는 말을 하지 못하게 될 거요."

"그럴 수 있기를 바란다."

적천휴의 응대가 끝나기도 전에 단심도가 핏방울을 흩뿌리며 허공을 갈랐다.

쐐애액—

지면을 향해 사선으로 내려져 있던 칼날이 시퍼런 빛을 뿌리며 벼락처럼 적천휴의 사타구니를 향해 솟아올랐다.

적천휴의 눈에 살짝 놀란 빛이 스쳐 지나갔다.

단심도의 날에 번뜩이고 있는 푸른빛은 달빛을 반사하고 있는 게 아니었다.

자체 발광.

무기에서 이런 경우는 단 하나뿐이다.

적천휴가 탄성을 토했다.

"도기(刀氣)로구나! 네 나이에 이런 성취라니. 아섭도다. 적으로 만나지 않았다면 진정 기특하다 여겼을 터인데."

말과 함께 그는 오른쪽으로 한 걸음 이동했다. 평범하고 단순한 일보였다.

시간적으로 단심도는 충분히 적천휴를 벨 수 있을 듯했는데 결과는 허망하게 허공을 가르는 것으로 끝났다.

모용산은 입술을 지그시 물었다.

적천휴가 방금 보여준 한 수는 그가 꿈에서도 바라는 경지였다. 완벽한 타이밍을 잡는 감각과 불필요한 움직임이 전혀 없어야만 저런 모습을 보여줄 수 있었다.

모용산은 적천휴의 몸이 철벽처럼 거대해지며 자신의 앞을 막아서는 것을 보았다. 그는 이런 현상이 왜 벌어지는지 즉시 깨달았다.

그의 기세가 적천휴에게 짓눌리고 있기 때문이었다.

이런 흐름을 방치한다면 그는 몇 초 안에 손도 쓰지 못할 정도로 몸이 굳게 될 터였다.

질끈.

그의 입술이 넝마처럼 찢어지며 핏물이 터졌다.

맨살이 터지는 고통이 사그라지던 그의 투지를 자극하며 강하게 일깨웠다.

그의 마음속에서 벌어진 심리 싸움은 머리카락이 곤두설 만큼 치열했지만, 그사이 단심도가 움직인 거리는 10센티미터도 되지 않았다.

허공을 벤 단심도가 수평으로 방향을 바꾸며 적천휴의 허리를 베어갔다. 공간을 가르는 단심도의 속도가 얼마나 빠른지 칼 그림자가 겹치듯 일어났다.

모용산은 기꺼운 듯 고개를 끄덕였다.

"역시 나쁘지 않아."

말하는 사이 그의 소맷자락이 펄럭이며 단심도의 날을 막아갔다. 도기가 실린 단심도의 날카로움은 쇠를 두부처럼 벨 정도다.

상식적으로는 적천휴의 소맷자락이 단심도에 잘려 나가야 했다. 하지만 그런 일은 벌어지지 않았다.

쩡!

칼과 천이 부딪쳤는데 금속끼리 충돌하는 소리가 났다.

밀려난 것은 적천휴가 아니라 모용산이었다. 내부에 적지 않은 충격을 받은 듯 그의 코에서 핏물이 비쳤다. 분명 그는 충돌로 인해 손해를 보았다. 하지만 싸움이 끝난 것은 아니었다.

튕기며 허공으로 솟구쳤던 단심도가 무서운 기세로 적천휴의 어깨를 노리고 떨어졌다. 격중되면 상체를 사선으로 양단할 수 있는 각도였다. 내부가 흔들리는 상처를 입었음에도 불구하고 단심도의 날에 깃든 푸른빛 도기는 오히려 더 강렬해졌다.

모용산은 전력을 다하고 있었다.

적천휴는 여유 있게 웃으며 소맷자락으로 단심도의 날을 휘감았다.

여전히 느릿느릿한 움직임이었다. 하지만 그의 소맷자락을 보는 모용산의 눈에는 싸움 이후 처음으로 절망의 기색이 떠오르고 있었다.

소맷자락의 폭은 45센티미터가량이었다.

칼날의 방향만 바꾸어도 빈틈을 찾아들어 갈 수 있을 것처럼 보였다. 하지만 그건 아무것도 알지 못하는 구경꾼이나 할 수 있는 생각이었다.

모용산의 눈에 보이는 소맷자락은 하늘도 덮을 수 있을 것처럼 광활했다. 피할 수 있는 방위는 보이지 않았다.

목숨을 도외시하는 투지와 기백으로도 할 수 없는 일이 있었다.

적천휴는 모용산이 어찌할 수 없는 진정한 초강고수였다.

소맷자락으로 단심도를 휘감은 적천휴가 손목을 가볍게 흔들자 모용산의 몸이 줄에 의해 조종되는 마리오네트처럼 비틀거리며 딸려왔다.

모용산은 이를 악물며 단심도의 손잡이를 놓으려 했지만 소용이 없었다. 단심도에서 흘러들어 온 혼원앙천강력의 흡인력이 그의 몸을 사로잡은 채 놓아주지 않고 있었다.

적천휴는 천천히 다른 손을 들었다.

모용산의 두 다리가 허공으로 붕 떠오르더니 적천휴를 향해 무방비 상태로 날아갔다.

모용산의 목을 움켜잡은 적천휴가 환하게 웃었다. 그의 두 눈은 어느 틈엔가 핏물에서 꺼낸 것처럼 붉게 변해 있었다.

그의 붉은 눈은 이름을 갖고 있었다.

앙천혈안(殃天血眼).

그것은 혼원앙천강을 완성했다는 증거이자 표식이었다. 그리고 그의 별호인 혈안마제는 앙천혈안 때문에 생긴 것이다.

"가상한 노력이었다만 더는 기회를 주고 싶지는 않구나. 지루하거든."

모용산의 얼굴이 창백해졌다.

죽음을 각오한 그의 눈에 전장의 모습이 들어왔다.

어느새 싸움은 끝이 나 있었다. 주검과 피만이 그의 눈에 들어왔다. 부하들 중 살아 있는 사람은 아무도 없었다.

그는 눈을 감았다.

가족과 동료들의 복수를 하지 못하고 죽는 건 아쉬웠지만 한편으로는 차라리 마음이 편했다. 그동안 그의 어깨를 짓누르던 책임과 원한도 끝을 보이고 있었다.

진인사대천명(盡人事待天命)이라 하지 않았던가.

최선을 다하고 하늘의 뜻을 기다렸으나 노력이 부족했는지 천명은 그의 편이 아니었다.

그뿐인 것이다.

적천휴는 손에 힘을 주었다.

모용산의 목이 수수깡처럼 부러지는 듯한 순간,

쾅!

"크윽!"

억눌린 신음을 토한 적천휴가 바람처럼 오른쪽으로 2장을 이동했다.

그의 왼쪽 옆구리는 손톱에 찢긴 듯한 다섯 개의 긴 상처가 입을 벌리고 피를 뿜어내고 있었다.

상처는 그뿐만이 아니었다. 목의 왼편도 검게 죽어 있었다. 그가 받은 타격이 얼마나 강했는지 웅변해 주는 상처였다. 모용산은 휴지 조각처럼 지면에 처박혀 나뒹굴었다. 눈을 감고 있는 것이 정신을 잃은 듯했다.

다행스럽게도 적천휴는 더 이상 그를 신경 쓰지 못했다.

"으드득, 웬 놈이냐……?"

적천휴는 이를 갈며 소리쳤다. 하지만 그가 기대했던 대답은 들리지 않았다. 아니, 대답은 있었다.

또 다른 공격이 그것이었다.

스팟!

허공을 찢으며 모습을 드러낸 반투명한 홍광이 그의 가슴을 갈랐다.

적천휴의 안색이 흙빛으로 변했다.

그를 공격하는 자의 속도는 모용산과는 비교조차 할 수 없을 만큼 빨랐다, 가히 천지 차이라는 해도 과언이 아닐 정도로.

서걱!

"흡!"

급박하게 숨을 들이마신 적천휴는 전력을 다해 피했다.

하지만 완전한 회피는 불가능했다.

푸확!

또다시 그의 가슴에 다섯 개의 긴 상처가 나며 허공으로 시뻘건 핏물이 솟구쳤다.

적천휴는 눈을 부릅떴다. 그를 공격했던 무기는 이미 사라져서 보이지 않았다.

고개까지 이리저리 돌리며 정신없이 살폈지만, 적도 보이지 않았다.

그는 혼원앙천강을 극한까지 끌어올렸다. 눈으로 볼 수 없으니 기운으로 적을 찾기 위해서였다. 하지만 적의 기척은 여전히 감지되지 않았다.

'은신술이 무쌍의 경지에 이른 자다.'

붉게 물든 그의 눈에 음산한 기운이 떠올랐다.

현 시점에서 초상능력이 아닌 무공으로 이런 은신술을 구사할 수 있다고 알려진 인물은 단 한 명뿐이다.

적천휴의 입에서 굉렬한 외침이 터져 나왔다.

"이혁! 모습을 드러내라."

이번에도 대답은 또 다른 공격이었다.

쾅!

왈칵!

등 뒤에 강력한 일권을 얻어맞은 적천휴가 입으로 피를 뿜으며 고꾸라지듯 앞으로 몇 걸음 이동했다. 적천휴의 머리카락이 빳빳이 곤두섰다. 시뻘겋게 물든 눈에서는 불 같은 빛이 쏟아졌다.

그는 분노로 인해 머리가 타버릴 것만 같은 기분을 느꼈다.

만주에서 힘을 얻어 앙천을 만든 후로 그는 이렇게 일방적인 구타(?)는 한 번도 당한 적이 없었다.

"이놈!"

그가 외칠 때 전황에 변화가 생겼다.

적천휴가 공격당할 때 움직이기 시작한 사령강마대와 호위 무단이 도착한 것이다. 그들은 적천휴를 병풍처럼 에워쌌다. 적이 보이지 않아 공격할 수가 없으니 인의 장벽으로 지키려는 생각이었다.

그들에게는 선택의 여지가 없는 결정이었다. 그리고 그들에게 그 선택을 강요한 이혁은 어둠의 그늘 속에서 차갑게 웃었다.

그는 단 하루도 갑하산에서 죽은 장석주의 모습을 잊은 적이 없었다.

어찌 잊을 수 있을까, 핏속에서 스러지던 장석주를.

그때 앙천과는 한 하늘을 이고 살지 않겠다고 맹세한 그였다. 그리고 마침내 맹세를 지킬 시간이 왔다.

그는 오늘 한 걸음 늦어 혈해의 인물들이 핏속에 누운 것이 가슴 아팠다. 조직원들은 물론이고 모용산조차 기식이 엄엄한 채 쓰러져 있었다. 그래서 먼저 죽어간 장석주와 진혼의 형제에 더해 모용산과 그 일행의 목숨 값까지 앙천에게서 받아내기로 마음먹었다.

그런 결론을 내렸기에 그는 사령강마대와 호위 무단이 적천휴에게 모여들 때까지 기다렸다. 잡동사니의 처리는 한꺼번에 하는 게 편하니까.

제6장

적천휴는 잠시 하늘에 시선을 주었다.

'박태호… 이건 무슨 뜻이냐?'

그의 머릿속이 잠시 혼란스러워졌다.

오늘의 작전은 군사인 적포일의 머리에서 나왔다.

모용산이 혈해의 잔당(?)들을 이끌고 정선에 들어섰다는 정보를 들은 직후였다.

적포일은 혈해를 먼저 없애야 한다고 적천휴를 설득했다.

그들을 뒤에 두고 가네무라와 이혁을 찾는 작업을 하려니 뒤통수가 근질거리는 게 마음에 들지 않았기 때문이다. 적천휴도 적포일의 의견에 동의했다. 하지만 그들만의 힘으로 작전을 수행하기는 어려웠다.

이곳은 그들의 홈그라운드인 중국이 아니라 한국이어서

필요한 정보를 제시간에 얻기 어려웠을 뿐만 아니라 적을 교란시키는 것도 마음대로 되지 않았다.

물론, 그 어려움을 극복할 방법은 있었다.

태양회의 도움을 받으면 된다. 한국에 들어오면서 협력 관계를 맺은 상태기에 그들의 협조를 얻어내는 건 쉬웠다.

그렇게 사령강마대와 호위 무단이 밖으로 나갔다는 거짓 정보를 흘려 모용산을 이곳으로 유인해 혈해를 몰살시키는 데 성공할 수 있었다.

그렇지만 적포일의 작전 구상 속에 이혁의 등장은 들어 있지 않았다.

이혁의 등장 타이밍은 미묘했다.

그가 사령강마대와 호위 무단, 그리고 모용산과 혈해의 움직임을 손바닥 보듯 들여다보지 못했다면 지금 등장할 수 없었을 것이다.

그리고 이혁이 강력한 정보망을 갖고 있다 하더라도 그렇게 앙천의 움직임을 속속들이 들여다보는 건 쉽지 않았다.

태양회가 앙천의 움직임에 대한 일체의 정보를 보호하면서 외부로 거짓 정보를 흘리는 교란작전을 펼쳐 주고 있기 때문이었다.

반대로 말하면 태양회가 그런 작업을 하지 않았기 때문에 이혁이 앙천과 혈해의 싸움에 대한 정보를 입수할 수 있었다고 보아야 했다. 아니면, 누군가 의도적으로 이혁의 정보망에 앙천과 혈해의 움직임을 흘렸든지.

어느 쪽이든 태양회가 관여되어 있지 않다면 벌어질 수 없는 일임에는 의심의 여지가 없었다.

그래서 적천휴가 태양회의 선대 회주 박태호를 떠올린 것이다.

'박태호, 손 안 대고 나를 제거하겠다는 거냐? 그렇다면 설마……?'

그의 시선이 별장 뒤쪽의 산자락을 향했다. 그곳은 괴괴한 어둠에 잠겨 있을 뿐, 아무런 기척도 들리지 않았다.

'그들까지 틀어막은 거냐, 이 자라새끼가!'

분노와 초초함으로 속이 타들어가는 느낌이었다. 하지만 그는 생각을 계속 이을 수 없었다.

이혁이 그런 여유를 더는 허락하지 않았기 때문이다.

전황을 둘러보는 적천휴의 얼굴에서 긴장감이 떠올랐다.

사령강마대와 호위 무단이 그를 지키고 있지만, 그것으로 충분할 거라는 확신이 들지 않았기 때문이다.

그는 한국에 들어올 때 이혁에 대한 정보를 이미 보고 받았다.

다양한 경로를 통해 수집된 정보를 분석한 자들이 공통적으로 내린 결론은 이혁이 위험한 적, 진정한 초강자라는 것이었다.

그가 세계 각지에서 벌인 전투에서 거둔 승리는 적천휴라 해도 쉽게 이룰 수 있다고 장담할 수 없는 것이 태반이었다. 승리의 기반이 타의 추종을 불허하는 그의 은신술이라는 건 이제 비밀도 아니었다.

때문에 적천휴는 자신을 공격한 적이 이혁이라는 것을 깨달음과 동시에 앙천 천주로서의 권위와 오만을 버렸다. 초강자를 상대할 때 자만심이 얼마나 치명적인 결과를 낳는지 잘 알고 있기 때문이다.

게다가 벌써 상처를 입고 피를 흘리는 상황이 아닌가.

그런 각오로 싸움에 임하고 있음에도 상황은 그에게 유리하게 전개되고 있지 않았다.

암향무영과 사신암행으로 모습과 기척을 감춘 이혁의 은신술은 알려진 것보다 더욱 뛰어나 아무리 애를 써도 그를 찾아낼 수가 없었다. 눈에 보이지 않는 적의 공격을 방어하는 것, 그것도 적천휴가 감지하지 못할 정도의 은신술을 펼치는 적이 지근거리에서 암습하는 걸 막는 건 불가능에 가까웠다.

그것을 증명하듯 호위 무단의 고수 한 명이 비명도 지르지 못한 채 쓰러지고 있었다.

스르르.

쓰러지는 그의 머리가 몸과 분리되어 떨어졌다.

죽음의 순간은 당사자도 알아차리지 못할 만큼 조용하고 빠르게 다가왔다. 죽은 자의 얼굴 표정은 살아 있을 때와 달라진 것이 없었다. 자신의 죽음을 알아차리지도 못했다는 것을 알려주는 증거였다.

벌써 네 명째의 죽음이었다.

적천휴의 안색이 더욱 딱딱해졌다.

사령강마대와 호위 무단은 앙천의 초인 연구 산물인 연혼철신단을 복용했다. 약물로 강화된 그들의 신체는 혈해와의 싸움에서 드러났듯이 총알도 통하지 않았다. 그런 자들이 이혁의 공격에 썩은 짚단 베어지듯 양단된 채 쓰러지는 것이다.

적천휴는 가슴팍에 손을 집어넣었다. 엄지손가락 크기의 나무 상자가 손에 잡혔다.

그의 눈빛이 강해졌다.

나무 상자 안에는 만약의 경우를 대비해서 가져온 연혼철신단이 들어 있었다.

그는 부하들과 달리 그 약을 복용하지 않았다. 부작용 때문이 아니었다.

연혼철신단을 복용시 발생했던 부작용들도 완벽하게는 아니어도 대부분은 극복이 되었다.

앙천의 연구자들을 괴롭혔던 판단 능력이 저하되거나 신체 일부가 괴사되는 일은 더 이상 벌어지지 않게 된 것이다.

그럼에도 그가 그것을 복용하지 않은 것은 필요를 느끼지 못했기 때문이었다. 그는 약물이 필요 없는 진정한 초강고수였다. 하지만 이제는 상황이 백팔십도로 달라졌다.

적은 보이지 않는데 부하들의 수는 빠르게 줄고 있었다.

현재의 그로서는 적을 잡아 죽일 수 없었다. 그 정도로 적의 능력은 뛰어났다. 뭔가 돌파구를 찾아야 했다. 연혼철신단을 복용한다고 해서 무적의 초인이 되는 것은 아니었다.

죽어가는 그의 부하들이 그것을 몸으로 증명하고 있었다. 하지만 그것을 복용하면 지니고 있는 능력이 최소 두 배 이상 강화된다.

적천휴와 부하들이 갖고 있는 기본 능력의 차는 하늘과 땅처럼 컸다. 그가 두 배 강해지는 건 부하들이 열 배 강해지는 것 이상의 의미를 갖는다. 그리고 그것은 전황을 바꿀 수 있는 커다란 변수였다.

적천휴는 나무 상자를 열곤 안에 들어 있던 황금색의 연혼철신단을 꺼내어 입에 넣었다.

약은 혀에 닿자마자 물처럼 녹아 목으로 넘어갔다. 복용한 지 2, 3초도 지나기 전, 적천휴의 기세가 변했다.

어둠의 일부가 되어 움직이던 이혁은 어느 순간 적천휴의 몸에서 흘러나오는 분위기가 급변한 것을 알아차렸다.

방금 전까지 그는 사령강마대와 호위 무단의 지원을 받지 않는 상태라면 적천휴를 제압할 수 있다고 자신했다.

하지만 지금의 적천휴와 싸운다면 승부의 추가 자기 쪽으로 기울 거라고 확신할 수 없게 되었다. 그 정도로 변화는 진폭이 컸다.

'뭔가를 먹는 것 같았는데… 운동선수들이 먹는 뻥튀기 약물, 스테로이드 같은 건가? 빌어먹을, 이제는 싸우기 전에 도핑테스트도 해야 되는 거야?'

두 명의 호위 무단 소속 무인을 베면서 그는 속으로 투덜거렸다.

황당한 생각이었다. 하지만 적천휴의 변화를 대하는 그의 기분을 이보다 더 잘 표현할 수 있는 말은 없었다.

생각하는 와중에도 환상혈조는 쉴 새 없이 적을 베었다.

사령강마대와 호위 무단의 수는 아홉으로 줄었다. 열한 명은 양단된 시신이 되어 땅을 굴렀다.

그들이 흘린 피는 붉은빛이 섞이긴 했지만, 검은색에 가까웠다.

또 한 명의 호위 무단원을 베어가던 이혁은 움찔하며

뒤로 두 걸음을 물러섰다.

차가운 한기를 흘리는 검날이 그가 있던 자리를 횡으로 훑으며 지나갔다.

검의 주인은 적천휴였다.

그는 오른손에 1미터 길이의 검(양쪽에 날이 있는 칼)을 든 채 이혁이 움직이는 방향을 눈으로 쫓고 있었다.

검은 평생을 그와 함께해 온 애검으로 이름은 앙천혈(殃天血)이라고 했다.

이혁은 적천휴의 눈을 보고 처음과는 달리 이제는 그가 자신의 기척을 감지할 수 있다는 것을 직감했다.

그의 입가에 서늘한 미소가 떠올랐다.

'능력을 뻥튀기한다고 오늘 살아 돌아갈 수 있는 건 아냐. 혹시라도 그런 기대를 품었다면 그것이 얼마나 큰 착각인지 뼛속 깊이 아로새겨 주도록 하지.'

이혁은 환상혈조로 베는 대신 맨손으로 호위 무단원 한 명의 머리를 틀어잡았다.

어둠과 동화된 채 움직이고 있어서 맨눈으로는 그의 움직임을 볼 수 없었다. 하지만 적천휴는 그의 기척을 감지했고, 즉시 그를 향해 몸을 날렸다.

경호하던 호위 무단원들과 그와의 거리는 5미터도 채 되지 않았다. 그래서 한걸음을 움직이는 것만으로 그는 이혁의 코앞까지 이동할 수 있었다.

그의 이동속도는 번개 같았지만, 이혁의 움직임은 그보다 한발 더 빨랐다.

이혁의 손을 통해 막강한 기운이 호위 무단원의 머릿속

으로 흘러들어 갔다. 기운을 이기지 못한 호위 무단원이 입을 벌림과 동시에 그의 칠공(눈, 귀, 코, 입)으로 피가 폭발하듯이 터져 나왔다.

그리고 약속이라도 한 듯 그를 중심으로 반시계 방향에 있던 호위 무단원과 사령강마대원들의 차례대로 칠공에서 피를 뿜었다.

그것으로 끝난 것이 아니었다.

피를 분수처럼 뿜어내는 그들이 몸이 한계를 초과할 정도로 바람을 넣은 풍선처럼 부풀어 올랐다.

콰콰콰쾅!

천둥치는 듯한 소리와 함께 풍선처럼 부풀었던 그들의 몸이 누가 번호를 매기기라도 한 것처럼 차례대로 폭발했다.

후두두두둑!

피와 육편 조각이 우박처럼 쏟아졌다.

혈우팔법의 하나, 구겁천뢰탄이 만든 결과였다.

이혁의 무공이 한 단계 업그레이드되면서 구겁천뢰탄의 위력도 말로 형용하기 어려울 정도로 강해졌다.

적천휴가 손을 쓰기도 전에 벌어진 일이었다.

"이혁!"

하늘이 무너져라 고함을 치는 그의 얼굴이 시뻘겋게 변했다.

그가 가장 아끼던 부하들이 손쓸 틈도 없이 시신으로 화했다.

제대로 싸운 뒤에 벌어진 일이라면 받아들일 수 있었을지도 몰랐다. 하지만 이건 그것도 아니었다.

싸움은커녕 적의 얼굴도 보지 못한 채 일방적으로 도

륙당한 것이다.

적천휴의 검이 허공의 한 점을 베어갔다. 검의 움직임은 눈에 보이지도 않았다. 단지 허공을 가득 뒤덮는 핏빛의 노을을 연상시키는 검영[血霞劍影]만을 볼 수 있을 뿐이었다.

핏빛의 노을은 완숙된 검기(劍氣)였다. 아름답지만 스치기만 해도 쇠를 무 자르듯 하는 날카로움이 그 안에 숨어 있었다.

적천휴가 펼치고 있는 것은 그가 평생을 고련한 앙천혈하검법이었다.

검의 노을 너머로 보이는 적천휴를 향한 이혁의 눈빛이 스산해졌다.

드디어 일대일의 상황이 되었다.

지난날 갑하산에서 피눈물을 삼키며 했던 맹세를 지킬 시간이 온 것이다.

이혁은 암향부동과 사신암행을 풀었다.

그의 모습이 드러났다.

적천휴는 이를 갈았다.

어둠 속이었지만 이혁을 눈으로 보는 데는 아무런 문제가 없었다. 적천휴 역시 어둠에 구애받지 않는 안력을 소유한 초강고수였으니까. 직접 이혁의 모습을 눈에 담자 기감으로 느꼈을 때와는 비교도 할 수 없는 분노가 그의 가슴을 가득 채웠다.

그는 이를 악물었다.

해일처럼 일어난 검의 그림자가 모습을 드러낸 이혁을 휩쓸어갔다. 검에 적중된다면 잘게 썬 횟감처럼 변할 터였다. 하지만 그런 일은 벌어지지 않았다.

이혁의 몸이 검을 피하듯 휘청거리며 이리저리 흔들렸다. 간발의 차이로 검이 그의 몸을 스치며 지나갔다.

아슬아슬한 장면의 연속이었다. 하지만 겉으로 보이는 만큼 위험한 것은 아니었다.

경이롭게도 이혁은 날카롭기가 비길 데 없다는 검기가 발하는 기운을 타고 움직이고 있었다.

이혁이 펼치고 있는 건 무영경 이십팔절의 운신법 중 가장 난이도가 높은 세 가지 무예, 무영삼절(無影三絕)의 하나인 이매부운(魑魅浮雲)이었다.

검과 그의 거리는 1센티미터가량.

그 거리는 멀어지지도 가까워지지도 않았다.

적천휴가 어떤 사람인데 이혁의 움직임에 담긴 의미를 알아차리지 못할까. 자신을 똑바로 보고 있는 이혁과 눈이 마주친 그의 눈썹이 역팔자를 그리며 하늘로 곤두섰다.

이혁의 눈에는 오직 단 하나의 감정만이 담겨 있었다.

그것은 두려움도 분노도 아닌 살기였다.

그것이 적천휴의 속을 뒤집어놓았다.

상대를 자신보다 약자라고 확신하지 못한다면 이혁과 같은 눈빛을 보일 수 없다는 걸 알고 있기 때문이다.

평생 동안 그를 상대하며 저렇게 일방적인 감정을 보였던 자는 단 한 명뿐이었다.

'그'를 다시 떠올리는 것만으로도 적천휴는 모멸감을 느꼈다.

이 세상에서 그를 무시했던 자는 오직 '그'뿐이었다. 그리고 눈앞에서 그를 보고 있는 이혁의 눈은 '그'와 너무 닮아 있었다.

적천휴는 속으로 이를 갈았다.

'내 평생의 배움이 이것뿐이라고 생각한다면 지옥에서 땅을 치며 후회하게 되리라!'

그는 혼신공력을 끌어올렸다.

혼원앙천강력의 강대한 기운이 앙천혈검으로 흘러들어갔다. 검날이 불에 달군 것처럼 시뻘겋게 달아오르는가 싶더니 눈부신 빛과 함께 갑자기 30센티미터는 길어졌다.

스팟!

한 가닥 핏물이 허공에 번졌다.

가슴이 횡으로 20센티미터는 벌어진 이혁이 뒤로 1미터가량 물러났다. 조금만 더 들어갔어도 심장이 갈라졌을 상처였다.

앙천혈검의 길어진 검날을 보는 그의 얼굴에 놀란 기색이 떠올라 있었다.

"설마 검강(劍罡)……?"

베지 못하는 것이 없다는, 전설 속에나 나오던 검의 초상승 경지가 세상에 모습을 드러낸 것이다. 이혁의 이매부운은 기운을 타고 움직이는 절세의 경신공부였음에도 검강은 온전히 피하지 못했다.

놀람은 나타남과 동시에 사라졌다.

그 자리를 대신한 것은 차가운 미소였다.

'역시… 앙천의 천주 정도 되는 자가 부하들만 믿는 속빈강정이었다면 정말 허무했을 거야. 한 수는 숨겨놓았을 거라고 믿었다.'

불과 하루 전이었다면 그도 검강을 상대하는 걸 꺼려했을 것이다. 하지만 지금은 아니었다.

적천휴는 검강이 더해진 앙천혈하검법으로 이혁의 몸을 난자해 왔다. 검강의 기세는 막강해서 절세의 이매부운신법으로도 뿌리치기가 쉽지 않았다.

이혁의 몸놀림이 조금씩 둔해지며 그의 몸에 새겨지는 상처의 수가 빠르게 늘어났다. 조금씩 싸움의 주도권이 적천휴에게 넘어가고 있었다.

그럼에도 적천휴의 얼굴에 떠올라 있는 긴장된 기색은 가실 기미를 보이지 않았다.

수그러들 줄 모르는 살기 어린 이혁의 눈빛 때문이었다. 그건 결코 수세에 몰린 패배자의 것이 아니었다.

적천휴가 본 대로였다.

이혁은 검강을 두려워하지도 않았고, 이 싸움에서 질 거라는 생각도 하지 않았다. 검강의 기세에 눌린 그의 움직임이 둔해지면서 확보한 공간도 좁아졌다. 당연히 움직이는 앙천혈검의 궤적도 작아졌다.

베고 피하는 그들의 속도는 육안으로 확인할 수 없을 정도로 빨랐지만, 그 안에서도 조금씩 틈이 만들어졌다. 그것은 검강의 막강한 기세와 가볍기 이를 데 없는 이매부운이 만나면서 만들어진 틈이었다.

이혁은 이매부운으로 검강을 피하기만 한 것이 아니었다. 그는 일정한 공간 속에 검강의 기세를 계속 누적시켜서 그것을 본래의 검강보다 더 무겁게 만들었다.

무거워지면 느려진다. 하지만 속도의 타성에 젖은 적천휴는 자신의 검이 처음보다 느려졌다는 것을 의식하지 못했다.

그 무게의 간극 사이를 이혁은 빈틈으로 활용할 수 있는 능력이 있었다. 이매부운으로 앙천혈검이 만들어내는 노을빛 검강을 정신없이 회피하는 듯하던 이혁의 눈빛이 한순간 무서울 정도로 강렬하게 빛났다.

스읏!

이혁의 왼손에서 일어난 날카로운 기운이 검강의 틈 사이를 송곳처럼 파고들었다.

놀란 적천휴가 무서운 기세로 검을 휘둘렀다. 거대한 기세로 일어난 검강이 해일처럼 이혁을 덮쳐 갔다.

하지만 이혁은 물러서지 않았다. 오히려 한 발 나서며 왼손에 내력을 더했다. 흑암천관령을 기반으로 한 암왕경이 혈우팔법의 절기, 폭뢰경혼추에 실렸다.

쑤와와앙!

노을빛 검강의 한복판에 작은 구멍이 났다. 철벽을 드릴로 뚫는 것과도 같은 광경이었다.

적천휴의 안색이 변했다.

구멍을 메우기 위해 그는 검강의 방향을 바꾸었다. 하지만 그보다 이혁의 오른손이 간발의 차로 더 빨랐다.

이런 상황을 미리 준비하고 있던 그가 한 발 더 빨랐던 것은 이상한 일이 아니었다.

누적된 기운의 틈 사이를 파고들어 검강의 벽에 구멍을 뚫는 것으로 소임을 당한 폭뢰경혼추의 기운이 흔적도 없이 사그라졌다.

검강의 벽에 난 구멍은 빠르게 줄어들었다.

이혁은 작아지는 구멍으로 적천휴의 놀란 얼굴을 볼 수 있었다.

그는 이를 드러내며 소리 없이 웃었다.

반투명해진 그의 오른손 장심에서 살아 꿈틀거리는 가공할 힘이 쏟아졌다. 얼마 전 깨달은 암왕사신류 궁극의 필살절예 단혼절 수라염왕인이 재현된 것이다.

그것은 이제 손가락만 해진 검강 벽의 구멍을 통과하더니 적천휴를 향해 똑바로 날아갔다.

적천휴의 안색이 노랗게 변했다.

이혁의 공격은 피할 수가 없었다. 마치 공간을 건너뛰기라도 한 것처럼 알아차린 순간 이미 그의 몸에 닿고 있었다.

쾅!

"으악!"

처참한 비명과 함께 적천휴가 피분수를 뿌리며 포탄에 맞은 것처럼 뒤로 튕겨 나갔다.

털썩!

십여 미터를 날아가 땅에 떨어진 그의 모습은 처참했다.

가슴의 바깥쪽 윤곽만 남기고 커다란 구멍이 나 있었다. 그 안에 있어야 할 오장육부는 보이지 않았다. 땅에 떨어진 것도 아니었다.

그의 장부가 흔적도 없는 것은 염왕인에 타격당하며 가루로 으스러진 때문이었다.

타카코와 같은 상처를 입은 것이다.

그런 상처를 입고도 적천휴의 숨은 끊어지지 않았다.

무섭도록 놀라운 생명력이었다.

그것은 아마도 그가 평생을 놓지 않았던 초인 연구의 산물일 것이다. 하지만 그는 염왕인의 처음 사용 대상이었던 여자 괴물(타카코)과 같은 재생 능력을 갖고 있지 않았다.

당연히 그의 생명력은 빠르게 흩어졌다.

힘을 잃은 눈으로 별장 뒤쪽에 힐끗 시선을 준 그가 이혁에게 눈길을 돌리며 말했다.

"크크크… 이것… 이 끝이라고… 생각하지 말아라……. 앙천은 결국… 너를… 죽일… 것이다!"

그가 뱉은 말의 여운이 다 사라지기도 전에 이혁은 손을 한번 휘둘렀다. 반투명한 홍광이 번뜩이며 목에서 분리된 적천휴의 머리가 허공으로 둥실 날아올랐다.

이혁이 중얼거렸다.

"듣던 중 반가운 말이었어. 나도 이걸로 앙천과의 싸움이 끝나는 건 바라지 않거든. 앙천의 뿌리를 완전히 뽑을 때까지 나는 절대로 멈추지 않을 거야."

그의 시선이 적천휴의 얼굴에 닿았다.

무엇이 그렇게 억울하고 화가 나는지 죽은 뒤에도 적천휴는 그의 트레이드마크인 혈안을 부릅뜨고 있었다.

적천휴에게서 시선을 뗀 이혁은 모용산에게 걸어갔다. 그러곤 옆에 한 쪽 무릎을 세우고 앉았다. 그는 어두운 안색으로 모용산을 내려다보며 입을 열었다.

"소당주, 내가 늦었습니다."

착 가라앉은 목소리는 그가 진심으로 미안해하고 있음을 알 수 있게 했다.

핏물에 범벅이 된 얼굴이었음에도 모용산은 환하게 웃

으며 이혁의 시선을 받았다.

적천휴가 목을 부러뜨리는 것을 이혁이 제지한 덕분에 모용산은 죽지 않았다. 하지만 아직 죽지 않았을 뿐이었다. 그가 살아날 가능성은 전무했다.

이혁의 암격을 받을 때 적천휴는 모용산을 무력하게 놓아주지 않았다. 급박한 순간에도 그의 뒷머리에 손바닥으로 일격을 가했다.

적천휴의 최심장(崔心掌)은 10센티미터 두께의 철문에 구멍을 내는 위력을 가졌다.

그런 일장에 맞았으니 모용산이 버틸 수 있을 리 없었다. 그의 뒷머리는 절반이 으스러졌고 그 사이로 뼈와 피가 뒤섞여 검붉게 변한 뇌수가 흘러나왔다.

보통 사람이라면 즉사했을 치명상을 입고도 그는 끈질기게 숨을 붙들고 놓아주지 않았다. 이혁에게 반드시 해야 할 말이 있었기 때문이다.

모용산은 안간힘을 다해 오른손을 십여 센티미터 들어 올렸다.

이혁이 그 손을 잡았다.

모용산의 얼굴에 환한 미소가 떠올라 있었다.

그는 눈을 부릅뜨고 이혁과 적천휴의 싸움을 지켜보았다, 단 한순간도 놓치지 않고.

"고… 맙소……."

이것이 그가 죽기 전 이혁에게 하고 싶은 마지막 말이었다. 모용산의 눈에서 빛이 꺼졌다. 두터운 눈꺼풀이 빛을 잃은 눈동자를 덮었다.

이혁은 모용산과 악수한 손아귀에 힘을 주며 중얼거렸다.

"후우… 부디 좋은 곳으로 가시기를……."

모용산의 마지막 한마디에 담긴 진심이 그의 가슴을 쓸쓸하게 했다.

그는 세상에 더 이상 여한이 남지 않은 듯했다. 하지만 그의 죽음을 대하는 이혁의 심사가 편할 수는 없었다.

이국땅에서의 전사(戰死)였다. 그리고 자신이 조금만 더 빨리 왔으면 막을 수 있었을 지도 모르는 죽음이었다.

하지만 삶에 가정이 무슨 의미가 있겠는가.

그나마 이혁의 마음에 한 가닥 위안이 되는 건 죽은 모용산의 얼굴이 정말 편안해 보인다는 것이었다. 비록 그의 손에 의한 것은 아니지만 필생의 대적이었던 적천휴의 최후를 지켜보았기 때문이리라.

이혁은 모용산의 손을 놓고 천천히 일어섰다. 그리고 별장의 뒤쪽에 있는 산의 그늘을 보며 말했다.

"답답하지 않나? 쥐새끼처럼 숨어 있지만 말고 이제 그만 나오시는 게 어떨까."

내공을 담은 그의 목소리는 먼 곳까지 선명하게 전달되었다.

그의 목소리를 들은 것일까.

잠시 후 산자락의 그늘에서 작은 움직임이 일어나더니 그림자 네 개가 빠른 속도로 이혁이 있는 방향으로 달려왔다.

이혁은 그들 중 선두에 선 강퍅한 인상의 오십대 중반의 남자를 보았다. 단정하게 빗어 넘긴 반백의 금발, 고집스럽게 느껴지는 각이 진 푸른 눈과 날카로운 매부리코, 얇은 입술. 그는 쉽게 접근하기 어려운 인상을 갖고 있었다.

그는 물론이고 뒤에 병풍처럼 늘어서 있는 세 명의 중년인이 흘리는 기세는 하나같이 범상치 않았다.

이혁은 피식 웃었다.

만난 적은 없지만 낯익은 얼굴들이었다. 그들의 사진이 포함된 상세한 보고서를 본 적이 있었기 때문이다.

서양인들에게서 시선을 뗀 그는 적천휴의 머리를 한번 돌아보았다. 적천휴가 왜 저렇게 자신의 죽음을 믿을 수 없다는 얼굴을 하고 있는지 충분히 이해가 갔다.

그가 선두의 중년 서양인에게 말했다.

"앙천주는 태양회와 당신들한테 앞뒤로 배신당한 셈이로군. 그렇지 않소, 요하네스 렌부르크 공작?"

한국에 들어와 무스펠하임의 실질적인 지배자로 등극하는 기회를 잡은 유럽의 거인, 요하네스 렌부르크 공작은 담담하게 웃으며 말을 받았다.

"배신이라는 말은 지나치네. 나는 두 집단의 수뇌에게 각기 다른 요청을 받았고, 그중 하나를 선택했을 뿐일세."

이혁은 피식 웃었다.

"적천주가 그 말을 들었다면 어떤 표정을 지었을까 갑자기 궁금해지는군."

말을 하던 그의 안색이 굳어졌다.

그는 미간을 모으며 남쪽 방향으로 시선을 돌렸다.

"흠… 이 기감은……."

익숙하지만 전혀 반갑지 않은 두 가닥의 기운이 그가 있는 곳을 향해 무서운 속도로 접근하는 것이 심상에 잡혔다.

제7장

렌부르크 공작의 강퍅한 얼굴이 음침해지며 눈가에 진한 살기가 어렸다. 그를 앞에 두고 아무렇지도 않게 다른 곳으로 시선을 돌리는 이혁에게서 무시당했다는 느낌을 받은 것이다.

　공작의 뒤에 서 있던 세 명의 백작 판, 바스텐, 크로코프 등도 비슷한 느낌을 받은 듯 눈빛이 차갑게 변했다.

　이혁은 렌부르크 공작 일행이 어떤 생각을 하고 있는지 한눈에 알 수 있었다. 하지만 그들의 기분이 어떤지는 전혀 알고 싶지 않았다. 그런 걸 배려해 줘야 하는 관계도 아니었고.

　그는 빠르게 사문의 삼대심공을 운기했다. 천강귀원, 초연물외, 섬뢰장염공이 동시에 일어나 암왕경으로 합일

되었다. 마음이 움직임과 동시에 기운이 따라 일어나고 육체가 반응했다.

계속되는 초강자들과의 싸움과 고난, 그리고 정체불명의 인물이 전해준 기묘한 심득이 복합되며 불과 며칠 만에 이혁은 무인들의 꿈이라 할 수 있는 의형수형(意形隨形)의 경지에 발을 내딛고 있었다.

렌부르크 공작 일행의 얼굴에 긴장된 빛이 떠올랐다.

이혁의 기세가 방금 전과는 비교도 할 수 없을 정도로 강해졌기 때문이었다.

이혁이 렌부르크 공작에게 고개를 돌리며 말했다.

"공작, 당신하고 풀어야 하는 문제가 있긴 한데 아쉽게도 지금은 아닌 것 같군."

"무슨 소린가?"

"그런 거 궁금해할 시간이 있으면 싸울 준비를 제대로 해놓는 게 좋을 거야. 조금 뒤에 후회하지 않으려면 말이지."

이혁은 피식 웃으며 던지듯 말했다.

렌부르크 공작과 세 명의 백작은 이혁의 말에 이맛살을 찌푸렸다.

그들은 싸울 준비가 되어 있었다. 어느 쪽이든 먼저 손을 쓰기만 해도 싸움을 하게 될 터였다.

그러나 이혁의 말속에는 그들이 싸울 상대는 그가 아니라 다른 사람이라는 것, 그리고 지금과는 다른 마음가짐으로 싸움을 대비해야 한다는 뉘앙스가 담겨 있었다.

그들의 궁금증은 1초도 지나기 전에 풀렸다.

그들 또한 이 세계의 최정상급에 속하는 초상능력자들, 이곳으로 빠르게 다가서는 가공할 힘을 느낀 것이다.

렌부르크 공작이 이혁과 눈을 마주쳤다.

"이 힘은… 저들이 누군지 알고 있나?"

이혁은 고개를 저었다.

"짐작이 가는 데는 있는데 내가 대답해 줄 의무는 없는 것 같군. 그래도 안면을 튼 사인데 매정하게 입을 다물기는 그렇고…… 한 가지는 말해주지."

그는 흰 이를 드러내며 싱긋 웃어 보인 후 말을 이었다.

"공작, 저들과 싸우게 되면 처음부터 전력을 다하는 게 좋을 거야, 죽고 싶지 않다면."

이혁의 말에 렌부르크 공작의 얼굴이 노여움으로 일그러졌다.

그가 평생 동안 어떤 상대로부터도 받아본 적이 없는 무시였다. 하지만 그가 화를 낼 시간은 주어지지 않았다.

기운의 주인들이 장내에 도착했기 때문이다.

그들은 일남일녀로 동서양의 아름다움이 복합된 혼혈미인과 일본 전통 의상인 하오리와 하카마를 입고 허리춤에 일본도를 찬 동양계 청년이었다.

혼혈미인을 향했던 이혁의 시선이 자석에 끌리기라도 한 것처럼 동양계 청년의 얼굴로 이동하더니 고정되었다.

미간을 찡그린 그의 눈에 짙은 의혹이 떠올랐다.

'이상하다… 풍기는 기운은 분명히 같은 것인데… 왜 그 청동거한이 아니고 예쁘장하게 생긴 사무라이 스타일의 일본놈이지?'

생각은 이어지지 못했다.

장내에 도착한 혼혈미인 타카코와 동양계 청년 야지마가 그대로 이혁과 렌부르크 공작에게 달려들며 공격을 시작했기 때문이다.

콰콰콰콰쾅!

"헉!"

"네놈들, 누구냐!"

"으악!"

요란한 폭발음과 처절한 비명, 그리고 호통 소리가 어지럽게 교차했다.

렌부르크 일행을 공격한 건 야지마 아키라였는데 그가 어떤 능력을 갖고 있는지 아무런 정보도 없던 공작 일행은 첫 번째 공격에서 막대한 손해를 보았다.

렌부르크 공작이 가슴에 일격을 받고 4, 5미터 밖으로 튕겨 나간 것은 약한 피해였다.

발길질 한 번으로 공작을 패퇴시킨 야지마는 허공에서 방향을 바꾸며 발도(拔刀)했다.

눈부신 푸른 빛 검광이 번개처럼 허공을 갈랐다.

그 일격에 판 백작의 목이 잘렸다. 공포스러울 만큼 빠른 검격이어서 판 백작은 자신의 목이 잘린 후에야 야지마가 칼을 뽑았다는 것을 알았을 정도였다.

바스텐과 크로코프 백작도 무사하지 못했다.

판 백작을 벤 칼은 일체의 머뭇거림 없이 바스텐 백작의 오른팔을 잘랐다.

그리고 물러서는 크로코프 백작을 따라붙으며 그의 가

습에 30센티미터 길이의 긴 상처를 남겼다.

피투성이가 된 바스텐과 크로코프는 정신없이 물러났다. 곧 돌처럼 딱딱하게 굳은 얼굴이 되어 렌부르크 공작의 앞을 막아섰다.

그제야 허공에 떠 있던 야지마가 천천히 내려와 땅에 발을 디뎠다.

야지마는 자로 잰 듯 일정한 속도로 렌부르크 공작 일행을 향해 걸음을 옮겼다. 공작 일행에 대한 첫 번째 공격은 야지마가 전력을 다한 것이었다.

그 일격으로 그의 기력은 적지 않게 탈진되어서 후속 공격은 바로 이어질 수 없었다. 기력을 보충해야 했다.

하지만 그의 속사정을 알지 못하는 공작 일행은 그를 공격하지 못했다.

그들은 야지마의 공격으로 입은 피해로 인해 심신에 큰 타격을 입었다. 그 공황상태에서 벗어날 시간이 필요했다.

야지마와 공작 일행의 거리는 채 5미터도 되지 않았다. 그래서 몇 걸음을 걷기도 전에 야지마의 칼은 공작 일행에게 닿을 만큼 가까워졌다.

야지마를 똑바로 보며 바스텐이 등 뒤의 렌부르크 공작에게 말했다.

"공작님, 위험해지면 이 자리를 떠나시겠다고 약속해주십시오. 그래야 마음 놓고 싸울 수 있습니다."

렌부르크 공작은 입술을 깨물었다. 한줄기 핏물이 턱을 타고 흘러내렸다.

부하들과 함께 별장의 능선에 은신한 채로 앙천과 혈해

의 싸움을 구경할 때 그는 마치 흥미진진한 영화를 보는 것처럼 재미있었다. 몇십 분도 지나지 않아서 이렇게 극심한 피해를 입게 될 거라고는 상상조차 하지 못했다.

"······알았다."

고집을 부릴 때가 아니었다.

시작도 하기 전에 몸을 뺄 궁리부터 하지는 않겠지만 싸우다가 위험해지면 바스텐 백작의 충언을 따르는 게 옳았다. 이곳에서 그가 죽는다면 무스펠하임은 물론이고, 그의 아들의 미래도 불투명해질 수밖에 없었다.

대공과 에릭 공작, 그리고 팔츠 백작이 세상을 떠난 지금 자신과 저 세 명의 백작까지 모두 죽는다면 무스펠하임의 운명은 뻔했다. 수많은 강자가 무스펠하임을 무너뜨리고 그 자리를 차지하기 위한 도전을 시작할 것이다.

그 모든 도전을 클라우디아 왕녀 혼자서 맞이해야 했다.

그녀가 남다른 잠재력을 갖고 있다 해도 자신과 백작들의 지원 없이 도전자를 모두 쓰러뜨리며 조직을 유지할 가능성은 전무했다.

세상은 그렇게 만만찮다.

결국, 무스펠하임은 역사 속으로 사라지게 되리라, 그의 가엾은 아들과 함께.

아들 니콜라이에게 생각이 미친 렌부르크 공작의 눈에 무서운 살기가 일어났다.

'누군지도 모르는 저런 놈에게 쓰러질 수는 없다. 존경하던 대공과 하나뿐인 친구도 내 손으로 잠재우고 얻은

힘이 아니던가!'

렌부르크 공작과 야지마 사이에 전운이 드리워질 때 이혁은 폭뢰경혼추로 타카코의 머리를 눌러가고 있었다.

그가 움직이는 속도는 그리 빠르지 않았다. 그건 타카코도 마찬가지였다.

두 번째의 싸움이었다.

그들은 속도로는 상대에게서 우위를 점할 수 없다는 걸잘 알고 있었다. 폭뢰경혼추의 파괴력은 가공할 만했지만타카코에게는 통하지 않았다.

쾅!

이혁의 손과 십자로 교차한 타카코의 팔목이 부딪쳤다.

그의 손을 통해 쏟아져 나오는 폭뢰경혼추의 힘이 흔적도 없이 흩어졌다.

그는 속으로 혀를 찼다.

'괴물 같은 년. 죽다 살아나더니 더 강해진 것 같네.'

타카코의 팔목을 친 그의 손바닥은 마치 솜뭉치를 때린것처럼 반동이 전혀 없었다. 그가 받은 느낌은 타카코가폭뢰경혼추의 힘을 받아서 흩어버렸다는 걸 의미했다.

'설마… 내가무예의 공부인 화(和)와 산(散)의 기법을펼친 거냐? 이제는 무공을 쓸 줄도 알게 된 거야? 초상능력만 카피해서 진화하는 게 아니라 무예도 가능한 거야?내 추측이 맞다면… 이거 장난 아닌데…….'

그는 자신의 추측이 틀리길 바랐다. 저 여자 괴물이 무예까지도 복제할 수 있다면 싸움이 길어질수록 불리해지는 건 그일 수밖에 없으니까.

그의 눈빛이 강해졌다. 추측이 맞을 가능성이 단 1퍼센트라도 있다면 이 싸움은 빨리 끝을 봐야 했다.

이혁의 공격을 흩어버린 타카코가 그의 측면으로 돌면서 겨드랑이를 파고들었다. 조(爪)의 형태의 취한 다섯 손가락으로 이혁의 옆구리를 잡아 뜯으려 했다.

단순한 공격이었지만 이혁의 이마에서는 식은땀이 흘렀다. 폭뢰경혼추가 실패로 끝나고 다음 공격으로 전환하려는 찰나에 몸으로 파고든 타카코의 타이밍이 절묘했기 때문이다.

그는 타카코의 반대 방향으로 한걸음을 움직이며 두 손으로 머리와 가슴을 짚어갔다. 손이 도달하기도 전에 가공할 압력이 타카코를 덮쳤다. 그로 인해 움직임이 눈에 띌 정도로 둔해졌다.

타카코가 전보다 더 강하게 진화했다는 것을 깨달은 이혁이 조기에 승부를 보기 위해 단혼절 수라염왕인을 펼친 것이다.

타카코의 무표정하던 얼굴에 긴장한 기색이 떠올랐다. 그녀의 몸은 아직도 생생하게 기억하고 있었다, 이혁의 손바닥이 몸에 닿은 후 겪었던 끔찍했던 신체의 붕괴를.

그녀의 호흡이 갑자기 느려졌다.

수라염왕인을 펼치기 위해서는 온몸의 감각이 극한까지 열려야 한다. 감각이 열린 덕분에 이혁은 타카코의 몸에서 일어나는 급작스러운 변화를 바로 알아차렸다.

타카코의 내부에 숨어 있던 기운들이 하나로 통합되면서 무섭게 빠른 속도로 증폭되고 있었다.

수라염왕인이 타카코의 머리와 가슴에 닿을 때까지 걸린 시간은 그야말로 찰나에 불과했다. 하지만 그 짧은 시간 동안 타카코는 원하던 몸의 변화를 완성시켰다.

콰우우우—

타카코를 중심으로 믿을 수 없을 정도로 강력한 회오리바람이 일어났다.

크기는 직경 2미터가 채 되지 않았지만, 압력과 속도는 거대한 허리케인을 무색하게 만들 정도로 강력한 바람이었다.

이혁은 이를 악물었다.

타카코와 처음 싸웠을 때 겪었던 바람 공격과는 차원이 다를 정도로 강력한 회오리바람이었다. 허리케인에 휩쓸린 몸의 중심이 단숨에 무너지려 했다. 중심이 무너지면 수라염왕인도 흐트러질 터였다.

그리고 그런 상황이 되면 승부의 추는 타카코에게 넘어가게 될 것이다. 같은 상대에게 두 번이나 그런 지경으로 몰리는 건 자존심 때문에라도 용납할 수 없었다.

"후웁! 후웁!"

악문 잇새로 거친 숨결이 흘렀다.

칼날보다 몇백 배 날카로운 바람은 그가 입고 있는 옷을 갈기갈기 찢어냈고, 몸에도 수많은 상처를 만들었다.

천강귀원공의 금강결로 외부를 보호하고 있기에 피가 날 정도로 깊은 상처는 없었다. 하지만 허리케인의 위력은 가공할 정도여서 금강결로도 오래 버틸 수 있을 것 같지 않았다.

이혁의 단전이 진동했다.

그의 혼신공력이 실린 수라염왕인이 조금씩 앞으로 전진했다.

타카코의 아름다운 얼굴이 시뻘겋게 달아올랐다. 몸 안에 있던 기운이란 건 전부 끌어내고 있기 때문에 나타나는 현상이었다.

쿠콰콰콰콰콰!

영혼을 바스러뜨릴 듯한 굉음과 함께 바람의 영역 안에 들어 있는 하늘과 땅이 산산이 부서지는 것 같은 환각이 일어났다.

이혁은 눈앞이 노랗게 변했다. 전신이 거대한 프레스에 짓눌려 압착되는 느낌이었다. 타카코가 승부를 걸어오고 있었다. 그 또한 바라던 바였다.

이혁의 호흡이 가늘어지는가 싶더니 순식간에 숨소리가 사라졌다. 어지러운 외부 상황과 달리 그의 마음은 고도의 집중 상태에 돌입했다. 절대적인 집중 상태는 고요함 속에 숨어 있던 감각을 깨웠다.

암왕의 선대들이 필살의 감각이라고 불렀던 그것이었다.

필살의 감각이 더해진 수라염왕인의 기운이 급격하게 강해지며 회오리바람의 한 조각을 산산이 찢어발겼다.

쭈와아아악—

이혁의 시야에 악귀처럼 일그러진 타카코의 얼굴이 들어왔다.

쾅!

"까아아악!"

날벼락 치는 듯한 굉음과 함께 수라염왕인에 의해 얼굴과 가슴이 으스러진 타카코의 입에서 귀곡성과도 같은 비명이 터져 나왔다. 동시에 회오리바람이 거대한 해머의 형상으로 변하더니 이혁의 가슴을 세차게 후려쳤다.

타카코가 수라염왕인을 피할 틈이 없던 것처럼 이혁도 윈드해머의 공격권에서 벗어나지 못했다.

이혁은 암왕경의 기운을 전부 가슴에 끌어모았다. 이 순간에 그가 할 수 있는 최선이었다.

쾅!

"크흑!"

막대한 충격을 받은 이혁의 몸이 뒤로 20여 미터 넘게 튕겨 나갔다. 타카코가 전력을 다해 만들어낸 윈드해머의 위력은 무시무시했다.

이혁은 충격량의 상당 부분을 비껴 흘렸다. 그럼에도 불구하고 윈드해머는 그가 몸을 제어하지 못할 지경으로 몰아넣었다.

이혁은 입술을 깨물었다.

마취주사라도 맞은 것처럼 손가락 하나 까딱할 수 없었다. 무방비 상태나 다름없어서 사무라이 스타일의 일본놈(야지마)이 달려들기라도 하면 곧바로 저승행 열차를 올라탈 수도 있었다.

그의 시선이 타카코를 향했다.

그녀는 석상처럼 움직이지 못한 채 머리의 일부와 가슴이 모래성처럼 부서져 내리고 있었다. 저런 유형의 상처라면 재생 시스템이 아무리 놀라워도 원상 복구하기 어려울 것이다.

그의 입가에 미소가 번졌다.

시선을 슬쩍 돌린 그는 타카코와 십여 미터 떨어진 곳에 목과 허리가 양단된 채 누워 있는 두 백작의 시신을 볼 수 있었다.

그들은 야지마에 의해 죽었다. 하지만 그 자리에 야지마는 보이지 않았다. 다시 시선을 돌리자 그가 보였다. 수백 미터 밖을 달리고 있는 렌부르크 공작의 뒤를 쫓고 있었다. 이혁에게는 다행스럽게도 야지마는 그를 죽이는 것에는 관심이 없는 모양이었다.

부활한 야지마는 카즈야일 때와 같은 자율성이 상당 부분 사라져서 독자적인 결정을 내리지 못했다. 그래서 그의 일거수일투족은 타카코의 통제를 받았다.

그리고 그녀는 싸우기 전에 야지마에게 이혁과의 싸움에 끼어들지 말라는 명령을 내렸다. 그는 타카코가 죽어가는 지금도 명령을 충실하게 이행하고 있는 것이다.

뒤로 튕겨 나가는 짧은 시간 동안에 이혁이 본 것들은 이 싸움이 끝나가고 있음을 말해주고 있었다.

그는 호흡을 가다듬으며 내부를 들여다보았다. 막대한 충격으로 마비되었던 경락들이 조금씩 풀리고 있었다.

암왕의 힘을 일으키자 단전이 진동하며 한 가닥 따듯한 열기를 품은 기운이 경락으로 스며들었다.

그의 몸이 허공에서 한 바퀴 회전하며 천천히 지면으로 내려왔다. 완전하게는 아니었지만 몸을 가눌 수 있을 정도까지 회복이 된 것이다.

그가 윈드해머에 타격당하고 땅에 발을 디딜 때까지 걸린 시간은 0.5초도 채 되지 않았다.

땅에 발을 디딘 후 초연물외공으로 몸 상태를 점검하던 이혁의 안색이 확 변했다.

그의 시선은 땅바닥에 깔린 짙은 음영, 바로 자신의 그림자에 고정되어 있었다. 그는 전력을 다해 땅을 박찼다. 하지만 그의 반응은 한발 늦었다.

뒤로 1미터도 이동하기 전에 그의 몸이 축 늘어지면서 누군가의 어깨에 턱 걸쳐졌다.

그는 멍해졌다.

있을 수 없는 일이 벌어진 것이다.

타케시의 타격에 의해 내부가 흔들렸지만 회복이 되고 있었다. 그런데도 그는 너무도 간단하게 제압당했다.

그의 무공스타일을 손바닥 보듯 알고 있지 않다면 불가능한 일이었다.

'분명 암향부동…… 그럼… 이 사람은…….'

그의 추측은 맞기도 하고 틀리기도 했다.

[후우, 사조께서 어떻게 가르치셨기에 사숙은 이처럼 무모하신 건지 모르겠군.]

어이없음과 탄식이 뒤섞인 굵은 목소리.

이혁은 그 목소리가 낯설지 않았다. 하지만 주인을 확인할 수는 없었다.

[일단 이 자리를 피해야 합니다. 그자가 오고 있어요. 사숙의 지금 상태로는 제힘을 더한다 해도 그자를 상대할

수 없습니다. 그러니 잠시 주무십시오, 사고뭉치 사숙님.]

'사숙이라고? 이 자식…… 대체 누구야…?'

예의 목소리와 함께 이혁의 정신이 흐려졌다.

*　　　　*　　　　*

철벅철벅.

걸음을 옮길 때마다 백금발 청년의 신발이 핏구덩이에 푹푹 빠졌다.

눈처럼 흰 백색의 슈트와 푸른색 와이셔츠를 입은 그는 사람 같지 않을 정도로 아름다워서 피로 물든 계곡의 분위기가 비현실적으로 보일 정도였다.

철벅철벅.

발길에 튀긴 핏물이 하얀 바지의 정강이 부분까지 붉게 물들였다.

몇 걸음 걷기 전에 그는 타카코와 야지마의 앞에 도착했다.

언제 돌아왔는지 야지마는 호위하듯 검을 사선으로 내린 자세로 타카코의 옆을 지키고 있었다.

타카코의 머리와 상체는 절반이 가루가 되어 날아갔고, 남은 반도 조금씩 바람에 날려 흩어지고 있었다. 언뜻 보아도 세포가 재생되는 것보다 파괴되는 속도가 더 빨랐다.

둘을 훑어보는 백금발 청년의 눈에 시퍼런 섬광이 이글거렸다.

야지마는 감정이 없는 석상 같았고, 온전한 하체 위로

절반만 남은 상체를 건들거리고 있는 타카코의 몰골은 괴물이 따로 없었다.

"쥐새끼 같은 놈……"

청년의 입술이 작게 벌어지며 분노가 담긴 한마디가 흘러나왔다.

그는 무엇이 그리 화가 나는지 말을 하면서도 주먹을 쥐었다 펴는 행동을 반복하고 있었다. 부서져 회백색의 뇌가 드러난 타카코의 머리에 오른손을 얹으며 청년이 중얼거렸다.

"내가 속다니… 이런 어처구니없는 일이… 허허허……"

너무 어이가 없어 화도 나지 않는다는 듯한 어투였다.

본래 예정대로였다면 그는 타카코와 야지마가 이곳에 도착했을 때 함께 있었어야 했다. 그렇지 못했던 것은 오던 도중에 무시할 수 없는 기운의 이동을 감지한 그가 둘을 먼저 보냈기 때문이다.

그가 느낀 것은 암왕사신류의 무예를 익힌 자만이 흘릴 수 있는 독특한 기파(氣波)였다.

그는 자신의 감각에 잡힌 기운을 흘린 자가 이혁인지 아닌지를 확인해야 했다. 왜냐하면 그가 접수한 정보에는 이혁이 앙천과 혈해가 격돌하고 있는 계곡으로 갔다는 내용이 포함되어 있었기 때문이다.

그가 귀찮음을 무릅쓰고 움직인 것은 성공하면 하나의 돌을 던져 두 마리의 새를 잡는, 일석이조(一石二鳥)의 효과가 있기 때문이었다.

하나는 계곡에서 가까운 미래에 귀찮은 존재가 될 강자들을 몰살시키는 것이었다.

또 하나는 이혁을 사로잡는 것이었고.

그런데 암왕의 기파를 엉뚱한 곳에서 느낀 것이다.

기파의 주인이 누구인지 확인하지 않고 그대로 갈 수는 없었다. 만약 그가 이혁이라면 청년이 계곡에 가는 건 헛걸음에 불과하게 되는 것이다.

기파의 주인은 청년이 자신을 쫓기 시작했다는 것을 알아차린 듯 즉시 도주했다. 하지만 청년이 어떤 사람인데 목표로 한 것을 놓치랴.

청년은 기파의 주인을 따라잡는 데 성공했다. 그러나 그도 목적한 기파의 주인을 사로잡는 데는 실패했다. 암왕의 후예는 청년의 공격에 치명적인 상처를 입었지만 사로잡히는 것만은 면할 수 있었다.

그것은 암왕의 후예가 뛰어나서만은 아니었다.

두 가지 이유가 있었다.

첫 번째는 청년이 처음부터 암왕의 후예를 죽일 생각이 없었다는 것이고, 두 번째는 시간을 다툴 정도로 급한 일이 그의 심령을 뒤흔들었기 때문이다.

그리고 청년에게 더 중요한 이유는 후자였다.

암왕의 후예를 잡을 수 있던 결정적인 순간에 청년은 그와 심령을 연결해 놓은 타카코가 소멸의 위기에 처했다는 것을 알게 되었다.

그는 어쩔 수 없이 암왕의 후예를 잡는 것을 훗날로 미루고 계곡으로 달려올 수밖에 없었다.

타카코는 잃을 수 없는 존재였기 때문이다.

그리고 그는 이곳으로 와서 자신이 성동격서(聲東擊西)의 계책에 당했다는 것을 깨달았다.

암왕의 후예는 일부러 기파를 흘려 그를 유인했고, 그 사이 다른 자를 이용해 이혁을 빼돌렸던 것이다.

불에 달군 것처럼 붉게 달아오른 그의 오른손을 휘감으며 투명한 핏빛의 수레바퀴[血輪]가 모습을 드러냈다. 천천히 회전을 시작한 혈륜은 갈수록 속도가 빨라졌다. 그리고 몇 초 지나지 않아 형체는 사라지고 하나의 붉은 선으로 변했다.

붉은 선은 곧 한 무더기의 핏빛 안개로 변하더니 순식간에 일부만 남은 타카코의 머리로 스며들었다.

손을 뗀 청년의 얼굴에 피곤한 기색이 떠올랐다. 하지만 타카코를 내려다보는 그의 눈에는 피곤 대신 기묘한 열기가 가득 차 있었다.

먼젓번에도 그랬던 것처럼 타카코에게 청년이 행한 시술의 효과는 경이로웠다. 산산이 부서져 버릴 것만 같았던 타카코의 몸은 빠르게 본래의 형태를 되찾아갔다.

눈을 한 번 깜박일 때마다 사라졌던 눈이 재생되고, 코가 나타나고, 다 드러났던 회백색의 뇌를 덮으며 다시 생겨난 두개골 뼈 위로 살과 머리카락이 자라났다. 타카코의 머리가 본래의 형태를 되찾았을 때 반만 남았던 상체도 온전하게 복원되었다.

재생이 끝난 타카코는 정신을 차리지 못하고 스르르 옆으로 쓰러졌다.

청년은 그런 타카코의 모습을 눈 한 번 깜박이지 않고 지켜보았다.

'수라염왕인의 파괴시스템에 대응하는 타카코의 재생 방법에 불멸의 열쇠가 있다.'

그의 눈이 활화산처럼 뜨거워졌다.

그 또한 타카코의 몸을 부술 수 있는 능력이 있었다. 하지만 그건 단 일격에 소멸시키는 것이었다.

이혁이 한 것처럼 저런 식으로 그녀의 재생 시스템과 싸우며 지속적인 파괴를 할 수는 없었다. 그래서 그가 암왕의 후예를 숨이 붙어 있는 상태로 손에 넣으려 했던 것이다.

'혈륜을 돌릴 수 있는 심혈기(心血氣)를 다 쓴 건 아쉽지만 그건 다시 모으면 된다. 한 번만 더 타카코가 재생하는 걸 볼 수 있다면 불멸의 단서를 손에 넣을 수 있다.'

그의 호흡이 조금 빨라졌다.

오랫동안 염원하던 꿈에 한 발짝 더 다가간 순간이었다. 어떻게 흥분하지 않을 수 있겠는가.

'가네무라……!'

벗이었으나 이제는 원수가 된 자를 떠올린 그의 얼굴이 살기로 물들었다.

'그가 연구의 마지막 수식(數式)을 갖고 도주하지만 않았다면 혈륜을 완성했을 것이고, 그랬다면 심혈기를 지금처럼 자주 보충하지 않아도 되었을 것이다.'

그날을 생각하는 것만으로도 그는 머릿속이 뜨거워질 정도로 분노에 사로잡혔다.

혈륜을 돌리기 위해서는 심혈기라는 것이 필요했다. 심혈기는 사람의 핏속에 들어있는 정기(精氣)를 뜻하는 용어로 그것을 충분히 흡수해서 저장한 후에야 혈륜을 돌리는 것이 가능했다.

하지만 사람의 몸이 담을 수 있는 심혈기의 양은 한정되어 있었다.

이차대전이 끝날 무렵까지 연구한 결과 청년과 가네무라가 얻었던 성과는 혈륜을 한 번 돌릴 수 있는 심혈기를 몸 안에 저장하는 방법이었다.

그 후 청년이 독자적으로 연구를 거듭해서 두 번을 돌릴 수 있는 심혈기를 저장하는 것을 완성했고.

하지만 청년이 독자적으로 했던 연구는 사실 가네무라의 배반만 없었다면 불필요한 것이었다.

종전 직전 가네무라는 몸 안에 저장된 심혈기를 증폭시켜 최대 30여 회의 혈륜을 돌리는 방법을 완성했었기 때문이다.

그러나 청년은 가네무라의 배신으로 인해 마지막 연구자료를 결국 손에 넣지 못했다. 만약 그것을 얻었다면 이세계는 지금과 많이 다른 모습이 되었을지도 몰랐다.

청년의 시선이 야지마를 향했다.

"타카코를 사토에게 데리고 가라."

"예."

무표정한 얼굴로 대답한 야지마가 타카코를 옆구리에 끼고 몸을 날렸다.

청년도 함께 걸음을 옮겼다.

'다른 것에 우선해서 사토가 준비해 놓은 심혈기부터 보충해야 한다.'

충성스런 사토는 심혈기를 마련해 놓고 그를 기다리고 있을 터였다.

제8장

강원랜드 호텔 프레지덴셜 스위트룸.

24층에 위치한 이 최고급 스위트룸은 90평의 내부 공간과 럭셔리한 인테리어를 갖추고 있다. 이곳의 하룻밤 투숙료는 480만 원이어서 머물고자 하는 사람들은 대부분 상류층 인사들이다.

박대섭은 스위트룸의 거실 중앙에서 고개를 조금 숙이고, 두 손은 앞에 가지런히 모은 채 서 있었다.

하늘 아래 그보다 귀한 사람이 없다는 자세로 살아온 그에게서 보기 힘든 공손한 태도였다.

창가에 서 있는 남자의 등을 보고 있는 그의 눈 깊은 곳엔 진한 두려움과 존경심이 소용돌이치고 있었다.

박대섭의 시선을 받으며 사내는 편안한 자세로 창에 비

스듬히 기대어 섰다.

밖은 아직 어두웠다. 하지만 새벽 여명이 슬금슬금 다가와 연못과 산들의 윤곽이 조금씩 또렷해지고 있었다.

밖을 보던 그는 유리창에 비친 자신에게 시선을 돌렸다. 그의 얼굴에 미소가 떠올랐다.

유리창에는 이제 서른 중반 정도의 나이로 보이는 남자가 투영되고 있었다. 훤칠한 몸을 단정한 회색 슈트로 감싼 그는 보기 드문 미남자였다.

그의 입술이 천천히 열렸다.

"아들아."

"예, 아버님."

잠시 멍한 눈으로 사내, 박태호를 지켜보고 있던 박대섭이 어깨를 움찔하며 대답했다.

"계곡에 마지막으로 나타났던 자들의 정체에 대해서는 아직도 구체적인 정보가 없는 것이냐?"

생김새와 어울리지 않는 고풍스런 말투였다.

하지만 박태호의 나이를 생각하면 그리 이상한 일은 아니었다. 삼십대의 외모와 달리 실제 그의 나이는 아흔넷이었으니까.

"이혁은 확인되었지만 다른 자들은… 죄송합니다."

고개를 푹 숙이며 대답하는 박대섭의 목소리에 곤혹스러운 기색이 담겨 있었다.

그가 말을 이었다.

"근처에 거미줄처럼 깔아놓았던 감시카메라들이 모두 작동하지 않아 영상을 얻지 못했습니다. 거기에 유일한 생존자인 요하네스 공작까지 행방이 묘연해서 그자들의 정보를 얻을 수 없었습니다."

"카메라들이 작동을 하지 않았다고?"

"예, 열여섯 개 모두 고장 나 있었습니다."

"어지간히 꼼꼼한 놈이로군."

박태호의 눈빛이 음침해졌다.

"요하네스가 살아 있기는 한 것 같더냐?"

"현장에서 살아 도주한 것은 확인했습니다만, 지난밤 계곡에 있던 자들은 하나같이 초강자들이라 생존해 있다고 확신하기는 어렵습니다."

"계속해서 찾아보아라. 백작 세 명의 시신이 발견된 이상 그는 혼자다. 클라우디아 왕녀는 이번 기회에 그를 실각시키고 잃었던 무스펠하임의 권력을 되찾으려 할 것이야."

박태호의 날카로운 시선이 박대섭을 향했다.

그가 말을 이었다.

"…지금의 그는 가네무라를 손에 넣기는커녕 자신의 목숨도 건사하기 어려운 지경에 처해 있다. 그래서 우리가 내미는 손을 거절할 수 없다."

"그렇다면……."

"지금이 그를 우리 사람으로 만들 좋은 기회다. 어차피 백작들을 잃은 그는 이번 쟁탈전에서 탈락했다고 봐야 한다. 그가 더는 욕심을 부리지 않을 게야. 여기서 쓰러지면 클라우디아 왕녀가 그의 아들 니콜라이에게 무슨 짓을 할지 알 수 없으니까."

"그를 빨리 찾아내도록 최선을 다하겠습니다."

박대섭의 말에 박태호는 고개를 끄덕이며 입을 열었다.

"이혁이 조선의 마지막 무맥이라 할 수 있는 암왕사신류의 후예임은 이제 더는 의심의 여지가 없다. 그가 익힌 무예의 특성상 사로잡기는 불가능에 가까워. 그의 종적이 발견되면 무조건 사살해야 한다. 이곳은 좁은 지역이고, 지금까지와 달리 우리의 행적도 조만간 드러난다. 그에게 여유를 주면 우리가 위험해."

"알겠습니다."

"타이요우의 후지와라 리쿠가 오늘 오전 중으로 입국할 것이다."

박태호의 말에 박대섭의 얼굴에 놀란 기색이 뚜렷하게 떠올랐다.

"그 괴물이 직접 온단 말입니까, 아버님?"

"타케시만으로는 이번 사안을 감당하기 어렵다고 판단했겠지."

"타케시와는 협력 관계인데… 어찌할까요, 아버님?"

"그에 대한 정보를 진혼에 흘려라."

"그럼 이혁에게……?"

박태호가 고개를 끄덕였다.

"우리 연구소를 침입했던 그놈의 두 형을 죽인 건 타이요우의 타이료오바타 대원들이었다. 얼마 전에는 이혁도 타케시에게 좌절을 겪기도 했지. 리쿠가 이곳으로 오면 그도 그냥 넘어가려 하지 않을 게다. 아니, 그냥 넘어가지 못하게 해줘야지, 우리가."

"조치하겠습니다, 아버님."

차도살인지계(借刀殺人之計:남의 칼을 빌려 사람을 죽인다는 계책)는 고래로 음모를 꾸미는 자들이 가장 좋아했던 모략 중 하나다.

박대섭을 보는 박태호의 눈빛이 차가워졌다.

"많은 일이 동시다발적으로 벌어지고 있다. 하나라도 놓치면 안 된다. 이곳에 모인 자들은 평범하지 않아. 전체를 읽지 못하면 우리조차도 뒷감당하지 못하게 될 수도 있다."

긴장한 박대섭의 등이 식은땀으로 푹 젖었다.

박태호의 얼굴에 음산한 미소가 떠올랐다.

"분명 이곳은 위험하다. 하지만 피할 수 없다. 성공했을 때의 대가가 너무도 크니까……."

그가 불쑥 박대섭에게 물었다.

"지훈이는?"

"일본에 머물고 있습니다. 그곳에서 받는 후계자 수업이 아직 끝나지 않았습니다."

"그 아이의 보호에 만전을 기하도록 해라."

"예, 아버님."

손자 박지훈을 떠올리는 박태호의 눈에 온화한 빛이 떠올랐다. 외모와 성격 모두 그의 젊은 날과 판박이였다.

핏줄이라고 딱히 정을 준 적이 없는 그였지만 박지훈만은 달랐다. 그는 진심으로 손자를 사랑했다.

그가 입을 다물고 다시 시선을 창밖으로 돌리자 박대섭도 방을 나갔다.

정선군 전 지역은 태양회에 소속된 인물들의 지휘를 받는 민관군에 의해 장악되었다. 그리고 그들은 박대섭의 지휘를 받았다.

할 일이 많을 수밖에 없는 것이다.

*　　　　*　　　　*

"정신 차린 거 안다, 눈 떠라."

이혁은 귀를 파고드는 나이 든 남자의 굵은 저음을 들으며 눈을 떴다.

높이 2미터가량 되는 울퉁불퉁한 돌 천장이 먼저 눈에 들어왔다.

그는 눈을 한 번 깜박이고는 바로 몸을 일으켰다.

몸 상태는 정상이었다. 최고의 컨디션은 아니지만 그리 나쁜 편도 아니었다.

그는 운기행공을 한 번 하면 최상의 상태로 컨디션을 회복할 수 있을 거라고 확신할 수 있었다.

그제야 그는 주변을 둘러보았다.

그가 있는 곳은 깊이 십여 미터가량 되는 천연 동굴이었다.

짐승들이 자주 오는 곳인지 노린내와 정체를 알 수 없는 털들이 곳곳에 들러붙어 있었다.

물론 사람도 있었다.

오십대와 삼십 전후의 나이로 짐작되는 두 남자였다.

나이 든 쪽은 190이 넘는 키에 130킬로는 가볍게 넘어 보이는 거구였는데 지금은 힘없이 벽에 등을 기대고 앉아 있었다.

젊은 사내는 그의 앞에 울적한 얼굴로 무릎을 꿇고 있었고.

이혁에게는 둘 다 낯이 익은 사람들이었다.

오십대의 남자와 눈이 마주친 이혁의 얼굴이 돌처럼 딱딱해졌다. 얼마나 충격을 심하게 받았는지 그는 자신도 모르게 엉덩이를 반쯤 일으키고 있었다.

"이… 자룡… 회장……?"

오십대의 남자는 태룡회를 제거한 후 서울의 밤을 장악한 상산파의 회장 이자룡이었다.

그가 쓰게 웃으며 뱉듯이 말했다.

"이미 내 신분을 알고 있는 놈이 그따위로 이름을 부르냐? 사형이라고 해라."

이혁은 손가락으로 지면을 한 번 미는 것으로 4, 5미터를 이동해 이자룡의 바로 앞에 도착했다.

그의 눈매가 가늘게 떨렸다.

이자룡의 몸은 피투성이였다. 왼쪽 눈과 광대뼈가 있던 자리는 살과 뼈가 뒤엉킨 채 주저앉았고, 왼팔과 오른쪽 다리의 무릎 아래도 어디로 갔는지 보이지 않았다.

상처는 그뿐만이 아니었다.

배를 덮고 있던 살가죽도 거의 다 녹아버려서 부서지고 찢어진 오장육부와 가닥가닥 끊어져 뒤엉킨 내장이 그대로 밖으로 드러나 있었다.

보통 사람은 즉사해도 백번은 하고도 남았을 상처인데 이자룡은 아직 숨이 붙어 있었다. 게다가 음성도 힘이 없을 뿐 정상인과 크게 다르지 않았다.

말하는 것만 듣는다면 그가 저승 문턱에 한 발 들어선 중상자라는 걸 믿을 사람이 없을 것이다.

이혁이 어두운 얼굴로 물었다.

"당신이 제… 사형이셨습니까?"

"뜻밖이냐?"

"예. 생각도 못 했습니다."

"그러니까 네 녀석이 바보인 거다. 짐작이라도 하고 있었어야 되는 거다. 우리 문파의 무예를 익히고 아예 숨어 산다면 몰라도 세상에 나왔는데 평범하게 살고 있을 리 없지 않겠냐. 흐흐흐."

"지금 사형의 몰골을 보니까 정말 평범하게 살지 않으셨다는 걸 알겠습니다. 이게 어떻게 된 일입니까?"

"네가 있던 계곡으로 가던 중에 괴물 같은 놈에게 당했다."

대답하며 이자룡은 인상을 잔뜩 썼다. 그가 아무리 담대하고 인내심이 강하더라도 상처가 너무 심했다.

"생사회혼술… 로도 안 되는 겁니까?"

이혁의 질문에 이자룡이 풀썩 웃었다.

"네놈은 생사회혼술로 이런 상처도 치료할 수 있는 모양이로구나."

이혁은 울적한 얼굴로 고개를 저었다.

"저도 못합니다."

이자룡의 상처는 어떤 방법으로도 회생시킬 수 없었다. 오장육부의 절반 이상이 부서진 사람을 무슨 재주로 되살릴 수 있을까.

"할 말이 있어 회광반조법으로 저 세상 가는 시간을 좀 미뤄놓았을 뿐이야. 헛된 기대는 하지 마라."

회광반조법은 생사회혼술에 포함되어 있는 기법 중 하나로 죽음 직전에 일어나는 마지막 잠력을 강제로 생기로 전환시켜 생명을 연장하는 기법이었다.

놀라운 기법이기는 하지만 죽음을 미룰 수 있을 뿐 회복은 불가능했다.

이혁은 자신도 모르게 주먹을 꽉 움켜쥐었다.

그도 사형이라는 존재가 있음을 스승에게 들어 알고는 있었다. 하지만 정체는 전혀 알지 못했다. 그런 사형을 처음으로 만났는데 영원한 이별이 코앞이었다. 죽음과 이별에 익숙한 날들을 보낸 그라도 받아들이기가 쉽지 않았다.

그때 이자룡이 옆에 무릎을 꿇고 있는 삼십대 사내, 이진욱을 가리키며 말했다.

"세상에 하나밖에 없는 네놈 사질(사형이나 사제의 제자)이다. 본 적 있지?"

"예."

이혁이 이진욱을 한번 힐끗 보고는 고개를 끄덕였다.

이진욱은 예전에 편정호와 함께 대전 유성구에 있는 태라나이트 클럽의 별실에서 이자룡을 만났을 때 동석했던 남자였다.

이진욱이 그를 향해 고개를 숙였다.

"정식으로 인사드리겠습니다, 사숙. 스승님의 유일한 제자이자 사숙님의 둘도 없는 사질 이진욱입니다."

이혁은 이 마당에 인사를 나누는 것이 허탈하긴 했다.

하지만 처음으로 사질을 만나는 건데 인사를 안 받을 수도 없었다.

"이혁입니다."

아무리 사질이라도 나이가 많은데 대뜸 말을 놓는 건 무리였다. 지금은 족보를 생명처럼 여기던 중세가 아니라 현대인 것이다.

이혁은 고개를 이자룡에게 돌리며 물었다.

"'그자'가… 누굽니까?"

이자룡은 고개를 저었다.

"모른다. 하지만 짐작은 간다."

이혁이 궁금해하는 기색을 숨기지 않자 이자룡은 길게 숨을 들이마시며 말을 이었다.

"그자는 내가 알던 것과는 완전히 다른 얼굴이었다. 키와 골격도 달랐다. 아무도 그를 '그자'와 동일인이라고 생각하지 않겠지만 나는 안다. '그자'는 731부대의 악마 '이시이 시로'였다."

이혁의 안색이 딱딱해졌다.

이시이 시로.

이혁이 여자 괴물과 청동 거인, 그리고 사무라이 스타일의 남자 괴물을 만든 배후라고 추정했지만 생존조차 불분명했기에 확신할 수 없던 인물.

드디어 그와 직접 만났다는 사람이 나타난 것이다.

이혁의 얼굴을 보며 빙긋 웃는 이자룡의 얼굴에서는 죽음을 앞둔 자의 절망이나 고통, 좌절 같은 것이 하나도 보이지 않았다. 평소처럼 거칠고 호탕한 기세만 있을 뿐이었다.

"이시이 시로는 네가 추적해라. 나는 그보다 딴 놈한테 관심이 더 많아. 우리에게는 그놈이 더 중요하고."

이혁은 묵묵히 이자룡을 쳐다만 보았다.

그에게 남은 시간은 얼마 되지 않았다. 아무리 궁금한 게 많아도 그가 중요하다고 생각되는 걸 할 수 있도록 도와주어야 했다.

이자룡이 이혁에게 물었다.

"스승님이 나에 대해서 뭐라고 말씀하신 적이 있었냐?"

이혁은 고개를 저었다.

"사형이 한 분 계시다는 말씀만 하셨을 뿐입니다."

"그러니 대전에서 나를 보고도 네가 그따위로 고개를 빳빳이 들 수 있었겠지. 하여튼 그 영감탱이… 밴댕이 속이 따로 없어……."

투덜거리는 말투였지만 이혁은 물기 어린 이자룡의 목소리에서 그가 얼마나 스승을 그리워하는지 느낄 수 있었다.

이자룡이 이혁의 눈을 보며 말을 이었다.

"한번 말할 시간밖에 없으니 잘 들어라."

"예, 사형."

이혁의 안색이 진중해졌다. 이자룡의 몸 상태로 보아 그가 하는 말은 유언이 될 터였다.

"조선에 일곱 무맥이 있었다는 건 너도 알 것이다. 그 중 하나가 우리 '암왕사신류'이고."

이혁은 고개를 끄덕였다.

"일제강점기 시절 흑룡회와 일본군이 연합해서 조선 무맥의 후예들을 추적 살해할 때 다른 무맥의 후예들은 우리에게 사조(師祖:스승의 스승) 되시는 유정광 님께서 나서주기를 바랐지만 사조님은 끝까지 그들을 돕지 않으셨다. 왜 그랬는지 스승님께서 말씀해 주지 않으셨겠지?"

"예."

"그랬을 거다. 나도 그 양반을 모신 지 이십몇 년이 흐른 후에야 간신히 알게 된 비사(秘事)였으니까."

이자룡은 자꾸 흘러내리는 내장을 손으로 감싸 안으로 욱여넣으며 말을 이었다.

"유정광 님께서 돕고 싶지 않아서 그런 것이 아니었다. 그분은 나설 수가 없는 입장이셨다. 가장 믿었던 사람에게 배반을 당하셔서 폐인이 되셨거든."

이혁의 눈빛이 강렬해졌다.

처음 듣는 이야기였기에 그는 머리에서 열기가 느껴질 정도로 집중하고 있었다.

"사조님껜 배다른 동생이 한 분 계셨는데 이름이 유정수라고 했다. 두 분 다 무예에 대한 재질이 남달랐는지 사조님이 암왕의 후예로 선택되었을 때 동생분도 한 무맥의 후예가 될 수 있었다. 그때까지는 좋았지."

말을 잇는 이자룡의 눈빛이 삼엄해졌다.

"조선은 무예보다 문을 숭상했던 나라라서 무맥들은 많은 제자를 구할 수 없었다. 당연히 문파를 키울 수도 없었고. 제자의 수는 대부분 한 명이었고, 많아도 우리처럼 둘을 넘지 못했다."

그의 시선이 잠시 이진욱을 스쳤다. 따스한 눈길이었다.

"하지만 윗분들이 선택한 제자들의 자질은 하늘이 내렸

다는 말을 들을 정도로 뛰어났다. 그렇지 않으면 익힐 엄두도 못 내는 것이 무맥이 보유한 무예들이었으니까."

말을 잇는 그의 숨결이 거칠었다. 눈빛으로 볼 때 그 이유가 고통 때문이 아니라 분노라는 것은 명백했다.

"수십 년 동안 각자 사문의 무예를 수련하며 교류를 계속하셨는데 그분들 중 먼저 제자를 들인 건 동생분이셨다. 그 제자의 이름은 '신명호'라고 하지, 으드득."

그의 입술 사이로 이를 가는 소리가 들렸다.

"신명호는 대단한 천재라서 사조님과 그 동생분이 당세에 두 번 보기 힘들다 감탄하셨다고 한다. 하지만 불행하게도 그분들은 신명호가 반골이라는 건 알아보지 못하셨다."

이야기가 진행될수록 이혁의 안색도 굳어져 갔다. 아직 나오지 않은 뒷부분을 어느 정도 짐작할 수 있었기 때문이다.

"조선 무맥들은 가장 짧은 맥의 역사가 천 년에 달할 정도로 길다. 그 긴 세월 동안 무맥의 선조들은 나라가 위태로울 때마다 온 힘을 다해 도왔다. 하지만 돌아온 건 배척과 탄압뿐이었지. 임진왜란 때는 무맥들의 정기가 훼손될 정도로 힘을 보탰는데 결과는 과거와 다를 바가 없었다."

이자룡의 얼굴에 씁쓸한 기색이 스쳐 지나갔다.

"그때부터 무맥들은 세상사에 관여하지 않았다. 일제강점기가 와서도 그분들의 생각은 변하지 않았지. 당신들 몇 명의 힘만으로 되돌리기에는 너무 거대한 흐름이기도 했고."

"바깥세상의 흐름이 당신들은 비켜갈 거라고 생각하셨나 보군요."

"맞다. 그랬지. 정말 안이한 현실 인식이었다, 흐흐흐.

그 결과는 너도 아는 것처럼 참혹했다. 일본은 흑룡회와 군부를 동원해 30여 년에 걸쳐 집요하게 조선의 무맥들을 사냥했다."

말을 잇던 그가 떨리는 손으로 가슴을 지그시 눌렀다.

"…그들의 추적이 20여 년째로 접어들 무렵 유정수 님도 결국 제자를 데리고 그들을 피해 만주로 도주하셨다. 당시 사조님께서는 흑룡강성 대흑산 부근에 머물고 계셨는데, 그분을 찾아가려 하셨던 것이다."

이자룡은 머리를 벽에 기댔다. 그의 숨소리가 조금씩 작아졌다. 기력이 다해가는 것이다.

"하지만 그분은 사조님을 뵙지 못하고 하얼빈 북쪽 북안이라는 곳에서 살해당하셨다. 하지만 그분의 죽음은 일본군에 의한 게 아니었다."

"그럼……."

"그래. 그분을 살해한 자는 제자인 신명호였다."

이혁은 깊게 숨을 들이마셨다. 심장이 격렬하게 뛰고 있는 게 느껴졌다.

세부적인 부분에서 어긋나는 점이 있긴 하지만 그는 5년 전 대전에서 비슷한 내용의 이야기를 들은 적이 있었다.

이자룡이 말을 이었다.

"신명호는 유정수 님의 시신을 업고 사조님을 찾았다. 그리고 사랑하는 아우의 죽음을 보고 통곡하는 사조님의 몸에 수십 번의 칼질을 했다."

빛을 잃어가던 그의 눈에 섬뜩한 살기가 어렸다.

"꿈에도 예상치 못했던 공격이라 사조님은 피를 뿌리며

도주해야 했다. 신명호의 무예는 유정수 님에게 육박할 정
도였지만 사조님을 잡지는 못했다. 비록 방심 때문에 치명
상을 입었다고 해도 그가 어떻게 암향무영과 사신암행을
펼치는 사조님을 잡을 수 있었겠냐, 흐흐흐. 쿨럭……."

이자룡의 입에서 쏟아진 핏덩어리가 동굴 바닥을 붉게
적셨다.

"도주하던 사조님은 연해주로 넘어갔고, 블라디보스토
크 부근에서 당시 일곱 살이던 스승님을 만났다. 스승님
의 부모가 사조님을 구해주시며 인연을 맺은 거지. 사조
님은 신명호의 암습으로 무공을 잃으시긴 했어도 돌아가
신 건 그로부터 10년 후였다. 그래서 스승님이 암왕의 절
기를 익히실 수 있었다."

이자룡이 잠시 말을 멈추며 숨을 고르는 것을 보며 이
혁이 물었다.

"그… 신명호라는 자의 무맥이… 삭월비검향입니까?"

"맞다. 너도 영 바보는 아니구나, 흐흐흐."

이자룡이 웃으며 대답했다.

이혁의 눈빛이 서늘해졌다.

그의 뇌리에 과거사를 이야기하며 열변을 토하던 왜소
한 체구의 노인이 떠올랐다. 자신을 삭월비검향의 당대
전승자라 소개하던 노인. 그가 오랜 사문의 원수일 줄 어
떻게 상상이나 했으랴.

"스승님은 왜 복수를 하지 않으신 겁니까?"

"왜 안 했겠냐. 시도를 하셨지."

이혁은 멍해졌다.

스승이 복수를 시도했는데도 그는 불과 수년 전 삭월비 검향주를 만났다. 그렇다면 결과는 물어보나마나였다.

"실패… 하셨군요."

이자룡이 덤덤한 어조로 말을 받았다.

"그래. 실패하셨다. 40년을 추적한 결과였는데 말이지. 스승님께서 복수를 시도하신 건 나를 제자로 거두고 십여 년이 흘렀을 때였다. 내게 사문의 무예를 전하고 맥이 끊길 염려가 사라졌다고 생각하신 그분은 삭월비검향주를 찾아갔지. 하지만 그를 죽이기는커녕 간신히 목숨만 부지하고 도망쳐 나오셨다."

이혁은 탄식했다.

스승의 모습이 눈앞에 선하게 떠올랐다. 그의 스승 장문규는 세상에 다시없을 거라는 생각이 들 만큼 마음씨 좋은 할아버지였다.

게다가 어린 그의 눈에 스승이 지닌 능력은 초인이나 신선이 아닐까 하는 생각이 들 정도로 신비로웠다. 하지만 무예가 초상승지경에 이른 지금 그는 스승이 어떤 사람이었는지 분명하게 알고 있었다.

이자룡이 말했다.

"스승님은… 재주도 많고 마음이 정말 선한 분이셨지. 하지만 이제는 너도 알고 있겠지만……."

이자룡이 말끝을 흐리자 이혁이 뒷말을 이었다.

"무예의 자질은 정말 평범한 분이셨죠."

이자룡이 쓰게 웃으며 눈꺼풀을 아래위로 껌벅였다.

머리를 아래위로 움직일 힘이 없어 눈꺼풀로 대신한 것

이다.

그가 말을 받았다.

"맞다. 스승님은 무인보다는 학자나 연구원이 더 적성에 맞는 분이셨지. 내가 하루 만에 익힌 걸 스승님은 반년 만에 익혔을 정도였으니… 그리고 우리와는 달리 너무 선하신 분이셔서 끈질기게 복수심을 끌어안고 사실 수 있는 것도 아니었고."

"후우, 그런 분이셨죠."

이혁은 탄식하며 동의했다.

스승은 그의 곁을 떠나던 마지막 순간까지 어린아이 같은 순수함과 낙천적 기질을 유지했던 사람이었다. 그는 아이들을 사랑했고, 인간이 더 나은 방향으로 진보하고 있다고 확신했다.

성격은 장난기도 많고 유머 감각도 풍부해서 그에게서 어둡거나 우울한 부분을 찾는 건 불가능했다. 이런 사람이 어둠의 제왕, 혹은 살수의 전설이라 불리는 암왕의 전승자가 된 것은 진정한 아이러니였다.

이혁은 무공을 잃은 사조가 적절한 전인을 찾을 몸 상태가 아닌 데다 스승이 그의 생명을 구해준 은인의 자식이었기에 제자로 거두었을 거라고 추측하고 있었다.

이자룡이 말을 이었다.

"스승님은 한 번의 실패 후 복수를 아주 가볍게 포기하셨다. 사조님께 할 만큼 했다고 생각하셨지. 사실 올바른 판단이셨다. 만약 스승님께서 두 번째 복수행을 시도했다면 그분은 죽었을 것이다."

"…그… 정도로 삭월비검향주가 강합니까?"

"첫 번째 복수행에서 스승님이 살아 돌아올 수 있던 것은 비검향주가 전혀 준비하지 않은 상태에서 암습을 당했기 때문이었다. 비검향주가 대비를 하고 있었다면 스승님은 그 자리에서 죽었을 거다."

이자룡의 안색이 눈에 띄게 거무죽죽해졌다. 회광반조법의 기운이 다해가고 있었다. 그도 자신의 상태를 느끼고 있는지 말의 속도가 빨라졌다.

"스승님이 두 번째 복수행을 포기한 건 여러 가지 이유가 있었다. 그중에 하나가 첫 번째 복수행에서 입은 심각한 상처였다."

"상처요?"

이혁이 어리둥절한 얼굴로 되물었다.

스승은 그의 곁에 있을 때 한 번도 어디가 불편하다는 내색을 한 적이 없었다.

"그렇다, 이 무심한 사제 놈아. 당시 스승님은 내공의 절반을 잃었고, 단전을 다쳐서 생사회혼술로도 상처를 회복할 수 없는 지경이 되어 돌아오셨었다."

이자룡의 눈에서 분노의 불길이 일어났다.

이혁은 그의 눈에서 스승에 대한 그의 사랑과 존경이 얼마나 깊은지 알 수 있었다.

이자룡이 말을 이었다.

"스승님은 복수를 잊었지만, 나는 그럴 수가 없었다. 사문의 원한 이런 차원 때문은 아니었다. 나는 스승님을 주기적으로 단전이 부서지는 듯한 고통 속에서 몸부림치며 살도록 만든 비검향주를 용서할 수 없었다. 그래서 그를 평생 동안 추적했지. 상산파도 그것을 위해 만들었던 것이고."

그의 입가에 희미한 미소가 떠올랐다.

"그리고 나는 마침내 그자가 누구와 무슨 짓을 하고 있는지 알 수 있었고, 며칠 전 그를 끌어낼 수 있는 함정을 팠다."

그는 이혁의 눈을 똑바로 마주 보며 말을 이었다.

"그런데 그자는 나타나지 않았다. 너라는 미끼까지 던져 놓았는데도 말이지."

"제가 미끼였습니까?"

"그럼 낚싯대인 줄 알았냐?"

"쩝."

"지금 돌이켜 생각해 보면 내가 만든 함정은 실패할 수밖에 없었다. 내 계산속에는 이시이 시로의 등장이 들어 있지 않았다. 아마도 비검향주는 현장 부근에 그가 있다고 생각한 듯하다."

이혁이 미간을 찡그리며 이해하기 어렵다는 어조로 물었다.

"비검향주가 이시이 시로에게 민감할 이유가 있습니까?"

이자룡은 피식 웃었다.

"있다."

"그게 뭐죠?"

"비검향주의 다른 이름은… 가네무라 슈이치다!"

"……!"

이혁은 멍해졌다.

실타래처럼 복잡하게 얽혀 있던 것들이 간단명료해졌다.

현재 벌어지고 있는 상황의 대부분이 놀라울 정도로 명확하게 이해되었다.

"후욱… 후욱……."

이자룡의 숨결이 거칠어졌다.

그가 안간힘을 쓰며 손을 내밀자 이혁이 마주 잡았다.

"후욱… 내가 할 말은… 후욱… 다했다. 곁가지들은 진욱이 놈이 알고 있으니까… 후욱… 궁금한 건 저놈에게… 후욱… 물어라……."

그의 어깨가 조금씩 아래로 처지기 시작했다.

이자룡은 힘겹게 미소를 지으며 이혁을 보았다.

"…후욱… 복수는 부탁하지… 않으마… 네… 놈… 이 뜻하는 걸… 하다 보면… 그들은 자연스럽게… 만나게 될… 테니까… ㅎㅎㅎ… ㅎ… ㅎ… 이제… 가겠다……."

말을 멈추고 눈을 감은 이자룡의 얼굴은 편안해 보였다. 거칠던 숨소리도 사라졌다.

이혁은 울적한 얼굴로 잡고 있던 이자룡의 손을 천천히 그의 무릎 위에 내려놓았다. 만나자 이별이었다.

"ㅎㅎㅎ흑… 흑흑흑… 스승님……."

옆에서 들려오는 잔뜩 억누른 이진욱의 울음소리가 그의 가슴을 쳤다.

이혁은 눈을 감았다.

제9장

사북역 부근의 타이요우 안가.

문의 좌우에 검은 양복을 입고 무릎을 꿇은 모습으로 앉아 있던 두 명의 남자가 소리 없이 문을 열어주었다.

타케시는 어깨가 올라올 정도로 깊게 숨을 들이마셨다.

방 안에 있는 인물을 떠올리는 것만으로도 전신이 긴장되기 때문이었다.

그에게 이런 반응을 불러일으킬 수 있는 인물은 세상에 단 한 명뿐이다.

타케시는 방으로 들어섰다.

일본식 다다미가 깔린 방의 끝에는 회색의 정장 차림을 한 청년이 앉아 있었다.

타케시는 그의 앞에서 걸음을 멈췄다. 그리고 무릎을

꿇으며 이마를 바닥에 댔다.

"할아버님, 마중 나가지 못했습니다. 죄송합니다."

"격식을 차릴 때가 아님을 이해한다. 고개를 들거라."

"감사합니다."

타케시는 허리를 폈다.

고개를 든 그는 청년과 눈이 마주쳤다.

밤바다처럼 깊고 어두운 눈을 가진 청년, 그는 타케시의 조부이자 아시아와 북미 지역 암흑가에 거대한 영향력을 행사하고 있는 거대 조직 타이요우의 창설자인 후지와라 리쿠였다. 그는 보기 드문 미남으로 주름이 없는데다 피부가 맑고 깨끗해서 겉으로만 보면 서른 살 전후의 나이로밖에 보이지 않았다.

타케시가 입을 열었다.

"뵙지 못한 동안에 더 젊어지신 것 같습니다. 축하드립니다, 할아버님."

"그동안 풀지 못했던 초인 연구 공정의 일부를 최근에 보완한 결과다."

지나가는 어투로 받는 리쿠의 말에서 느껴지는 강한 자부심을 감지한 타케시의 눈이 커졌다. 그의 젊음은 자연스러운 것이 아니라 오랜 초인 연구 공정의 산물이었다.

이차대전이 끝난 후 지난 반세기가 넘는 세월 동안 불멸에 대한 리쿠의 광적인 집착은 한순간도 약해진 적이 없었다. 그래서 초인 연구에 전력을 기울여 왔고, 그것의 완성은 후지와라 가문의 오랜 숙원이 되었다.

5년 전 대전에서 수많은 희생자를 냈던, 타케시의 형인

다이키가 벌였던 일련의 사건도 연구에 대한 병적인 집착으로 인해 벌어진 것이었다.

연구에 집착하는 후지와라 가문의 구성원 가운데는 당연히 타케시도 포함되었다.

그러니 부족했던 부분이 보완되었다는 리쿠의 말은 가문은 물론이고, 타케시 개인에게도 경축할 일이었다. 언젠가는 모든 것이 그에게 상속될 테니까.

리쿠의 입술이 달싹였다.

"새벽에 노옥산이라는 곳에서 싸움이 벌어졌다고 하던데, 사정은 파악되었느냐?"

"예. 노옥산의 계곡에 머물던 앙천의 천주 적천휴 일행이 혈해의 당주 대행인 모용산이 이끄는 부하들에게 습격당했습니다. 결과는 적천휴와 모용산이 모두 죽는 양패구상으로 끝이 났습니다."

"그뿐이냐?"

묻는 리쿠의 목소리는 온화했다. 하지만 그럴수록 타케시의 어깨는 긴장으로 더욱 굳어졌다.

혈연으로 맺어진 가족이라도 무능력하면 용서하지 않는 사람이 리쿠였다. 그의 마음속에는 온정이라는 것이 존재하지 않았다.

타케시의 대답은 한순간도 지체가 없었다.

"아닙니다. 싸움이 막바지에 이를 때쯤 무스펠하임의 렌부르크 공작이 부하들과 모습을 드러냈습니다만 정체불명의 인물에게 패하여 간신히 목숨만 부지한 채 도주했습니다."

"네가 아직도 정체불명이라고 말하는 건 그자에 대해

파악한 것이 없다는 뜻이겠지?"

여전히 온화한 어투의 질문. 하지만 타케시의 이마에는 바로 식은땀이 솟아났다.

"죄송합니다, 할아버님."

"박태호가 정보를 제대로 주고 있지 않은 것이냐?"

"지금까지 태양회가 제게 보여준 행태를 보면 그렇게 생각되지는 않습니다. 그들도 렌부르크를 패퇴시킨 자의 정체를 파악했다고 보이지는 않습니다. 하지만 그들을 온전히 믿을 수는 없습니다."

"네 말이 옳아. 박태호는 뱃속에 수백 마리의 구렁이가 들어 있는 놈이지. 그런 놈을 어떻게 믿을 수가 있을까."

리쿠의 반듯한 콧날에 가느다란 주름이 몇 개 잡혔다. 그가 상대에게 경멸을 느낄 때 짓는 표정이다.

"그건 그렇고 계곡에서 많이 죽었다고 들었는데, 밖이 너무 조용하구나."

"태양회가 정보를 통제하며 뒤처리를 하고 있기 때문으로 보입니다. 그들의 부하 외에는 경찰조차도 현장에 접근하지 못하고 있습니다. 기자들은 그런 사건이 났다는 것 자체를 알지 못하는 상태이고요."

말을 하던 타케시가 갑자기 입을 닫았다. 그러고는 잠시 무언가에 귀를 기울이는 듯하더니 다시 말문을 열었다.

"렌부르크 공작에 대한 정보가 들어왔습니다. 사북읍 서쪽에 있는 신동읍 근처에 태양회 안가가 있는데 그곳 부근에서 공작으로 보이는 서양 남자가 동양인들의 안내를 받으며 이동하는 게 목격되었답니다."

그는 귓속에는 초소형의 양방향 무전기가 꽂혀 있었다.

"렌부르크가 태양회로?"

"그를 지지하는 백작들이 새벽에 모두 사망했습니다. 혼자 움직이면 위험하다고 생각한 그가 잠시 태양회에 몸을 의탁한 듯싶습니다."

리쿠가 도착하기 전 타이요우는 타이료오바타 대원 전원과 한국 사정에 익숙한 부하들을 모두 정선에 투입했다. 덕분에 타케시의 정보력은 태양회에 비해서도 크게 떨어지지 않는 수준까지 보강된 상태였다.

리쿠의 콧날에 새겨진 주름이 깊어졌다.

"돌아가는 상황이 마음에 들지 않는구나……."

허공의 한 점에 꽂힌 그의 눈동자가 뱀처럼 차갑게 번들거렸다.

"새벽의 싸움은 전개가 너무 인위적이야. 정보를 흘리고 조작을 한 놈의 냄새가 심하게 난다. 어떻게 생각하느냐?"

"할아버님의 말씀이 맞습니다. 적천휴가 계곡에 머무른다는 정보가 너무 쉽게 모용산의 손에 들어갔고, 모용산의 공격 직후 적천휴가 되돌아온 타이밍도 의심스럽습니다. 혈해의 공격 시간을 그가 알고 있지 못했다면 그렇게 정확한 타이밍에 귀환하는 건 불가능했으니까요."

"맞다. 그 뒤에 이어진 일련의 상황도 마찬가지고."

"예. 한국 땅에서 이 정도의 정보 조작을 할 수 있는 건 둘뿐입니다."

리쿠가 뱉듯이 말했다.

"정부와 태양회."

타케시가 고개를 끄덕였다.

"그렇습니다. 그리고 사실상 그 둘은 하나라고 봐야 하고요."

리쿠의 눈매가 살짝 일그러졌다.

"천한 조센징 놈… 독립운동을 하던 부랑자들을 잡아 731부대에 넘기던 들개 같았던 놈이…… 고기 몇 점 던져 주며 키워주었더니 주인을 잊어버리고 가당치도 않게 가오를 잡으려 하는구나."

리쿠의 음성에서 짜증이 뒤섞인 강한 분노를 느낀 타케시가 조심스럽게 입을 열었다.

"확실하다고 말씀드리기는 어렵습니다만 계곡의 싸움에서 마지막에 나타났던 자들 중에 이혁이 포함되어 있는 것 같습니다, 할아버님."

"이혁? 요새 한국 정부가 수배를 내렸다는 진혼의 잔당 말이냐?"

"예."

"왜 그렇게 생각하느냐?"

"계곡의 시신들 중 일부의 상처가 그자만이 사용하는 무기에 의한 것과 동일하다는 정보가 있습니다."

"그래? 흠……."

리쿠의 눈이 가늘어졌다.

잠시 후 그의 입가에 서늘한 비웃음이 떠올랐다.

"박태호가 어떤 생각을 하고 있는지 짐작이 되는구나."

그의 시선이 타케시를 향했다.

"박태호는 렌부르크와 손을 잡고 우리의 뒤통수를 칠

생각인 것 같구나. 이혁이라는 칼을 사용해서 말이다."

알아듣기 힘든 말이었지만 타케시는 안에 담긴 리쿠의 생각을 단숨에 이해할 수 있었다. 박태호가 삼백작이라는 강력한 지지자들을 잃은 렌부르크 공작을 손에 넣는 건 어려운 일이 아니었다.

박태호는 렌부르크 공작에게 타이요우 공격에 협조하면 향후 전폭적인 협조를 약속했으리라. 무스펠하임 내부에는 아직 죽은 대공과 클라우디아 왕녀를 따르는 세력이 많았다.

백작들이 죽고 없는 이상 그들을 원활하게 통제하기 위해서는 외부 세력의 지원이 절실했다.

이혁을 움직이는 것도 어렵지 않았다.

그에게 타이요우의 지배자인 리쿠가 한국에 들어왔고 구체적으로 정선의 어디에 머무르고 있는지에 대한 정보를 흘리기만 하면 되었다.

타이요우는 그의 형들을 죽음에 이르도록 만든 책임에서 자유롭지 못했다. 게다가 태양회와 더불어 진혼의 최대 적들 중 하나이기도 했다.

이혁이 못 본 체 내버려 둘 리가 없는 것이다.

"이혁의 소재는 모르고?"

"죄송합니다, 할아버님."

타케시가 고개를 숙였다.

리쿠는 입을 다물고 천장에 시선을 주었다. 소박한 느낌의 구름 문양이 눈에 들어왔다.

잠시 후 시선을 내린 그가 타케시에게 물었다.

"태양회가 나의 도착을 아느냐?"

"그럴 것입니다."

리쿠는 위조된 여권으로 한국에 들어왔다. 하지만 그 정도로 한국 정부 깊숙한 곳까지 회원들을 심어놓은 태양회의 눈을 속일 가능성은 없었다.

"이곳에 대해서도 그들이 알고 있느냐?"

타케시의 안색이 굳어졌다. 이곳에 대한 정보가 새어나간다면 리쿠의 행적도 드러난다.

"이곳은 그들이 모르고 있다고 장담할 수 있습니다, 할아버님. 이 안가에 대한 보안은 최고 수준입니다."

"그건 마음에 드는구나."

리쿠는 빙긋 웃으며 말을 이었다.

"너와 태양회를 연결해 주는 놈이 누구라고?"

"박철규라는 자로 박대섭의 첩들 중에 한 명이 낳은 아들입니다."

"그에게 내가 이곳에 있다는 정보를 흘려라."

타케시가 흠칫했다.

"예?"

"금선탈각계(金蟬脫殼計)를 써야겠다. 타이밍을 잘 맞춘다면 태양회와 이혁은 물론이고, 다른 세력도 끌어들여 상잔도 가능할 것이다."

"알겠습니다, 할아버님."

말뜻을 알아들은 타케시가 고개를 숙이며 대답했다.

리쿠가 천천히 눈을 감으며 중얼거렸다.

"그늘에 숨어 구경만 하고 있던 자들이 모습을 드러낼지도……."

*　　　　*　　　　*

　정선군 남면에 자리 잡은 백이산의 계곡.

　안으로 들어가면 커다란 나무들로 둘러싸인 작은 연못
이 있었다. 이곳은 본래 수풀이 우거진 공터였지만 지난
밤에 연못으로 변했다.

　연못의 색은 특이했다. 탁하고 노르스름한, 왠지 기분
나쁜 색깔로 다른 곳에서는 볼 수 없는 것이었다.

　연못 안에 가부좌를 튼 채 몸을 담그고 있는 청년이 있
었다. 머리카락의 색이 백금발인 청년은 천천히 눈을 뜨
며 길게 숨을 들이마셨다. 청량한 산의 공기가 폐부 깊숙
이 스며들며 탁했던 가슴이 시원해졌다.

　그가 가볍게 상체를 움직이자 잔물결이 일어났다.

　"어떠십니까, 주인님."

　연못가에서 그가 눈을 뜨기만을 기다리고 있던 사토가
반가운 어조로 말했다.

　청년은 빙긋 웃으며 말을 받았다.

　"심혈기를 만든 네 정성이 나를 기쁘게 하는구나."

　"기쁘시다니 저도 좋습니다."

　청년은 몸을 일으켰다. 그는 알몸이었다.

　탄력 넘치는 근육으로 뒤덮인 그의 몸은 흠잡을 곳이
없어서 다비드 조각상을 보는 듯한 느낌마저 줄 정도로
아름다웠다.

　그의 얼굴에 상쾌한 표정이 떠올랐다. 따스한 햇살이

벗은 그의 몸을 살며시 어루만지는 듯했다.

밖으로 나온 그는 사토가 건네준 옷을 입으며 말문을 열었다.

"가네무라를 잡으면 더는 심혈기를 모을 일도 없을 것이다. 한결 편해지겠지."

"마음 써주셔서 감사합니다, 주인님. 하지만 가네무라를 잡는 건 저를 위해서가 아니라 주인님을 위해서입니다. 심혈기를 모으는 일이 힘들다고 생각한 적은 지금까지 단한 번도 없었기 때문입니다."

청년은 웃으며 사토의 어깨를 툭툭 쳤다.

"네 마음을 모를 리 있겠느냐. 그래도 나는 네가 좀 더 편해졌으면 한다."

심혈기를 1회 사용하기 위해서는 약 1천 5백 리터의 피가 필요했다.

성인 일인당 평균 혈액량이 약 5리터이니 대략 3백 명에게서 뽑아낸 피가 있어야 하는 것이다.

피를 전부 내주면 죽을 수밖에 없는데, 그걸 자발적으로 허락할 사람이 있을 리 없었다.

사토는 심혈기를 만들기 위해 3백 명을 죽여 그들의 피를 뽑은 것이다. 그의 무자비한 대량 학살은 이혁의 이름으로 행해졌다. 덕분에 이혁은 자신도 모르는 사이 희대의 학살자로 전 세계에 명성을 떨치고 있는 중이었다.

청년의 시선이 사토의 등 뒤를 향했다.

그곳에는 표정 없는 얼굴로 무릎을 꿇고 있는 아키라가 있었다. 타카코의 모습은 보이지 않았다.

청년은 시선을 다시 사토에게로 돌렸다. 그의 눈은 어린아이처럼 반짝거리고 있었다.

청년이 고개를 갸웃하며 물었다.

"네 눈을 보니 무언가 재미있는 일이 생긴 것 같은데, 무엇이더냐?"

"리쿠가 정선에 들어왔습니다."

청년의 눈에 번갯불과도 같은 시퍼런 빛이 스쳐 지나갔다.

"출처가 믿을 만한 것이더냐?"

"그의 손자인 타케시에게서 나온 정보입니다."

"사막여우처럼 조심성 많은 리쿠가 직접 한국까지 온 걸 보니 슈이치가 매력적이긴 한 모양이로구나."

"그자가 어떻게 거부할 수 있겠습니까."

청년의 아름다운 얼굴에 음산한 미소가 떠올랐다.

"네 말이 옳다. 가네무라가 갖고 있는 수식은 혈륜을 완성시킬 수 있을 뿐만 아니라, 불멸로 가는 문을 열 수 있는 수식이니까."

나직하게 중얼거리듯 말한 그가 사토에게 물었다.

"타카코는?"

"리쿠가 머물고 있다고 알려진 타이요우의 안가 부근에서 정보를 수집하고 있는 중입니다."

"슈이치는?"

"아직 그로 추정되는 자의 움직임은 포착된 것이 없습니다."

"진짜 사막여우는 그놈이지. 조심성에 있어서는 이 세상의 어떤 놈도 슈이치를 따르지 못할 것이다."

말을 하던 그는 아키라와 눈이 마주쳤다.

아키라의 눈동자가 가늘게 떨렸다.

청년이 손을 들어 자신의 얼굴을 쓰다듬으며 말했다.

"아키라가 이 얼굴을 기억하는 것 같구나."

사토도 아키라를 돌아보았다.

"그럴 리가 있겠습니까. 아키라의 뇌는 기능이 정지되어 있습니다."

"안다. 그런데도 나를 보는 눈빛이 묘하구나. 산 것도 아니고 죽은 것도 아닌 놈이 제 할아비 얼굴은 기억이 나는 모양이야."

그가 사토를 보며 말을 이었다.

"아키라와 함께 타카코를 지원하거라. 나는 주변을 돌아보겠다. 잘하면 슈이치를 볼 수도 있을 것 같구나."

"알겠습니다, 주인님."

허리를 숙여 인사한 사토는 아키라와 함께 자리를 떴다.

두 사람의 등을 보며 백금발 청년은 싱긋 웃으며 중얼거렸다.

"피는 못 속인다는 말이 거짓은 아닌 모양이로구나."

그는 돌아서는 아키라의 눈에 묘한 빛이 일렁이는 것을 보았다.

백금발 청년은 한때 '타카히로 아키라' 라는 이름으로 불렸었다. 그는 야지마 아키라의 조부였으며 제천회의 회주로 일본 암흑가의 정점에 서 있던 자였다. 하지만 그 시절은 오래전에 지나갔다.

지금의 그는 731부대의 악마라 불렸던 이시이 시로의

영혼을 품고 있는 그릇에 지나지 않았다.

*　　　*　　　*

햇살이 마루의 끝에 살며시 내려앉았다.

거칠게 드러난 나무의 결들이 세월을 느끼게 하는 마루 위에 세 명의 남자가 마주 앉아 차를 마시고 있었다.

조심스럽게 맞은편에 앉아 차를 마시는 스승의 얼굴을 살피던 안광재와 노승호는 마음이 한결 편해졌다. 스승 신명호의 얼굴에 떠오른 은은한 미소를 본 것이다.

찻잔을 내려놓은 신명호가 안광재에게 확인하듯 다시 한 번 물었다.

"앙천과 혈해는 공멸하고, 렌부르크는 혼자 살아 도망 쳤다고?"

"그렇습니다, 스승님."

"게다가 리쿠까지 정선에 들어오고?"

"예."

신명호가 오랜만에 만족스러운 미소를 지을 수 있던 건 바로 이 보고를 받았기 때문이었다.

그가 안광재에게 물었다.

"박태호가 어떻게 대처하려 하는지에 대해서도 연락이 있었겠지?"

"물론입니다, 스승님. 그는 리쿠에 대한 정보를 CIA의 제이슨에게 흘리라고 했답니다. 제이슨이 알게 되면 독수리의 발톱과 이혁도 알게 됩니다."

신명호의 앞에 놓인 찻잔을 들어 목을 축였다. 생각이 많아졌는지 그는 쉽게 입을 열지 않았다.

몇 분이 지났을까,

그가 말했다.

"리쿠는 제 처자식도 믿지 않는 놈이다. 그 정도로 조심스러운 자의 행적이 외부로 새어나갔다면 일부러 흘렸다고 생각해야 한다. 유인과 함정인 것이지."

입을 다물고 스승과 사형의 대화를 듣고 있던 노승재가 조심스럽게 끼어들었다.

"그가 누구를 유인하려 한다는 말씀이십니까?"

"이혁."

노승호를 돌아보는 신명호의 눈빛은 얼음처럼 차가웠다. 그 눈빛을 견디지 못한 노승호가 고개를 숙였다.

신명호가 말을 이었다.

"여우처럼 조심성이 많은 박태호가 리쿠의 속을 모를 리 없다. 하지만 그는 리쿠가 원하는 대로 이혁에게 정보를 흘릴 거다. 밑져야 본전이니까. 그리고 그 정보를 얻으면 이혁은 움직일 수밖에 없다. 그는 후지와라 가문과 타이요우에게 받아내야 할 빚이 산더미처럼 많다."

말을 하며 리쿠의 얼굴을 떠올리는 그의 눈에 진한 비웃음이 어렸다.

"아!"

탄성을 토하는 노승호의 얼굴에 그제야 깨달음의 기색이 떠올랐다.

그가 말했다.

"그럼 리쿠가 머물고 있다는 안가는 비어 있겠군요."

"그렇겠지."

안광재가 조심스럽게 자신의 의견을 피력했다.

"이혁이 안가가 비어 있다는 것을 알게 되면 바로 빠져나가려 할 텐데… 박태호와 리쿠, 둘 중에 누가 먼저 그를 공격할지 궁금합니다."

신명호의 눈빛이 깊어졌다.

"장담하기 어렵다. 고려해야 할 변수가 너무 많아졌다."

그는 무겁게 가라앉은 목소리로 말을 이었다.

"그들 중에 약자는 한 명도 없다. 누가 먼저 손을 쓰든 한순간이라도 대응 타이밍을 놓치는 자부터 파멸의 구렁텅이에 빠질 것이야."

그의 시선이 안광재와 노승호를 향했다.

"태양회 내부에 있는 자의 적극적인 도움이 필요한 때가 왔다. 그에게 내가 보잔다고 전해라."

"알겠습니다, 스승님."

짧게 대답한 안광재가 자리에서 일어나 방을 나갔다.

노승호는 스승의 빈 잔에 차를 따랐다.

눈앞에 보이는 너른 마당에 침묵이 한가롭게 내려앉았다.

*　　　　*　　　　*

정선 미술관 근처에 있는 남전산의 기슭.

한 줌의 재로 변한 이자룡의 흔적이 바람결에 몸을 싣고 하늘 끝까지 날아올라 갔다.

그의 시신을 수습하며 이혁은 이진욱과 이야기를 나누었다. 그는 기대했던 것보다 많은 것을 알고 있었다. 대화를 하며 이혁은 어렴풋하게 추측만 하고 있던 많은 것을 분명하게 알게 되었다.

재를 집어 바람에 실어 보내는 손길은 느리기 그지없었다. 그래도 어느 순간이 되자 나무 상자 안은 텅 비었다.

물끄러미 손 안에 든 텅 빈 상자를 내려다보던 이혁이 공력을 끌어올렸다.

화악!

세찬 삼매진화(三昧眞火)의 불길이 일어나며 상자를 단숨에 또 하나의 재로 만들었다. 그것까지 바람에 날려 보낸 이혁이 이진욱에게 툭 던지듯 물었다.

"사질, 사형 때문에 하고 싶었는데 못하고 참은 거 많았지?"

난데없는 질문이라 이진욱은 눈만 껌벅이며 멍청하게 되물었다.

"예?"

"제일 하고 싶었던 게 뭐야?"

이 상황에 어울리는 질문은 아니었다, 하지만 사숙이 하는 질문에 대답을 하지 않을 수도 없는 일.

"형사였습니다."

"푸핫! 형사?"

대답이 뜻밖이어서 이혁은 자신도 모르게 웃으며 고개를 돌려 이진욱을 보았다.

한국의 밤을 지배하는 폭력 조직의 넘버 투가 제일 하

고 싶은 게 형사라니. 누가 들어도 헛웃음을 짓지 않을 수 없는 대답이었다.

이진욱이 퉁명스러운 어조로 재차 말했다.

"예, 형사입니다. 사부님께 들었는데 사조님께서도 한때 그쪽 계통에서 일을 하신 적이 있다고 하시더군요."

스승 장문규는 이자룡이 장성한 후 미국에서 몇 년간 머무른 적이 있었다. 그때 어떤 경로인지는 알 수 없지만—자세한 얘기를 해주지 않았기 때문에—그는 몇 년 동안 FBI(미연방수사국)에서 자문역으로 일을 했었다.

이혁은 웃음 띤 얼굴로 말을 받았다.

"그렇긴 하지만… 아무튼 재미있는 소망이로군."

사숙과 사질의 관계가 완전히 정립된 후라서 이혁은 이진욱에게 하대를 했다. 이진욱도 그러길 원했고, 나이가 자신보다 많다고 해서 특별하게 대접할 이혁도 아니었다.

"사숙님은 이제부터 무엇을 하실 생각입니까?"

"묻지 마."

이혁이 피식 웃으며 대답했다.

예상치 못했던 대답이라 이진욱은 멍한 얼굴로 되물을 수밖에 없었다.

"예? 그게 무슨……?"

이혁이 끊어치듯이 말했다.

"넌 이 길로 정선을 떠나라, 뒤돌아보지 말고."

이진욱의 안색이 딱딱하게 굳었다.

"그럴 수는 없습니다. 스승님이 어떻게 돌아가셨는데 제가 그냥 이곳을 떠날 수 있겠습니까? 그놈을 잡아 찢어

죽이기 전에는 떠날 수 없습니다."

그의 어조는 더할 나위 없이 강경했다.

"복수는 내가 할 거다. 너는 이번 기회에 사형 때문에 못한 거 하면서 재미있게 살아라. 형사 하고 싶다며?"

"그렇게는 못합니다."

"해라."

"저를 믿지 못하십니까!"

"당연히 못 믿지. 이 동네는 나 같은 초강자도 목숨이 오락가락하는 곳이야. 너처럼 실력이 형편없는 놈을 어떻게 믿냐."

"그런 말도 안 되는……"

어처구니없다는 표정으로 소리를 지르던 이진욱이 말을 맺지 못하고 스르르 무너지듯 주저앉았다. 이혁이 손끝으로 수혈(睡穴:잠을 자게 만드는 혈도)을 짚었다.

그가 중얼거렸다.

"진담이야. 너는 여길 떠나서 네가 하고 싶은 거 하면서 살아. 네 실력으로 나와 함께 있으면 살아서 여길 벗어날 가능성은 제로에 가깝다."

그는 이진욱을 어깨에 척 걸치며 고막을 두드렸다.

[미스터 리, 어디예요?]

[미스터 리, 듣는 대로 연락 주세요.]

[미스터 리, 설마 죽은 건 아니죠?]

저장되어 있던 수십 개의 음성이 딱따구리의 부리처럼 이혁의 고막을 쪼았다.

그는 인상을 찡그리며 고막을 두드렸다.

음성 메시지들이 꺼지며 바로 크리스티나의 목소리가

들려 왔다.

[미스터 리?]

"예, 접니다."

[새벽에 큰일이 있었더군요. 언질 좀 해주면 어디가 잘 못되나요?]

크리스티나의 목소리에 날이 서 있었다.

그럴 만도 했다.

적천휴와 모용산이 죽고 렌부르크 공작이 패퇴했다. 이 세계의 초상능력자 조직들을 통틀어 십위 안에 드는 조직 셋의 수뇌부와 주력이 몰살당했다. 천재지변에 버금갈 정도로 큰일이었다.

크리스티나 입장에서는 궁금해서 머리가 터질 만한 일인 것이다.

"그러지 못한 사정이 있었습니다."

[사정이요?]

"정신줄 놓고 있었거든요."

[…….]

"이시이 시로라고 생각되는 자와 그 부하들이 그곳에 나타났었습니다."

[…….]

많이 놀란 듯 크리스티나는 제대로 말을 받지 못했다.

이혁이 말을 이었다.

"어찌어찌해서 빠져나오긴 했는데 정신줄을 놨죠. 도와 준 분이 안 계셨다면 명줄도 놓았을지 모릅니다."

농담인지 진담인지 구분하기 어려운, 모호한 어투였다.

하지만 거짓말처럼 들리지는 않았다.

[…괜찮은 거예요?]

"예, 다른 분이 나 대신 명줄 놓아서 그렇지, 난 괜찮습니다."

음성에서 울적한 느낌이 묻어났다.

크리스티나도 그것을 감지한 듯 말투가 조심스러워졌다.

[얘기를 들을 수 있을까요?]

"나중에요… 기회가 되면……."

[알았어요.]

"남전산 입구로 사람을 보내주세요. 보호해야 할 친구가 있습니다."

[알았어요.]

크리스티나는 이혁이 친구라고 지칭한 사람이 누군지 묻지 않았다. 꺼리는 느낌을 받은 것이다.

그녀가 화제를 바꾸어 말을 이었다.

[미스터 리, 지체하지 말고 사북역으로 가세요. 키안이 그곳에서 기다리고 있을 거예요.]

억양이 높고 속도가 빨랐다. 긴장감이 느껴지는 어투였다.

되묻는 이혁의 어조도 딱딱해졌다.

"무슨 일입니까?"

[후지와라 리쿠가 머물고 있는 안가의 위치가 드러났어요.]

이혁의 미간에 깊은 골이 패였다.

제10장

딱딱하게 굳은 얼굴로 완전무장을 하고 2인 1조로 거리를 순찰하는 군인들이 거리를 장악하고 있었다.

　그뿐만 아니라 한눈에 사복 경찰임을 알 수 있는 남자들이 무더기로 골목을 누볐다. 그들은 조금이라도 이상한 행동이나 기색을 보이는 사람이라면 남녀노소를 불문하고 검문하고 있었다.

　단시간 내에 수백 명의 사망자와 실종자가 나온 초유의 사태 속에서 일을 하고 있는 터라 그들에게서 살기에 가까운 긴장감이 느껴졌다.

　민둥산역 부근에 도착해 사방을 돌아보던 이혁의 눈길이 도롯가의 커피숍에서 멈췄다. 창가에 앉아 있는 사내가 그를 보고 눈으로 웃으며 아는 체를 하고 있었다.

훤칠한 키에 단정한 양복 차림의 그는 동양인의 외모를 하고 있었지만 이혁은 단숨에 알아차렸다.

영국 신사 키안이었다.

잠시 후 그의 맞은편에 앉은 이혁이 빙긋 웃으며 말했다.

"키안, 당신이 착용한 인조 가면도 쓸 만하군요."

그는 키안이 준 인조가면을 착용하고 있는 상태였다.

전국에 지명수배가 된 데다 정선은 준 계엄 상태라 맨얼굴로 돌아다니는 건 그리 현명한 행동이 아니었다.

키안도 마주 웃으며 말을 받았다.

"내가 무얼 하는지 궁금해하는 사람들이 적지 않습니다. 그래서 이것이 없으면 나도 자유롭게 돌아다니는 게 불가능해요."

아르바이트생이 커피를 가져왔다.

잠시 말을 멈추고 커피를 마시던 이혁이 잔을 내려놓으며 키안에게 물었다.

"크리스는 리쿠가 머물고 있는 안가의 위치가 사북역 근처로 드러났다고 했습니다. 정보의 출처가… 태양회 아닙니까?"

키안이 빙그레 웃으며 고개를 끄덕였다.

"맞습니다."

이혁이 동쪽 창문 방향으로 고개를 돌리며 콧날을 찡그렸다.

"역시……."

민둥산역에서 사북역은 엎어지면 코 닿을 거리다.

그의 중얼거림을 들은 키안이 커피를 한 모금 마신 후 잔을 내려놓으며 말을 받았다.

"세상에 이유 없는 호의는 존재하지 않습니다, 켄."

"압니다만 기분이 그리 좋지는 않군요."

"이해합니다."

이혁과 키안이 이시이 시로나 가네무라 슈이치가 아닌 후지와라 리쿠의 소재에 민감하게 반응하는 건 모든 사람이 연결되어 있기 때문이었다. 비유하자면 지금의 정선에 머물고 있는 인물들은 도미노처럼 겹쳐 있다고 할 수 있었다.

중요한 인물이라면 그의 움직임에 따라 전체 판세가 요동칠 상황이었다. 그리고 그것을 모르는 사람도 없었다.

"안가의 내부를 감시할 수 있습니까, 키안?"

키안은 고개를 가로저었다.

"타이료오바타의 정예대원들이 경계를 철저하게 서고 있습니다. 그들의 눈을 피해 내부를 감시하는 건 불가능합니다."

"위성은 어떻습니까?"

지구 궤도를 돌고 있는 위성들 중에는 건물 내부에 있는 사람의 체열을 감지할 수 있는 장치가 탑재된 것들이 있다. 그중의 절대 다수는 미국이 운용한다.

미국 정부와 한 몸이나 다름없는 독수리의 발톱은 긴급 상황 시에 그 위성들을 이용할 수 있다.

키안이 쓴웃음을 지으며 대답했다.

"크리스가 손을 써준 덕분에 그것들을 이용하고 있긴

합니다만, 리쿠 정도 되는 자가 그에 대한 대비를 하지 않았을 리는 없으니 위성 영상에 대한 신뢰도는 그리 높지 않습니다. 체열 영상만으로 리쿠를 구별할 방법도 없고 말입니다."

"타이요우 요원들의 동선을 파악하는 용도 이상의 가치는 없겠군요."

"그렇습니다."

이혁은 눈썹을 찡그리며 말했다.

"리쿠가 자신의 위치를 유출시킨 건 나를 보고 싶다는 뜻인데……."

그가 키안을 보며 물었다.

"그 인간 거기 있을 가능성… 없죠?"

키안이 빙긋 웃으며 대답했다.

"없다고 생각합니다. 리쿠는 의외의 반전을 좋아하는 사람이 아니니까요."

"재미없는 인간이로군요."

"확실히 재미있다고 말하기는 어려운 사람이지요."

말을 받으며 키안은 빙그레 웃었다.

그가 물었다.

"다들 켄이 그곳으로 갈 거라고 생각하고 있을 겁니다. 따라줄 겁니까?"

이혁도 마주 웃으며 고개를 끄덕였다.

"실망시킬 수는 없지 않겠습니까? 그렇지만 그들의 예상대로 움직일 수는 없죠."

"그럼?"

이혁은 자신의 얼굴을 쓰다듬었다.

"제 얼굴 그대로 재현하는데 얼마나 걸리십니까?"

키안이 재미있다는 눈빛으로 밝게 웃으며 대답했다.

"한 시간이면 충분합니다. 누구를 대역으로 쓸 생각입니까?"

이혁의 눈에 짓궂은 기색이 떠올랐다.

그 표정을 본 키안이 흠칫하며 손사래를 쳤다.

"설마? 안 됩니다."

"거절하면 크리스에게 이를 겁니다."

키안은 난감해하는 기색으로 나직하게 한숨을 내쉬었다.

이혁이 말을 이었다.

"잘 부탁합니다, 키안."

거절할 타이밍을 놓쳤다는 것을 깨달은 키안은 어쩔 수 없다는 얼굴로 어깨를 으쓱하고 말았다.

그는 휴대폰을 꺼내어 이혁의 앞에 들이밀었다. 사북읍 부근의 지도가 띄워져 있었다.

그는 지도의 한 지점을 손끝으로 지목하며 이혁에게 말했다.

"크리스가 사람을 모아놓았습니다. 이곳에서 기다리고 있을 겁니다. 그들과 함께하십시오."

이혁은 망설임 없이 고개를 끄덕였다.

지원을 마다할 상황이 아니었다.

휴대폰을 챙긴 키안이 자리에서 일어나며 말했다.

"이번 일이 끝나고 봅시다, 켄."

"조심하십시오."

이혁도 따라 일어나며 말을 받았다.

키안과 함께 카페를 나온 이혁은 이맛살을 찌푸렸다.

무장한 군인 두 명이 그들을 향해 걸어오고 있었다.

두 사람은 근처의 골목으로 방향을 꺾었다. 직후 두 사람은 가벼운 목례로 작별인사를 했다.

동시에 두 사람의 모습이 유령처럼 꺼지듯 그 자리에서 사라졌다. 그들을 따라 뛰듯이 골목으로 들어선 군인들의 얼굴에 어리둥절한 기색이 떠올랐다.

불과 1, 2초밖에 지나지 않았는데 거동이 수상했던 두 남자의 모습은 흔적도 보이지 않았다.

*　　　　*　　　　*

이혁은 경공을 펼쳐 민둥산역을 벗어났다.

방향은 사북읍 쪽이었다.

타이요우의 안가는 사북읍의 북동쪽에 있는 사북초등학교 부근의 두치산 기슭에 있다고 했다. 그가 있는 곳에서 경공으로 달리면 10분도 걸리지 않을 만큼 가까운 거리였다.

사북고등학교를 지난 이혁은 두치산이 보이는 작은 야산의 그늘에서 걸음을 멈췄다. 그곳에 모여 있던 여러 명의 남녀 중 잘생긴 흑인 청년이 그가 있는 곳으로 고개를 돌렸다.

이혁이 모습을 드러내며 피식 웃었다.

"나는 에이단의 광역 탐지가 제일 무서워."

"일부러 기척을 흘리고 그런 말을 하시면 놀리는 거밖에 안 됩니다, 켄."

언제나 예의 바르고 단정한 에이단답게 정중한 대응이었다.

그의 말이 끝나기도 전에 눈부신 금발의 미녀가 바람처럼 이혁의 품으로 날아들었다.

"켄!"

이혁은 쓰러질 듯 휘청거리며 레나를 안았다.

"그새 무거워진 듯?"

그는 말을 끝내기도 전에 비명을 질렀다.

"으헉! 레나, 거기는!"

레나의 손가락이 그의 왼쪽 유두를 잡아 돌리고 있었다.

그녀가 고양이처럼 눈을 치켜뜨며 말했다.

"켄, 간신히 만났는데 그렇게밖에 말을 못하는 거야?"

이혁은 뜨끔한 얼굴이 되었다.

화가 난 듯 억양이 높은 레나의 목소리에서 느껴지는 건 노여움이 아니라 서운함이었다.

레나는 역마살이 낀 듯 한곳에 머물지 못하는 그의 성격을 잘 알아서 오랫동안 보지 못해도 지금처럼 서운해하지는 않았다.

그녀가 얼마나 자신을 걱정하고 있었는지 깨달은 그는 레나를 안은 팔에 힘을 주었다.

"걱정 끼쳐서 미안."

레나의 머리를 가볍게 쓸어주며 그는 고개를 돌렸다.

저격용 라이플을 등에 맨 리마가 화가 난 표정으로 그를 보고 있었다. 그에 대한 걱정으로 마음을 얼마나 졸였는지 알 수 있는 얼굴이었다.

이혁은 그녀를 보며 싱긋 웃었다.

"리마, 잔소리는 한가해지면 들을게. 지금은 참아주라. 그때는 지구가 망할 때까지 들어줄 테니까."

입술을 몇 번 달싹이긴 했지만 리마는 입을 열지 않았다. 굳이 말로 하지 않아도 자신의 마음이 이혁에게 온전하게 전달되었다는 걸 깨달았기 때문이었다.

레나와 리마를 지난 이혁의 시선은 에이단과 그 주변 사람들을 차례로 훑었다.

십여 명의 남녀는 모두 낯이 익었다.

그들은 독수리의 발톱 요원들 중에서도 고르고 고른 인물들로 월드 클래스 급의 실력을 보유한 초상능력자들이었다. 이혁은 크리스티나가 얼마나 그를 신경 쓰는지 다시 한 번 느낄 수 있었다.

그가 에이단을 보며 말했다.

"에이단, 키안이 내 모습을 하고 후지와라의 안가로 갔어. 리쿠와 박태호뿐만 아니라 관심 있는 자들이 근처에서 지켜보고 있는 중일 거야. 적절한 타이밍이라고 판단되면 바로 뛰어들 것이고. 그러니 광역 탐지로 잡아줘. 위성과 전자 장비를 동원한 감시만으로는 그들을 감시하기 쉽지 않아. 놓치면 안 된다는 걸 명심하고. 키안이 위험해진다."

"알겠습니다."

이혁은 고개를 돌려 리마를 보았다.

"리마, 에이단과 보조를 맞춰서 키안을 백업해 줘."

"오케이."

에이단과 리마의 대답은 경쾌했다.

"리마의 역할은 원거리에서 키안과 요원들을 보호하는 거야. 거리를 좁힐 생각은 꿈에도 하지 마. 알았지?"

"예."

"네 역할이 가장 중요해. 지금 이 지역에서 너보다 더 먼 거리에서 적을 쓰러뜨릴 수 있는 사람이 없어."

이혁의 격려에 리마는 밝은 미소로 화답했다.

이혁은 리마를 만난 후 그녀 안에 숨어 있는 살기를 표출하는 분야를 총기류 쪽으로 한정하려 애를 썼다. 그 결과 그녀는 자신만의 용병팀을 이끄는 밀리터리 마니아로 성장했다.

이 자리에 용병팀을 데리고 오지는 않았지만, 리마의 가치가 저하되는 것도 아니다. 그녀의 저격 능력은 이혁의 손에 죽은 무스펠하임의 여저격수 나탈리아 사키나에게만 상수를 양보할 뿐 이 세계의 어느 누구에게도 뒤지지 않을 정도로 뛰어났다.

에이단이 잠시 망설이는 듯하더니 이혁에게 말했다.

"켄, 알고 계셔야 할 게 있습니다."

"뭔데?"

"수하 리, 기억하시죠?"

이혁의 이마에 굵은 주름살이 여러 개가 한꺼번에 패

였다.

"수하? 그 이름이 왜 튀어나오는 거냐?"

"지금 제이슨이 데리고 있습니다."

이혁의 눈이 커졌다.

"그녀가 여기 있다고?"

"예, 정선의 초입에서 다행히 우리 정보망에 먼저 포착되었습니다. 제이슨이 즉시 손을 썼고요. 그녀가 다른 사람의 수중에 억류된다면 켄에게 부담이 될 수도 있다는 것이 그의 생각이었습니다."

"다친 곳은… 없지?"

이혁의 목소리가 무거워졌다는 것을 못 느낀 사람은 없었다. 리마와 레나의 표정에 묘한 기색이 떠올랐지만 그것을 겉으로 표현하지는 않았다. 그녀들은 그 정도로 어리석지 않았다.

에이단이 빙긋 웃으며 대답했다.

"염려하지 않으셔도 됩니다. 털끝 하나 다치지 않았습니다."

이혁은 고개를 끄덕였다.

"좋아. 제이슨에게 절대로 그녀가 노출되면 안 된다고 전해."

"예."

"고맙다."

이혁은 짧게 한마디를 하고 입을 다물었다.

잠깐의 정적이었지만 그것만으로 충분했다. 이런저런 생각에 잠기며 복잡하게 빛나던 사람들의 눈동자가 단순해졌다. 그 안에 담긴 것은 강한 투지였다.

＊　　　　　＊　　　　　＊

　탁자와 소파만이 덩그러니 놓여 있는 커다란 응접실.

　분노한 눈으로 맞은편을 노려보던 이수하가 앞에 놓인 물잔을 거칠게 들었다.

　촤악!

　제이슨은 쓴웃음을 지으며 손수건으로 얼굴을 닦았다.

　얼굴에 쏟아진 것이 물이었기에 망정이지 커피였다면 닦아내는 것도 일이었을 것이다.

　"미스 리, 직접 상대하니 듣던 것보다 더 와일드한 분이시로군요."

　이수하는 커다란 눈에 살기를 담고 제이슨을 노려보았다.

　정선으로 들어서는 국도에서 그녀는 어처구니없게도 납치를 당했다. 무작정 앞을 가로막는 젊은 여자의 행동에 놀라 차를 세운 순간 조수석으로 뛰어든 남자는 그녀의 옆구리에 권총을 들이댔고, 그것으로 상황은 단숨에 종료되었다.

　이수하가 아무리 대범해도 총구가 옆구리를 찌르는데 반항할 수는 없는 노릇. 그녀는 안대로 눈이 가려진 채 이곳으로 끌려왔고, 기다리고 있던 제이슨의 정중한 환대를 받았다.

　그 대가로 그녀는 소속을 밝히며 용서를 구하는 그의

얼굴에 맹물을 뒤집어씌워 주었고.

"CIA 에이전트라고 해도 나를 잡아둘 권리는 없어요. 경고합니다, 지금 나를 풀어주지 않는다면 후에 외교문제가 될 거예요."

제이슨은 물에 젖은 손수건을 접어 탁자 위에 올려놓으며 고개를 저었다.

"미스 리, 당신을 잡은 건 내 의지였지만 풀어주는 건 내가 가진 역량 밖의 문제입니다."

"그게 무슨 말도 안 되는 개소리예요!"

"개… 개… 소리라니…… 어떻게… 그런 막말을……."

충격을 받은 제이슨이 말을 더듬거렸다.

"더 심한 소리를 할 수도 있어요."

"미스 리, 진심입니다. 당신을 풀어주는 건 내 권한 밖입니다. 그러니 진정해 주시기 바랍니다."

이수하가 눈을 부릅뜨며 물었다.

"그럼 권한이 있는 자에게 연락을 하시면 되잖아요?"

"그 권한이 있는 사람이 당신을 풀어주는 걸 원치 않습니다. 물론 당신이 즉시 왔던 곳으로 돌아간다고 약속해 준다면 풀어주는 건 어려운 일이 아닙니다. 단, 정선의 유혈 사태가 정상화 될 때까지 내 부하들이 당신을 보호한다는 조건부이긴 합니다만."

"대체 그런 말도 안 되는 조건을 내걸게 한 권한 있는 자라는 게 누구죠?"

제이슨이 빙긋 웃으며 되물었다.

"당신도 이미 짐작을 하고 있지 않습니까? 그 사람입

니다."

이수하의 입이 벌어졌다.

"설마… 정말 이혁이에요?"

제이슨이 고개를 끄덕였다.

"그렇습니다, 미스 리."

"이런 개자식이!"

이수하가 벌떡 일어나며 소리를 버럭 질렀다.

제이슨은 어깨를 으쓱하며 고개를 휘휘 저었다.

"그를 잘 아실 테니 고집부리지 마시길 바랍니다, 미스 리."

이수하는 의자에 털썩 주저앉으며 천장을 올려다보았다. 이혁의 얼굴이 가득 떠올랐다. 그녀의 눈에 습기가 차올랐다.

"개자식… 뒈지기만 해봐라…… 넌 내 거야. 나 아니면 아무도 못 죽여!"

그녀의 혼잣말을 들으며 제이슨은 빙그레 웃었다.

＊　　　　＊　　　　＊

방으로 들어서는 문지석은 얼굴을 찡그리고 있었다. 심한 불안과 짜증이 뒤섞인 표정이었다. 그를 방으로 안내한 안광재가 자리를 권한 후 뒤로 물러섰다.

의자에 등을 파묻고 있던 신명호가 문지석을 보며 부드럽게 웃었다.

"어서 오시오, 문 실장."

"어르신, 지금은 제가 움직이기 곤란한 상황이라는 것을 잘 아시지 않습니까?"

문지석의 말투는 정중하지만 날이 서 있었다.

"나라고 그것을 모르겠는가. 그렇게 불안해하지 말게. 꼭 자네를 봐야 할 일이 있어 부른 것이니."

"이만한 위험을 감수하면서까지 저를 부르실 정도로 중요한 일이겠지요?"

신명호는 고개를 크게 끄덕였다.

"물론일세."

그가 물었다.

"박태호도 후지와라의 안가 쪽으로 이동했는가?"

"아닙니다. 박대섭 회장이 정예들을 이끌고 이동해서 대기에 들어갔고, 박태호 명예 회장은 여전히 강원랜드 호텔의 스위트룸에 머물고 있습니다."

신명호가 빙그레 웃으며 중얼거렸다.

"여우 같은 놈, 그놈은 예전부터 겁이 많았어."

담담한 듯한 어투지만 그 안에는 경멸의 뉘앙스가 강하게 깔려 있었다.

그가 문지석에게 말했다.

"정선에서 박태호를 비롯한 박씨 일가의 주요 인물들이 모두 죽을 걸세. 이제 자네는 그들의 사후를 준비해야 하네."

"예?"

예상치 못했던 말이라 긴장한 문지석의 몸이 뻣뻣하게 굳었다. 바로 되묻는 그의 눈동자가 지진을 만나기라도

한 것처럼 흔들렸다

"박대섭 회장과 박태호 명예 회장은 악마와 같은 능력을 가진 사람들입니다. 어르신께서 신과 같은 능력을 가지셨다는 건 압니다. 하지만 말씀하신 것처럼 일이 수월하게 진행될 거라고는 생각되지 않습니다."

"믿으라고 강요할 생각도 없고, 굳이 이 시점에 내 말을 믿을 필요도 없네. 자네는 언제든지 접수할 수 있도록 태양회의 하부 조직만 완벽하게 점검해 두면 되네."

문지석은 신명호의 말이 무슨 뜻인지 이해했다.

태양회의 하부 조직은 점조직으로 이루어져 있다. 그래서 신명호의 말처럼 수뇌부인 박씨 일가가 정선에서 몰살당하면 조직 자체가 와해될 가능성이 컸다.

신명호가 말을 이었다.

"박씨 일가가 사라지면 태양회를 맡을 사람은 자네밖에 없네."

"어르신께서 나서시는 게……."

"나는 자네와 가끔 식사나 하면 돼. 이 나이에 그런 조직을 직접 다스리는 건 수명을 깎아먹는 짓일세."

문지석의 볼살이 감격으로 부들부들 떨렸다.

"제가 죽는 날까지 부모님을 대하듯 어르신을 모시겠습니다."

"허허허, 그렇게까지 해준다면 이 늙은이는 더 바랄 게 없겠구만."

신명호의 호탕한 웃음과 함께 분위기가 화기애애해졌다. 문지석이 그를 알게 된 후로 이렇게 분위기가 좋았던 적은 한 번도 없었다. 그가 감격할 만했다.

자리를 마무리할 시간이 되었음을 직감한 문지석이 조심스러운 어조로 물었다.

"어르신, 제가 그것만 하면 되겠습니까?"

"한 가지 정도는 더 해주면 좋겠구만."

"말씀하시지요."

문지석은 이제 신명호의 말이라면 죽는시늉까지도 할 자세가 되어 있었다.

"진혼의 정보망에 박대섭의 위치를 실시간으로 알려주게."

"진혼에요?"

"이혁이 리쿠와 박대섭 중 누구를 택할지 구경하는 것도 재미있을 듯하구만, 허허허."

"알겠습니다."

문지석은 지체 없이 대답하고 자리에서 일어섰다.

그가 방을 나서자 안광재가 신명호를 보며 의아한 기색으로 물었다.

"스승님, 굳이 박대섭의 위치를 진혼에 흘릴 필요가 있는지요. 혼전이 벌어지면 언제든지 제거할 수 있는 자인데요."

신명호가 빙긋 웃었다.

"네 말이 맞다만, 문지석처럼 반골 기질이 농후한 놈에게는 마음의 족쇄가 필요해, 흐흐흐."

그의 말뜻을 이해한 안광재가 고개를 숙였다.

박씨 일가가 일선 수뇌부라면 태양회를 실질적으로 움

직이는 건 이선에서 움직이는 자들로, 그들은 이 나라의 정재계 등 각 분야의 상층부를 장악하고 있었다.

박태호와 박대섭에 대한 그들의 충성심은 대단히 강했다. 만약 문지석에 의해 박씨 일가가 제거되었다는 것이 알려진다면 그들은 가만있지 않을 터였다.

문지석은 그런 상황이 벌어지는 것을 결코 원치 않을 것이고, 그러기 위해서는 신명호에게 충성해야 했다.

머리가 좋은 그는 신명호의 지시가 무엇을 의미하는지 단숨에 알아차렸을 것이다.

그럼에도 그는 거절할 수가 없었다.

이미 호랑이의 등에 올라탄 상황이었다.

그에게는 선택의 여지가 없었던 것이다.

*   *   *

이혁은 사북초등학교의 북쪽에 있는 범바위 너머 숲속에 있었다.

범바위는 이름이 높은 관광지는 아니다. 하지만 덕산기 계곡과 화암에서 흘러내린 물로 이루어진 어천이 맑고 주변 풍광이 수려한 곳이다.

암향무영으로 햇빛 속에 몸을 숨긴 채 한줄기 번개처럼 몸을 날리는 이혁의 얼굴은 딱딱하게 굳어 있었다.

리마와 레나 일행을 현장에 배치한 후 은밀하게 두치산 주변을 돌아보던 그는 자신의 정신에 직접 전해지는 강렬한 자극을 느끼고 이곳으로 왔다.

자극은 낯선 것이 아니었다.

그의 앞에 사방 5미터 정도의 공터가 나타났다.

막 공터를 스쳐 지나치려는 이혁의 머릿속에서 깊은 울림을 가진 목소리가 울려 퍼졌다.

[어리석을 정도로 바쁘게도 돌아다니는 놈이로구나.]

그것은 타카코와 싸울 때 암왕쌍절에 대한 깨달음을 가능하게 해주었던 신비로웠던 그 남자의 목소리였다.

걸음을 멈춘 이혁이 사방을 돌아보았다. 그는 감각을 극한까지 개방했다 하지만 감각에 잡히는 것은 숲속의 동물과 곤충뿐이었다.

인기척은 흔적도 없었다.

이혁은 눈살을 찌푸리며 생각을 떠올렸다.

[나를 자극한 게 당신이죠?]

[알면서 묻는 건 바보나 하는 짓이다.]

전처럼 대화는 입을 열지 않고도 쉽게 이루어졌다.

상대는 그의 생각을 읽는 것이다.

초상능력 중 독심술이 가능한 자이거나 육신통 중 타심통(他心通)의 능력을 얻은 자임에 틀림없었다.

[오늘은 무슨 바람이 불어 나를 부른 겁니까?]

퉁명스러운 어투였다.

[호오, 이 녀석 봐라? 나 같은 능력자가 불러주면 감사합니다 해야지, 투정을 부려?]

[그건 그쪽 생각이고. 정체를 알 수 없는 사람이 쏘아 대는 자극을 받아 불려오면서도 이유를 짐작조차 하지 못하는 내 마음이 어떤지 생각 좀 하시고 말씀하시죠.]

[이 녀석, 꼬박꼬박 말대꾸하는 거 보니 정말 많이 컸구나.]

　웅웅 울리는 사내의 목소리를 듣던 이혁의 눈동자가 가늘게 떨렸다.

　[대답부터 해주십시오. 오늘은 왜 부르신 겁니까?]

　이혁의 어투가 조금 변해 있었다.

　상대도 그것을 느낀 듯했다.

　[너, 왜 갑자기 공손해진 거냐? 어울리지 않는다.]

　이혁은 한숨과 함께 본래의 어투로 돌아왔다.

　[아, 좀! 대답이나 하시라니까요.]

　[이래야 너답지.]

　놀리는 듯한 어투로 말을 받은 사내가 말을 이었다.

　[정선에 가네무라 슈이치가 와 있는 것은 알 테고, 이시이 시로가 와 있는 것도 아느냐?]

　이혁의 표정은 변하지 않았다.

　짐작을 넘어 확신하고 있었던 것이기 때문이다.

　[그러리라 생각하고 있었습니다.]

　[리쿠나 박태호는 지금의 네가 단독으로 죽이는 게 가능하긴 하다. 그들은 욕심만 많은 빈껍데기에 불과하니까. 하지만 가네무라와 이시이는 달라. 네가 그들을 만나면, 너는 죽는다.]

　특수한 음향 효과라도 넣은 것처럼 머릿속 울림이 점점 커졌다.

　[골 울립니다. 그만하세요. 겁주려고 저를 불러내신 겁니까?]

이혁의 어투는 시큰둥했다.

[쩝…….]

사내가 혀를 차는 소리가 다시 머릿속을 울렸다.

그 소리를 듣는 이혁의 눈빛이 깊게 가라앉았다.

[역시…….]

그의 중얼거림을 들은 사내가 물었다.

[뭐가 역시냐?]

[그날 이후 한시도 당신에 대한 생각을 멈춘 적이 없었습니다. 정체가 궁금해서 죽을 지경이었죠. 궁리에 궁리를 거듭해서 간신히 답을 얻었습니다. 정말 믿기지 않는 답이었지만요.]

말을 잇는 이혁의 목소리가 격정적으로 변했다.

[답? 허허, 그래. 그 답이 무엇이냐?]

질문을 받은 이혁이 갑자기 그 자리에 털썩 무릎을 꿇고 바닥에 손을 대고 절을 했다.

[스승님…….]

[……너, 미쳤냐?]

제11장

머릿속을 울려대던 목소리는 들리지 않았다.

이혁도 생각을 멈췄다.

둘 사이에 설명하기 어려운 침묵이 흘렀다. 얼마나 시간이 흘렀을까.

정체불명의 사내가 먼저 입을 열었다.

[어쩌다가 그런 괴상망측한 결론에 도달한 거냐?]

[첫 번째 단서는 직계 외에는 아무도 알지 못하는 암왕 사신류의 비전을 알고 계시다는 것이었습니다.]

[두 번째는?]

[말투입니다. 음성은 변조하셨지만 말투는 예전 그대로시잖습니까. 세 번째는······.]

[세 번째도 있냐?]

[느낌, 감(感)입니다.]

[그게 무슨 개 풀 뜯어 먹는 소리냐?]

[스승님은 늘 제게 재능이 부족한 놈이라며 구박하셨지만 사실은 저를 눈에 넣어도 아프지 않으실 것처럼 사랑하셨다는 것을 압니다. 그 때문에 제가 위험에 빠진 것을 그냥 두고 보지 못하셨던 것이겠죠.]

[추측의 과정이 엉터리니 결론도 엉망일 수밖에…….]

사내는 툴툴거렸지만 이혁은 이마를 바닥에 댄 채 꼼짝도 하지 않았다.

[일어나지 않을 거냐?]

[계속 부인하시는 거, 속으로는 닭살 돋을 정도로 민망하시잖아요. 그냥 쿨하게 인정하세요. 말을 빙빙 돌리는 거 엄청 싫어하시면서.]

[…에효…….]

기괴한 한숨 소리와 함께 이혁의 정면 공간이 아지랑이에 휩싸인 것처럼 일그러졌다.

아지랑이가 비 온 뒤의 아침처럼 깨끗해졌을 때 그곳에는 마흔 살 전후로 보이는 중년인이 서 있었다.

이마를 바닥에 대고 있던 이혁은 인기척을 느끼고 허리를 폈다. 고개를 들어 중년인을 올려다본 그의 눈끝이 가늘게 떨렸다.

그의 입술이 천천히 열렸다.

"역시… 스승님이셨군요."

중년인, 장문규는 혀를 찼다.

"쩝, 혁아, 나중에 너를 보긴 할 생각이었다만 지금 이런 전개는 정말 내가 원한 게 아니다.”

그는 이혁의 옆에 엉덩이를 붙이고 앉았다.

이혁이 빙긋 웃으며 말을 받았다.

“저는 원했습니다.”

“분노로 가득 차 있던 시절의 네가 더 귀여웠다. 그 사이 능구렁이가 다 되어가지고는, 쯧쯧.”

“스승님께는 시간이 거꾸로 간 것 같습니다만…….”

이혁은 장문규의 얼굴을 이리저리 훑어보았다.

스승은 그의 품에서 숨을 멈추던 그때보다 20년은 더 젊어진 모습을 하고 있었다.

“…저는 흐르는 세월을 피할 능력이 없습니다.”

이혁이 이해할 수 없다는 표정으로 물었다.

“그런데 어떻게 된 것입니까? 아니, 스승님은 누구십니까?”

“나? 흐르는 세월이 눈썰미까지 쓸어 담아 간 거냐? 네 스승이지 누구겠냐, 이놈아.”

장문규의 천연덕스러운 대답에 이혁의 얼굴에 미소가 번졌다. 죽은 것으로만 알았던 스승은 외모만 젊어졌을 뿐 변한 것이 하나도 없었다.

장문규는 유머를 아는 낙천적인 성격의 소유자였다. 어떤 경우에도 절망하지 않았고, 삶의 절망적이고 부정적인 면보다 긍정적이고 희망적인 면을 먼저 보았다.

그런 그의 성격은 제자인 이혁에게 막대한 영향을 끼쳤다.

암울한 소년 시절을 지나면서도 이혁이 끈질기게 자신

의 정체성을 유지할 수 있던 것은 장문규의 덕이라고 해도 결코 지나친 말이 아니었다.

"제가 그걸 몰라서 물어본 게 아니잖아요!"

이혁의 언성이 높아졌다.

"이 자식이 머리 굵어졌다고 스승한테 눈을 부라리네? 예전처럼 먼지 나게 구르고 싶냐?"

"설마요."

이혁은 찔끔한 기색으로 목소리를 낮췄다. 과장된 태도였지만 어느 정도는 진심도 섞여 있었다.

장문규는 정말 무섭게 굴리기 때문이다.

그런 그를 보는 장문규의 눈빛이 따스해졌다.

이 세상의 그 누구보다도 기나긴 세월을 살아온 그였다.

그 세월 동안 눈앞의 청년처럼 첫 만남부터 그의 마음을 강하게 끌어당겼던 사람은 손으로 꼽을 정도로 적었다.

이혁의 안색이 진지해졌다.

"어떻게 된 건지 전후 사정을 알고 싶습니다, 스승님."

"네 녀석이 역마살을 타고났다는 건 알고 있었다만 이런 인생을 살게 될 거라고는 상상도 못했다. 알았다면 암왕의 무예를 전수할 생각도 하지 않았을 텐데, 쩝."

장문규는 또 혀를 찼다.

그의 말은 진심이었다.

그는 신과 같은 능력을 가진 사람이었지만 미래까지 내다보지는 못했다. 예지력이 있었다면 정말로 이혁을 제자로 거두지 않았을 것이다.

그가 말을 이었다.

"처음 암왕사신류를 만든 사람이 나였다."

이혁의 눈이 커졌다.

사제지간의 관계를 맺을 때 스승은 분명 암왕사신류의 역사가 천 년을 넘어간다고 했었다.

장문규는 피식 웃으며 손바닥으로 이혁의 뒤통수를 한 대 쳤다.

퍽!

"놀란 척하기는."

"척하는 게 아니라 정말 놀랐습니다. 스승님 앞에서는 멜리사도 나이 든 티를 내지 못하겠군요."

"멜리사? 다누를 품고 있는 그 여아 말이냐?"

"여… 여아… 요?"

이혁은 멜리사를 어린아이 취급하는 사람이 있을 거라고는 상상도 해본 적이 없었다.

"후후후후, 대여신 다누를 각성했을 때의 그 아이가 생각나는구나. 무척 귀여웠었지."

"아는 사이세요?"

"나는 알지. 그 아이는 날 몰라보겠지만."

장문규는 온화한 표정으로 이혁을 보며 물었다.

"불멸자들과 그들의 역사에 대해서 들어본 적이 있겠지?"

"예."

불멸자와 초인들의 역사, 불멸인자 때문에 벌어진 기나긴 전쟁과 반목.

그것에 대해 이야기하던 키안의 표정까지 이혁의 뇌리에서 단숨에 되살아났다.

장문규가 말을 이었다.

"그럼 불멸자들의 몸에서 불멸인자를 적출해 냈던 현자에 대해서도 알겠구나."

"예."

장문규가 덤덤한 어투로 말을 받았다.

"그 현자가 나다."

"……!"

이혁은 할 말을 잃고 멍해졌다.

장문규의 너무도 자연스러운 태도와 말의 무게가 갖는 불균형이 그의 머릿속을 진공 상태로 만들어놓은 때문이었다.

장문규가 고개를 뒤로 젖힐 정도로 크게 웃어댔다.

"하하하하하, 이 녀석, 진짜로 놀랐구나!"

"스승… 님… 그 말씀… 진실입니까……?"

"이 마당에 너한테 거짓말하겠냐."

이혁의 얼굴에 혼란스러워하는 기색이 떠올랐다.

그를 암왕쌍절에 입문하게 만든 정체불명의 인물이 스승일 수도 있다는 가정을 한 이후로 그는 자신이 그를 제대로 알고 있지 못할 수도 있다고 생각해 왔다.

또한 스승의 숨겨진 면이 상상을 초월할 정도로 놀라운 것일지도 모른다는 추정도 했다. 하지만, 아무리 그래도 스승의 놀라운 면이 방금 그가 말한 정도의 것은 아니었다.

불멸자 시대의 현자라니!

믿기 어려웠지만 부인하기도 어려웠다.

이혁이 느끼는 혼란은 쉽게 가라앉지 않았다.

장문규는 어깨를 으쓱하며 계속해서 말했다.

"불멸인자를 적출해 낼 때의 나는 초상능력이 뛰어난 한 명의 현자에 불과했다. 이렇게 오래 살게 될 거라고는 나 자신도 몰랐지, 흐흐흐."

그가 물었다.

"적출한 불멸인자를 초상능력자에게 주입해서 불멸자로 만드는 방법을 알아내셨다고 들었습니다. 그걸 스승님의 몸으로 시험하셨던 겁니까?"

"녀석, 많이 알고 있구나. 맞다. 그래서 여전히 이렇게 살아 있는 거지."

이혁은 할 말을 잃었다.

스승이 살아온 세월을 상상하며 따라가던 머리가 후끈거리며 달아올랐다.

이마를 짚자 불에 달군 인두를 잡은 듯한 열기가 전해져 왔다.

그는 스승이 살아온 세월을 상상으로 따라잡는 건 무리라는 걸 깨달았다.

눈앞에서 장난스럽게 웃고 있는 저 중년인은 인간의 상상을 넘어선 자리에 있는 존재였다.

이혁은 속으로 탄식했다. 일단은 스승의 말을 믿어야 했다. 그렇지 않는다면 스승을 미쳤다고밖에 볼 수 없었으니까.

그러면 대화는 의미가 없어지는 것이고, 그의 마음속을 채우고 있는 많은 의문은 영원한 미스터리로 남게 될 터였다.

장문규가 재미있다는 표정으로 이혁을 보며 말했다.

"머리에 과부하가 걸렸나 보구나. 그러지 마라. 그냥 아무것도 모르던 예전처럼 나를 봐주었으면 좋겠다. 나는 그때와 달라진 것이 없으니 말이다."

이혁은 숨을 깊게 들이마셨다. 조금 머리가 맑아지는 듯했다. 그는 스승의 말이 옳다는 것을 깨달았다.

스승은 달라진 것이 없었다. 그를 대하는 이혁이 달라졌을 뿐이었다.

이혁의 표정이 조금씩 편안해지는 것을 느낀 장문규의 얼굴이 환해졌다.

"확실히 가르칠 만한 녀석이야, 하하하."

이혁이 물었다.

"불멸인자를 얻으신 후 사라진 스승님을 아무도 찾지 못했다고 들었습니다. 절대적인 능력을 얻으시고도 왜 세상에 나오지 않으셨던 겁니까?"

장문규가 웃으며 대답했다.

"혁아, 나는 불멸자의 길에 들어서기 전에도 초상능력자들에게 현자라 불리며 존경받았던 사람이다. 현자라는 타이틀을 고스톱 쳐서 땄겠냐?"

그는 장난스럽게 윙크를 하며 말을 이었다.

"불멸인자를 얻었을 때의 내 나이는 백 살을 넘었다. 그 나이에 무슨 욕심이 그리 많았겠냐. 카르마의 사슬에서도 얼마간 벗어나 있었고. 불멸자가 되었다고 해서 내 성향이 변할 건 없었다. 탈속한 삶이 얼마나 자유로운지를 아는데 굳이 욕망의 늪에 제 발로 걸어 들어갈 이유가 있었겠느냐?"

그의 시선이 하늘로 향했다. 먹물과도 같은 어둠에 빠른 속도로 잠식당하고 있었다. 밤이 오고 있었다.

옛 시절을 돌이켜 생각하는 장문규의 눈빛이 심연처럼 깊어졌다. 하지만 어둡지 않았다.

그의 입가에 미소가 떠올랐다. 맑고 경쾌한 미소였다.

"나는 수많은 이름으로 세상을 살았다. 하지만 역사에는 내가 사용한 이름들이 하나도 적혀 있지 않다. 나는 저 잣거리의 장사꾼으로, 어부로, 농부로, 때로는 용병이나 군인으로, 혹은 평범한 중산층 시민으로 살았다. 전 세계 모든 나라의 국민이나 오지의 부족민으로 산 적이 한 번 이상씩은 된다. 하지만 역사의 물줄기를 바꿀 수 있을 만한 일은 하지 않으려 노력했다."

말을 잇는 그의 눈은 어린아이처럼 맑고 투명했다.

"그러는 동안 인류의 문명은 여러 번 멸망했다가 원시 상태에서 일어서기를 반복했지. 불멸은 근본적으로 역천(逆天:순리에 어긋남)이다. 그래서 불멸자가 행하는 모든 것은 순리에 어긋난다. 내가 가능하면 세상일에 개입하지 않으려던 진정한 이유는 이 때문이었다."

이혁은 진심으로 멍해졌다.

스승이 살아온 세월이 감조차 잡히지 않았다.

그는 속으로 이를 악물며 정신을 집중했다. 마음속에

아득한 느낌이 가득했다. 현실로 돌아와야 했다.

그러기 위해서는 이해 가능한 영역의 대화가 필요했다.

이혁이 조심스럽게 물었다.

"암왕사신류는 어떻게 만드신 겁니까?"

"세상을 떠돌다가 잠시 정착했던 곳이 삼국시대 말의 이 땅이었다. 정확하게 말하면 발해 건국 직전의 만주였지. 나는 대조영의 개인호위로 수십 년을 살았는데 그가 무척 마음에 들어서 죽을 때까지 어둠 속에서 그를 지켰다. 그렇다고 내 덕분에 죽을 팔자였던 대조영이 살아남은 거라는 상상은 하지 마라. 말했던 것처럼 나는 역사의 흐름을 바꿀 정도로 중요한 일에는 개입한 적이 없으니까."

그는 빙긋 웃으며 말을 이었다.

"그리고 당시 내가 사용했던 무예가 암왕사신류의 무영경 이십팔절과 혈우팔법이었다."

"우리 문파의 역사가 천 년이 넘는다던 말씀이 사실이었군요."

"믿지 않았었구나."

"지하실에서 몇 명이 머리를 맞대고 얼렁뚱땅 만든 무예에 고조선이나 고구려부터 전승되어 온 비전이니 어쩌니 하는 사이비들이 너무 많아서……."

"예끼 이놈! 하하하하하"

장문규가 크게 웃었다.

말끝을 흐리던 이혁이 물었다.

"일제강점기 때는 정확히 무슨 일이 있었던 겁니까?"

장문규가 눈살을 살짝 찌푸렸다.

"나는 본래 제자를 들일 마음이 없었는데 어쩌다 아주 마음에 드는 놈을 만나 무영경과 혈우팔법을 전수하게 되었다. 아주 귀여운 놈이었지. 그렇게 세월을 보내다가 대조영이 죽었다. 제자 놈이 서른이 넘었을 즈음이었다. 나는 발해를 떠나 세상을 떠돌았다. 그러다가 3백 년 쯤 전에 티베트의 카일라스 산에 정착했지."

그는 그 시절이 떠오르는 듯 나직하게 웃었다.

"흐흐흐, 난 구루(힌두교, 시크교의 영적 스승) 노릇을 하며 그곳에 칩거했지. 산은 신령스러웠고, 그곳 남쪽에 있는 마나사로와르 호수는 아름다웠다. 그리고 주민들은 나를 신처럼 존경했다. 도낏자루 썩는 줄 모른다는 말이 있지 않느냐? 정말로 세월 가는 줄 모를 정도로 평온한 날들이었다."

이혁이 불쑥 물었다.

"설마… 우리 무맥에 무슨 일이 벌어지고 있는지 모르고 계셨던 겁니까?"

장문규가 어깨를 으쓱했다.

"몰랐다."

당연하다는 말투였지만 듣는 이혁에게는 충격이 아닐 수 없었다.

그의 입이 떡 벌어졌다.

"그럴 수가……!"

"녀석, 불멸자는 영생하는 자일 뿐 전지전능한 신이 아니란다. 이역만리 떨어진 한국에서 무슨 일이 벌어지고 있는지 내가 어떻게 알겠냐."

장문규가 혀를 차며 말을 이었다.

"쩹, 사실 관심도 없었고. 떠나온 지 천 년이 넘은 나라와 후예였다. 그런데도 관심을 갖고 있다면 그게 더 이상한 일이지. 네 마음에 드는 말은 아니겠지만 나는 맺은 인연에 집착하며 살아오지 않았다. 그랬다면 불멸의 세월을 견디지 못하고 미쳐 버렸을 거다."

어느 정도는 수긍이 가는 말이어서 이혁은 화제를 바꾸어 궁금한 것을 물었다.

"그럼 어떻게 한국에서 사형을 거두시고 또 저를 제자로 삼게 된 것입니까?"

"카일라스 산에 있는 나를 찾아온 미국인 기자가 한 명 있었다. 그는 영적 스승들을 취재한다며 인도를 헤집고 다니던 활달한 중년인이었지. 한 달을 머물던 그는 내게 이차대전 당시 미군 정보부에서 일할 때 알게 된, 제천회와 일본 군부의 조선 무맥 말살 작전에 관해서 말해주었다."

"아……."

사정을 짐작한 이혁이 나직하게 탄식했다.

"그 이야기를 들으니 산에만 있기 어려웠다. 딱히 부담을 느낀 건 아니었다. 그래도 내가 뿌린 씨앗인데 후인들이 일제의 추적 속에서 어떻게 되었을까 조금 궁금하긴 했다. 그래서 산에서 내려와 한국으로 왔다. 이승만 정권 말기였지."

장문규는 이혁의 눈을 보며 말을 이었다.

"자룡이 나에 대해서 네게 해준 말은 대부분 거짓이다."

"예?"

"그의 잘못은 아니다. 내가 그에게 꾸민 이야기를 전해 주었기 때문이니까."

그는 혀를 차며 말을 이었다.

"쯧, 나는 대한민국에 발을 디딘 즉시 암왕의 맥이 끊어졌다는 것을 알았다."

이혁의 얼굴에 혼란스러워하는 기색이 떠올랐다.

장문규는 이혁의 어깨를 툭 치며 말을 이었다.

"놀랄 것 없다. 암왕사신류의 모든 무예는 나로부터 나왔다. 그중 흑암천관령은 그것을 수련한 자가 나를 중심으로 5백 킬로미터 이내에 있으면 그의 위치를 내게 알려 주는 역할을 한다. 무예계의 GPS라고 할 수 있지, 흐흐흐."

이혁의 입이 또 벌어졌다. 그로서는 생각지도 못했던 공능이었다.

"천관령에 그런 공능이 있다는 말씀을 하신 적이 없잖아요!"

"너한테 말 안 한 게 한두 가지냐."

"그리고 같은 천관령을 익힌 저는 왜 스승님이나 사형이 감지되지 않았던 겁니까?"

"그 공능을 사용할 수 있는 방법을 내가 가르쳐 주지 않았으니까."

"스승님… 치사하시네요."

"굴려주랴?"

"……."

장문규는 이혁의 투덜거림을 간단하게 묵살한 후 말을 이었다.

"내가 한국 땅에 들어왔으면 당연히 잡혀야 할 천관령의 신호가 잡히지 않는 이유는 오직 하나뿐이었다."

"단맥(斷脈)……."

이혁의 중얼거림에 장문규는 고개를 끄덕였다.

"맞다. 이유는 그것밖에 없었다. 나는 상황을 파악하기 시작했고, 곧 내 생각이 맞았다는 것을 알게 되었다. 암왕의 마지막 후예였던 유정광이 신명호에게 살해당했던 거지."

"사형은 사조께서 치명상을 입었지만 도주에 성공하셔서 스승님을 거두셨다고 말했었습니다."

"당연하다. 내가 그렇게 말해주었으니 자룡은 믿을 수밖에."

이자룡의 이름이 언급되자 이혁의 안색이 흐려졌다.

장문규는 못 본 척하며 말을 이었다.

"유정광이 후인을 두지 못하고 죽은 이상 암왕사신류의 맥은 끊어질 수밖에 없었다. 나는 그것을 받아들였다. 아까 말했던 것처럼 옛 인연에 별 관심도 없었고. 하지만 유정광을 죽인 신명호가 무엇을 노렸는지 알게 된 순간 마음이 바뀌었다."

"그자가 무엇을 노린 겁니까?"

"불멸인자의 비밀."

"예?"

"삭월비검향주의 문하에서 무예를 수련하던 신명호의 천재성을 알아본 자가 있었다. 신명호는 그자와 함께 일하던 도중 불멸인자에 대한 것을 알게 되었지."

이혁은 스승이 어떤 인물에 대해 이야기하는지 알아차렸다.

"이시이 시로군요."

장문규는 고개를 끄덕였다.

"그렇다. 신명호는 삭월비검향주 유정수가 이복형인 유정광과 만나는 자리에 여러 차례 동석했었고, 그들의 대화에서 암왕무예에 불멸인자의 비밀이 있다는 것을 알아차렸다. 무예의 귀재이며 암왕무예의 정식 전승자였던 유정광조차 알아차리지 못한 것을 외부인인 신명호가 눈치챈 것이지."

이혁은 당시 상황이 어떻게 돌아간 것인지 깨달았다.

"그럼 조선 무맥 말살 작전도 신명호가……."

"맞다. 그 작전은 신명호가 일본 왕의 신임을 받던 이시이 시로를 부추겨 작업을 한 결과였다. 그는 무맥의 후예들에 대한 정보를 일본군과 제천회에게 제공하면서 기회가 오자 망설임 없이 유씨 형제를 암살했다."

말을 잇는 장문규의 눈이 가늘어졌다.

"신명호의 암습으로 유정광은 치명적인 상처를 입은 채 사로잡혔다. 그리고 암왕무예의 비전을 알아내려 한 그에게 끔찍한 고문을 받았지. 하지만 유정광은 입을 열지 않았고, 신명호의 주의가 흐트러진 틈을 이용해 자결했다."

"본문을 단맥시켰던 신명호에게 복수를 하기 위해서 사형을 들이신 겁니까?"

"복수? 하하하하하."

이혁의 질문에 장문규는 크게 웃었다.

"네 마음은 안다만, 나는 그런 인연에 관심이 없다고 벌써 여러 번 말했잖느냐. 당시 신명호를 괘씸하게 여긴 건 맞다. 하지만 복수하는 것에는 관심이 없었다."

그는 이혁의 어깨에 손을 얹으며 말했다.

"복수하고 싶었다면 굳이 자룡을 키울 필요가 있었겠느냐? 관련된 자들을 모조리 잡아 죽이면 되는데. 어려운 일도 아니고."

이혁은 스승의 속마음을 짐작하기 어려웠다.

스승은 삶이 일반의 상식에서 크게 벗어나 있는 것만큼이나 생각도 남달랐다.

장문규는 덤덤한 표정으로 말을 이었다.

"나는 유정광의 죽음 이면에 있는 신명호와의 사연을 알게 되었을 때 암왕의 맥을 이대로 단절시켜서는 안 된다는 것을 깨달았다."

"말씀을 이해하기 어렵습니다."

장문규는 피식 웃었다.

"이유는 조금 뒤에 말해주마. 어차피 해야 하는 이야기이니. 더 궁금한 것부터 물어라. 네 사형의 죽음과 같은……."

얼굴이 굳어진 이혁이 물었다.

"예, 정말 알고 싶었습니다, 스승님. 사형을 살리실 수는 없었던 겁니까?"

쓸쓸한 얼굴로 장문규가 말을 받았다.

"아까도 말했듯이 불멸자라고 해서 전지전능한 건 아니다. 내가 자룡의 상황을 알았으면 당연히 그 아이를 살렸겠지. 하지만 그때 나는 이 땅에 있지 않았다. 천관령이 감지되지 않는 아주 먼 곳에 있었지."

이혁의 얼굴에 의혹이 떠올랐다.

장문규가 '먼 곳'이라고 말할 때의 뉘앙스에서 묘한 느낌을 받았기 때문이다.

"그곳이 어딘지 여쭈어봐도 됩니까?"

장문규는 빙그레 웃으며 고개를 가로저었다.

"녀석, 너무 깊게 알려고 하지 마라. 알아봤자 머리만 아플 테니."

그래도 포기하지 않은 이혁이 계속해서 물었다.

"뭔가, 이 세상의 기술로는 갈 수가 없는 곳인… 거죠?"

장문규의 입가에 떠오른 미소가 짙어졌다.

그는 슬쩍 화제를 돌렸다.

"그건 그렇고, 암왕사신류의 모든 무예는 흑암천관령에 뿌리를 두지. 혁아, 너는 천관령이 단순한 심결의 일종이 아니라는 것을 알고 있느냐?"

이혁은 장문규가 제대로 된 대답을 해줄 생각이 없다는 것을 깨달았다.

'구렁이 담 넘어가듯 하시네.'

그는 속으로 투덜거리며 대답했다.

"천관령은 무예보다 한 차원 더 높은, 깨달음의 길에 대한 공부입니다."

장문규의 얼굴에 대견해 하는 기색이 떠올랐다.

"녀석, 바르게 길을 걸으면 결국 목적지에 도달하게 되지. 잘 컸구나."

스승이 면전에서 이렇게 칭찬을 할 줄 몰랐던 터라 이혁은 머쓱한 얼굴이 되었다.

장문규가 말을 이었다.

"네 말처럼 천관령을 꾸준히 수련하다 보면 암왕무예의 성취를 높일 수 있을 뿐만 아니라 우주의 이치를 알게 된다. 덤으로 나한테는 GPS의 역할도 해주고. 하지만 정말 중요한 건 그런 게 아니다."

"다른 무엇이 또 있습니까?"

이혁의 질문을 받은 장문규의 얼굴에 의미를 알기 어려운 미소가 떠올랐다.

그의 입술이 달싹거렸다.

"불멸의 길에 들어서게 되지."

벼락이라도 맞은 것처럼 이혁의 몸이 뻣뻣해졌다.

너무 놀라 말도 제대로 하지 못하는 그를 보며 장문규는 고개가 뒤로 젖혀질 정도로 크게 웃었다.

"하하하하하하!"

한참을 웃어대던 그가 유쾌한 얼굴로 입을 열었다.

"불멸자들에게서 추출했다고 알려진 불멸인자는 DNA처럼 눈으로 확인할 수 있는 그런 것이 아니다. 그렇다고 아예 형태가 없는 것도 아니지. 단지 그것을 볼 수 있는 방법이 사람들이 상상할 수 있는 방식의 너머에 있기 때문에 그것이 바로 눈앞에 있어도 보지 못할 뿐이다."

이혁의 눈이 깊어졌다.

스승이 하는 말에서 깨닫는 게 없지 않았다. 길이 보이는 듯했다. 하지만 길의 주변은 안개가 낀 것처럼 모호했다. 명확한 것은 아무것도 없는 것이다.

장문규가 말을 이었다.

"흑암천관령에는 불멸인자의 비밀이 담겨 있다. 네가 그것의 극에 이르면 또 다른 문을 만날 수 있을 거다. 그리고 네가 그 문을 연다면 지금 느끼는 의문의 답을 모두 얻을 수 있다."

이혁은 스승의 어투에서 이 만남이 끝날 때가 되었다는 것을 알았다.

그가 물었다.

"그 '먼 곳'에 계시다가 언제 오신 겁니까?"

"한 시간쯤 전이다."

대답하는 장문규의 시선이 하늘을 향했다.

이혁은 스승이 하늘이 아닌 그 너머의 어딘가를 보고 있다는 것을 직감적으로 깨달았다.

장문규가 말을 이었다.

"이제 가봐야 한다. 강제로 열고 온 문이 닫히려고 한다. 닫힌다고 열지 못하는 건 아니지만 그러기 위해서는 이전에 했던 온갖 고생을 또 해야 한다, 흐흐흐."

"그런데, 왜 다시 오신 겁니까?"

그의 질문에 장문규는 시선을 내려 이혁을 보았다.

"이제 스승님이 어떤 분인지 조금은 알 것 같습니다. 스승님은 세상사에 집착도 미련도 없는 분입니다. 그런 분이 굳이 수고로움을 무릅쓰면서까지 왜 다시 제게 오신 겁니까?"

장문규는 싱긋 웃으며 고개를 끄덕였다.

"좀 전에 암왕의 맥을 단절시켜서는 안 된다는 것을 깨달았다고 했던 내 말을 기억하느냐?"

"예."

"지금 네가 한 질문은 그 말과 같은 맥락에 있다. 자룡을 거둬 암왕무예를 전수해서 무맥을 잇게 하고, 지금 내가 다시 너를 찾아온 것은… 내가 이 땅에서 맺었던 인연들이 카르마[業]의 사슬이 되어 내 발목을 잡아당겼기 때문이다."

이혁의 눈에 강렬한 빛이 어렸다.

장문규는 온화한 눈으로 그를 보며 말을 이었다.

"신명호는 내가 이 세상에 맺었던 인연의 마지막 카르마[業]를 모두 끌어안고 있는 자다. 그와 얽힌 카르마를 풀지 않는다면 나는 이 세계로부터 자유로워질 수 없다. 하지만 그 카르마는 내가 풀어서는 안 되는 것이다."

"말씀이 어렵습니다."

"말했지 않느냐. 불멸은 근본적으로 역천이라고. 내가 깊게 개입하면 할수록 상황은 더 꼬일 수밖에 없고 카르마의 사슬은 점점 더 두터워진다. 그럼 내가 떠날 날은 계속해서 뒤로 미루어질 수밖에 없게 된다. 그 카르마를 풀기 위해 나는 자룡과 너를 거둔 것이다."

"너무 이기적이지 않습니까, 스승님?"

이혁이 툴툴거렸다.

진중한 상황에 어울리지 않는 그의 말투는 숨이 막힐 듯한 말의 무게에서 벗어나기 위한 그의 몸부림이었다.

장문규의 말투도 경쾌해졌다.

"흐흐흐, 녀석, 내 카르마는 세계와 연결되어 있다. 나 혼자만의 것이 아니다. 그러니까 이것을 푸는 문제를 이기적이라고 하는 건 네 무지의 소산이다."

이혁의 얼굴이 머쓱해졌다.

장문규가 말을 이었다.

"내가 행한 것들이 역천이었기에 순리로 돌아가려는 반동은 항상 존재한다. 그리고 순리의 반동이 크면 클수록 휩쓸리는 자들이 감내해야 하는 고통도 커진다. 내가 이곳을 떠나 있었을 때 자룡이 살해당했던 것처럼 말이다."

그의 시선이 다시 하늘을 향했다.

"이제 시간이 다 되었다."

그는 고개를 돌려 이혁을 똑바로 보며 말했다.

"지금의 너는 가네무라와 이시이를 상대할 수 없다. 그들을 상대하기 위해서는 지금보다 배는 더 강해져야 한다. 내가 너를 그렇게 만들어주겠다. 비록 24시간 후 사라진다는 제한이 있는 힘이지만, 이것으로 너는 네 어깨 위에 올려져 있는 모든 은원(恩怨)을 해결할 수 있을 것이다."

그는 한쪽 눈으로 찡긋 윙크하며 말을 이었다.

"더불어 내 카르마의 사슬도 끊어질 것이고."

이혁이 투덜거렸다.

"스승님이 강하게 개입하시면 순리의 반동도 그만큼 커진다면서요!"

"그래서, 싫으냐?"

이혁의 어깨를 강하게 잡은 장문규가 말했다.

"천관령을 완성한 뒤를 기약하는 건 의미가 없다. 오늘 가네무라와 이시이를 잡지 못한다면 곧 그들이 너를 찾아 죽일 테니까."

"그들은 숨어 있습니다. 제게 정보를 주는 사람들이 총력을 다해 그들을 찾고 있지만 아직 종적을 발견하지 못했습니다. 24시간 내에 그들을 발견하기는 어렵습니다."

장문규는 씨익 웃었다.

"그런 염려는 붙들어 매고 마음의 준비나 단단히 하고 있어라. 피 냄새를 맡은 상어 떼처럼 그놈들이 너를 찾아올 테니까."

이혁은 장문규가 이미 손을 써놓았다는 것을 알았다.

그것이 무엇인지 알 수 없어 답답했지만 장문규는 입을 다물었다. 더는 얘기를 해줄 마음은 없는 듯했다.

그는 손바닥을 활짝 편 두 손을 이혁의 이마와 가슴에 가져다 댔다.

손바닥의 중심에서 신비로운 오색의 광채가 흘러나왔다.

"쩝……."

혀를 한번 찬 후 이혁은 입을 닫았다.

그에게 선택의 여지는 없는 것이다.

제12장

"스승님, 보셨으면 하는 정보가 있습니다."

방으로 들어선 안광재가 꿇어앉으며 말하자 텅 빈 방 안에서 가부좌를 틀고 명상에 잠겨 있던 신명호가 눈을 떴다.

"뭐냐?"

안광재는 손에 들고 있던 한 장의 종이를 조심스럽게 그에게 건네주었다.

덤덤한 표정으로 안광재가 건네준 메모를 펴고 내용을 본 신명호의 전신에서 벼락에 맞은 사람처럼 잔경련이 일어나며 안색이 무섭게 일그러졌다.

입안이 바짝 마른 안광재는 자신도 모르는 사이에 혀를 내밀어 입술을 핥았다. 심장박동을 빠르게 만드는 위험한 기운이 그의 몸에서 흘러나오고 있었다.

신명호가 메모에 시선을 고정한 채 안광재에게 물었다.

"이 메모를 어떻게 얻은 것이냐?"

"정선군청 부근에서 정보 수집을 하고 있던 태양회 소속 정보원에게 전달된 것입니다."

"전달자는?"

"중학교 2학년 여학생입니다. 사십대로 보이는 남자가 2만 원의 수고비를 주면서 시킨 심부름이었다고 합니다."

안광재는 신명호의 눈동자가 바람 앞의 촛불처럼 거세게 흔들리는 것을 보고 내심 크게 놀랐다. 수십 년 동안 그림자처럼 보필해 온 그였지만 지금처럼 심하게 평정을 잃은 모습을 본 적은 거의 없었다.

그가 건네준 메모의 내용이 얼마나 충격적이었는지에 대한 뚜렷한 방증이었다.

문지석이 메모를 보냈을 때 가장 먼저 그걸 개봉한 사람은 안광재였다. 당연히 그 내용이 무엇인지 잘 알고 있었다. 메모에는 글이 적혀 있지 않았다. 대신 페이지를 가득 메운 기묘한 물결무늬가 있었다.

아무리 보아도 어린아이의 낙서 같았다. 하지만 심부름을 시킨 자가 여학생을 통해 전한 말과 신명호의 반응을 보면 저것이 낙서일 가능성은 전혀 없었다.

"정보원이 이걸 문지석에게 즉시 보낸 걸 보면 그 여아가 전달한 게 메모뿐이지는 않았을 텐데?"

"예, 그자의 전언도 있었습니다."

"무엇이냐?"

"심부름을 시킨 자는 여학생을 통해 '신명호, 현자의 돌을 만들 수 있는 비밀의 열쇠를 가진 사람이 있다. 그는 유정광의 후손이다. 이시이도 그것을 알고 있다' 라는 말을 전했습니다."

신명호의 숨소리가 사라졌다. 메모의 물결무늬를 내려다보는 눈에 소름 끼치는 기운이 어리기 시작했다.

안광재가 그의 기색을 살피며 말을 이었다.

"문 실장의 연락을 받은 즉시 여학생의 신병을 확보토록 하고 조사 중입니다. 심부름을 시킨 자는 찾지 못했지만 그 아이의 진술에서 의심스러운 점은 발견하지 못했습니다. 거짓을 말하고 있는 건 아니라고 판단됩니다."

잠시 침묵이 흘렀다.

조금씩 얼굴이 붉게 달아오르던 신명호의 입술이 달싹였다.

"그래… 그래야지… 내 생각이 맞았던 거였어. 그것이 정말 그들에게 있었던 거야. 나는 틀리지 않았다. 유정광… 암왕……"

열에 들뜬 듯 초점이 흐려진 눈을 하고 정신없이 중얼거리는 신명호의 모습은 미친 것처럼 보일 정도로 평소와 달랐다.

몇 분이나 지속되던 흥분이 가라앉았다.

"광재야."

"예, 스승님."

"너는 내가 암왕의 전승자를 잡기 위해서 저택을 짓고 함정을 파는 이유를 늘 궁금해했었지. 한편으로는 분명

암왕무예를 익힌 것이 분명한 이혁은 왜 그대로 두는지
도."

신명호의 말대로였다.

"그렇습니다, 스승님."

"이제는 말해줄 때가 된 것 같구나."

말을 잇는 신명호의 눈은 평소보다 더 깊게 가라앉아
있었다.

"지난날 나는 그들의 사조인 유정광을 직접 죽였다. 반
드시 알아내야 하는 것이 있었지만, 그는 끝까지 입을 열
지 않다가 자결을 했지."

그의 눈에 지옥의 불길과도 같은 시퍼런 빛이 떠올랐
다.

"그런데, 몇십 년 후 나는 암왕의 당대 전승자를 자처
하며 제자를 거둔 자가 있다는 것을 알게 되었다. 그건 거
짓말일 수밖에 없었다. 유정광은 후인을 거두지 못하고
죽었으니까. 하지만 세월이 흐른 뒤에 이 나라에는 정말
로 암왕의 무예를 익힌 자가 나타났다. 불가능한 일이 벌
어진 것이지."

안광재는 숨을 쉬기 어려울 정도로 강한 긴장에 침도
삼키지 못했다.

신명호의 기색이 평소와는 너무 많이 달랐기 때문이었
다.

"나는 삭월비검향에 든 직후 이시이 시로를 만나 '불
멸'에 대한 비밀을 알게 되었다, 이시이가 얻은 '혈륜'이
무엇인지도 엿볼 수 있었고. '영생'과 '불멸'에 이르는

길, 그 방법을 눈으로 본 순간이었다. 온몸이 녹아내릴 정도로 황홀했지."

신명호의 목소리가 열에 들뜬 사람의 것처럼 몽롱해졌다.

"하지만 얼마 지나지 않아 나는 '혈륜'이 불완전하다는 것을 알게 되었다. 이시이도 비슷한 시기에 그것을 깨달았고. 돌파구를 찾던 나는 스승인 유정수로부터 형제인 유정광이 익힌 암왕의 비전무예 흑암천관령과 생사회혼술에 대해서 알게 되었지."

아주 오래전에 벌어진 이야기였다.

"웃기게도 유정광은 자신이 익힌 무예 속에 '불멸'의 단서가 숨어 있다는 것을 깨닫지 못하고 있었다. 나는 그 것을 얻는다면 '혈륜'을 완성시킬 수 있을 거라고 믿었다. 나중에 그를 사로잡았을 때 내 예측이 맞다는 것을 확인했지."

"아……!"

안광재의 입이 저절로 벌어지며 탄성이 흘러나왔다.

그도 일제강점기 시절 일본군과 제천회가 합작해서 조선무맥을 말살하려 한 사건을 알고 있었다. 신명호는 그 사건이 벌어지게 된 실제 이유, 숨겨진 비사를 이야기하고 있었다.

"나는 이시이를 부추겨 일본 왕을 움직였다. 일본군과 제천회는 조선무맥을 추적했고, 나는 다른 무맥의 위치를 일본군에 제공해 그들을 멸절시키며 기회를 보아 유정수를 쓰러뜨렸다. 그리고 유정광에게로 가서 나를 믿고 등을 내준 그를 공격해 사로잡을 수 있었다. 하지만 그는 끝까지 비결을 내놓지 않은 채 죽음을 택했지."

신명호의 눈이 안광재를 향했다.

"광재야."

"예, 스승님."

신명호는 품에서 작은 USB 디스크를 꺼내 안광재에게 건네며 말을 이었다.

"너는 삭월의 모든 것을 전수받았다. 그 USB 안에는 내가 아는 '불멸'과 '혈륜'에 관한 모든 것이 들어 있고… 이제 내가 가진 모든 것이 네게 전해진 것이다."

안광재의 눈동자가 바람 앞의 촛불처럼 세차게 흔들렸다.

"스승님, 왜 이런……? 저는 스승님의 뜻을 이을 재목이 되지 못합니다."

그의 목소리는 진심을 담고 있었지만 신명호는 신경을 쓰는 기색이 아니었다.

"나는."

신명호는 안광재에게 향해 있던 시선을 창밖으로 보이는 하늘로 돌리고 말을 이었다.

"늘 의심했었다. 어떻게 암왕사신류의 비결 속에 '불멸'의 비밀이 녹아들어 있는지를. 그리고 대가 끊긴 암왕의 무예가 어떻게 다시 나타날 수 있었는지를. 나는 그 비밀을 알기 위해 암왕의 전승자를 잡으려 한 거다. 그래서 다른 한편으로 또 한 명의 전승자인 이혁과 인연을 맺었던 것이고."

신명호의 얼굴에 짙은 음영이 졌다.

어둠이 불이 켜지지 않은 방 안을 빠르게 잠식하고 있었다.

"나는 '불멸'의 비밀을 밝히기 위해 생애 전부를 바쳤다. 한순간도 전력을 다하지 않았던 순간도 없었고. 이해해 주는 사람을 바란 적도 없다. 그래서 너희 사형제에게조차 이런 얘기를 하지 않았던 것이다."

"그런데 왜 지금 이런 말씀을 하시는 건지요."

안광재의 어조에는 진한 불안의 그림자가 드리워져 있었다.

"이미 답을 알고 있지 않느냐."

"정말 최후를 예감하고 계시는 것입니까? 스승님께서 그렇게 생각하시는 이유를 알지 못하겠습니다. 하지만 그 정도로 위험하다면 후일을 도모하시면 되지 않겠습니까?"

신명호는 고개를 저었다.

"기회는 다시 오지 않을 것이다. 아니, 그자가 다시는 기회를 주지 않을 것이다. 누군가 그를 얻든지 아니면……."

그는 말끝을 흐렸다.

"광재야."

"예, 스승님."

"지금 상황에서 가정은 아무런 의미가 없다. 나는 갈 것이고, 결과는 돌아오거나 돌아오지 못하거나 둘 중 하나일 것이다. 만약 돌아오지 못한다면 네가 삭월을 잇거라."

"…예, 스승님."

안광재가 이마를 바닥에 댔다.

그의 눈에 습기가 어렸다.

신명호는 그의 팔을 잘라낼 정도로 냉혹무정한 스승이었다. 하지만 그는 스승을 자신의 목숨보다도 더 존경하고 사랑했다.

다른 사람이 어떻게 보든 그건 아무런 의미가 없었다. 그에게 신명호는 스승이자 아버지와 같은 사람이었다.

그를 위해서라면 그는 언제든지 죽을 준비가 되어 있었다.

"암왕사신류에 전승되고 있는 '불멸'의 비밀은… 역사를 넘어 신화 속에 숨 쉬고 있는, 가장 오래된 '영생자'에 의해 시작된 것일 수도 있다."

"아아아……!"

놀란 안광재의 입에서 신음과도 같은 탄성이 흘러나왔다.

"만약 내 추측이 맞고, 메모를 통해 나를 부르고 있는 자가 '그'라면… 나는 돌아오지 못할 것이다."

신명호의 입가에 희미한 미소가 떠올랐다.

"하지만 그는 지금까지 세상사에 적극적으로 개입하지 않아 왔다. 나를 부르는 것이 그가 아닌 다른 자라면 상황은 달라질 것이다. 광재야, 너는 결과가 나올 때까지 은인자중하며 기다려라. 이번 일이 잘못 꼬이면 아무도 살아남지 못한다."

"알겠습니다, 스승님."

"아마도 메모를 전해 받은 건 나뿐이 아닐 것이다. 몇십 년 만에 옛 친구들을 볼 수도 있겠어. 허허허."

신명호는 낮게 너털웃음을 터트리며 자리에서 일어났다.

안광재도 따라 일어섰다.

이제 가야 할 시간이었다.

*   *   *

지하로 들어선 타케시는 걸음을 재촉했다.

천장에 붙어 있는 형광등 불빛 덕분에 복도는 환했다.

경호를 서고 있던 타이료오바타 대원들이 그에게 고개를 숙여 인사를 했다.

그가 방문 앞에 도착하자 안에서 문이 열렸다.

전면에 수십 대의 화면에 사북읍에 있는 타이요우의 안가 주변 광경이 비치고 있었다.

이십여 명의 요원이 감시카메라 영상과 이곳저곳에서 들어오는 정보를 분석하거나 토론을 하느라 사무실은 시장통처럼 시끄러웠다.

리쿠는 상석 의자에 앉아 취합된 정보를 보고받으며 벽면을 가득 채운 모니터들을 보고 있었다. 영상 속에 드러난 안가 주변은 어둠에 잠겨 있었는데, 감시카메라의 절반은 특정한 지점을 중복해서 비추고 있었다.

작은 나무와 풀로 뒤덮인 그 지점의 어둠은 가끔 기묘하게 굴절된 것처럼 보였다. 아지랑이가 일렁이는 듯한 모습은 흔하게 볼 수 있는 것이 아니었다.

그것을 보며 리쿠는 미소를 짓고 있었다.

타케시는 빠른 걸음으로 그에게 걸어갔다.

리쿠가 자신의 옆에 와서 걸음을 멈춘 손자에게 고개를 돌렸다. 그는 눈살을 찌푸렸다. 타케시의 얼굴엔 곤혹스러워하는 기색이 뚜렷하게 떠올라 있었다.

"무슨 일이냐?"

"범바위라 불리는 지역 쪽으로 강력한 기운들이 이동하고 있는 게 관측되었습니다."

리쿠는 이맛살을 찌푸렸다.

그는 안가 주변에서 원하던 자의 침입을 발견하고 그자의 행동과 또 뒤를 쫓아올지 모르는 자들의 등장을 예의 주시하고 있던 차였다.

타케시가 말을 이었다.

"그들 중에 독수리의 발톱 수장인 크리스티나와 현인회의 멜리사가 포함되어 있는 것이 확인되었습니다."

"크리스티나와 멜리사? 그들이 왜 그곳으로 이동하고 있는 거냐?"

"아직 이유는 파악하지 못했습니다. 그런데 그곳으로 이동하는 자 중에 아무래도… 가네무라 슈이치로 보이는 자가 포함되어 있는 것 같습니다."

리쿠의 안색이 변했다.

타케시는 한 장의 사진을 꺼내어 그에게 건넸다.

사진 속에는 왜소한 체구를 가진 평범한 외모의 노인이 등산로를 걷고 있는 모습이 찍혀 있었다.

놀라 의자에서 벌떡 일어선 리쿠의 눈에 번갯불 같은 광채가 어려 있었다.

그는 한눈에 사진 속의 노인이 누구인지 알아본 것이다.

"가네무라⋯⋯."

그가 타케시에게 물었다.

"얼마나 된 것이냐?"

"제가 이 사진을 받은 지 10분도 채 되지 않았습니다."

"가네무라는 모습을 감출 생각이 없는 것처럼 보이는구나."

가네무라 슈이치가 은밀하게 움직이고 있었다면 이런 사진은 불가능했을 것이다.

"예."

"너만 이 사진을 확보한 것이 아니겠지?"

"크리스티나와 멜리사를 비롯한 강자들이 범바위로 몰리는 것으로 보아 그렇게 판단됩니다."

"그들이 가네무라를 노리는 것이냐, 아니면 다른 무언가를 노리는 것이냐?"

"대부분은 가네무라를 노리는 듯합니다. 그의 뒤를 추적하고 있습니다. 하지만 일부는 가네무라의 이동 방향과 다른 곳에서 범바위로 접근하고 있습니다."

"박태호는?"

"박철규에게 확인해 봤는데 그도 부하들을 이끌고 범바위로 이동하고 있는 중이라고 합니다."

"그들과 가네무라가 노리는 무언가가 범바위에 있다는

말이로구나."

"예, 할아버님."

"그게 무어라고 생각되느냐?"

리쿠가 정말 몰라서 묻는 것일 리는 없었다. 그렇다고 대답을 하지 않을 수는 없는 일.

타케시는 망설이지 않고 대답했다.

"아직은 알지 못합니다, 할아버님. 하지만 '혈륜'과 관련된 것이라는 건 분명합니다."

타케시의 대답을 들은 리쿠의 이마에 깊은 주름이 여러 개 생겨났다.

"가네무라가 움직였다. 그 정도로 강하게 '혈륜'과 관련된 것이 무엇일까?"

"아무튼 가네무라와 그것까지 모두 얻을 수 있는 기회입니다, 할아버님."

고개를 돌린 리쿠의 시선이 영상을 향했다. 아지랑이와 비슷한 형태의 어둠을 보는 그의 눈에 스산한 살기가 어렸다.

"이런 상황에 이혁이 나를 잡으려고 올까?"

"그가 아직 정보를 얻지 못했을 수도 있긴 하지만… 지금까지 보여준 그의 능력을 생각하면 그럴 가능성은 거의 없다고 봅니다."

"그렇다면 저기 있는 놈이 이혁은 아니겠군."

"저도 그렇게 생각합니다. 암왕사신류의 은신술과 흡사한 초상능력을 구사할 수 있는 자의 위장일 겁니다."

"모든 전력을 범바위 쪽으로 이동시켜라. 저곳은 버

린다."

"알겠습니다, 할아버님."

리쿠는 걸음을 옮겼다. 타케시도 그 뒤를 따랐다.

그들의 보폭은 넓었다. 마음이 급한 것이다.

＊　　　　＊　　　　＊

이혁은 천천히 눈을 떴다. 어둠 속에서도 선명하게 보이는 맑은 눈동자가 드러났다.

털썩!

가부좌를 틀고 앉아 있는 자세이던 그는 뒤로 푹 쓰러지며 큰대자로 누웠다. 그리고 두 손을 들어 올렸다.

열 개의 손톱에서 반투명한 붉은빛이 흘러나오며 환상혈조가 모습을 드러냈다. 이혁은 부드러운 눈길로 환상혈조를 하나하나 들여다보았다.

오랜 시간 동안 그를 지켜온 유일한 무기인 환상혈조에 대한 그의 애정은 끝을 알 수 없을 정도로 깊었다. 그리고 앞으로 그 애정은 더욱 깊어질 터였다.

암왕쌍절의 두 번째 수법이자 혈우팔법의 마지막 절기인 참혼절(斬魂絕) 번천무상인(翻天無常印)은 환상혈조가 없으면 펼치는 게 불가능하니까.

홍광이 사라졌다.

환살혈조를 거둬들인 이혁은 천천히 엉덩이를 털며 자리에서 일어났다. 느릿하게 사방을 둘러보는 그의 얼굴에 의미를 짐작하기 어려운 미소가 피어났다.

"오는군."

작은 목소리로 중얼거린 그는 고개를 들어 어둠이 깊어 가는 밤하늘을 바라보았다. 은가루를 뿌려놓은 것처럼 아름다운 별의 바다가 가득 채우고 있었다.

잠시 후 그의 옆에 두 명의 여인이 나타났다.

마치 유령처럼 기척도 없이 나타난 그녀들은 크리스티나와 멜리사였다.

크리스티나가 빙긋 웃으며 이혁에게 말했다.

"우리 뒤를 쫓아 많이들 오고 있어요."

"감사합니다, 멜리사, 크리스."

이혁은 두 사람에게 연락해 이곳으로 와달라는 부탁을 했다. 적당한 노출과 함께라는 단서를 붙인 부탁이었다.

그들과 이혁의 관계를 아는 여러 조직과 강자들은 당연히 두 사람의 이동 경로를 주목했다. 그 과정에서 가네무라 슈이치의 모습을 포착한 자들도 많았고.

이 모든 것은 이혁이 깔아놓은 작은 무대였다.

멜리사가 걱정스러워하는 눈으로 이혁을 보며 말을 받았다.

"켄, 그런 말을 할 필요는 없어. 나는 그저 켄이 걱정 될 뿐이야. 과연 이번 일을 감당할 수 있을는지……."

이혁은 어깨를 으쓱했다.

"다른 날이라면 몰라도 오늘은 걱정할 필요가 전혀 없습니다, 멜리사."

멜리사는 고개를 갸웃했다.

"그게 무슨 말인가?"

"지켜보십시오. 그러면 제 말이 무슨 뜻인지 아시게 될 겁니다."

이해하기 힘든 대답이라 멜리사는 오히려 더 걱정된다는 기색으로 그를 바라보았다.

이혁이 시선을 돌리자 그의 눈길을 받은 크리스티나가 말했다.

"가네무라 슈이치도 이곳으로 오고 있어요, 켄. 알고 있나요?"

이혁은 고개를 끄덕였다.

크리스티나가 연이어 물었다.

"이건 나도 예상치 못했던 일인데, 어떻게 그를 끌어낸 거죠?"

이혁은 어깨를 으쓱하며 대답했다.

"제가 신비스러워 보이죠?"

"이 상황에 농담하고 싶어요?"

"하하하하."

이혁은 유쾌하게 웃으며 말을 이었다.

"알고 보면 저도 비밀이 많은 남자라고요."

크리스티나는 어쩔 수 없다는 듯 마주 웃고 말았다. 이혁이 얘기를 해줄 마음이 없는데 더 이상의 질문은 무의미했다.

이혁은 멜리사와 크리스티나에게 깊숙이 허리를 숙였다.

"두 분께 지금까지의 도움에 깊이 감사드립니다. 오늘의 싸움에 개입할 생각은 절대로 하지 마시고 마음 편하

제12장 267

게 구경하시는 걸 추천드립니다. 사정이 여의치 못해서 팝콘까지는 준비하지 못했습니다. 흐흐흐."

자세는 정중하지만 어투는 장난스러웠다.

편히 웃을 수 있는 주변 상황이 아님에도 여유를 보이는 이혁의 말에 두 여인은 걱정이 섞인 미소로 화답했다.

이혁은 허리를 폈다. 서쪽을 바라보며 그가 중얼거렸다.

"이제, 쇼타임입니다."

말이 끝남과 동시에 이혁의 모습이 꺼지듯 그 자리에서 흔적도 없이 사라졌다.

멜리사와 크리스티나는 서로를 돌아보며 고개를 휘휘 저었다.

크리스티나가 말했다.

"멜리사, 팝콘 사 올까요?"

멜리사는 빙그레 웃으며 고개를 끄덕였다.

"그래야 할 듯하구만."

두 사람은 웃으며 이혁이 떠난 방향으로 천천히 걸음을 옮겼다. 구경이나 하라고 했지만 그를 지원할 마음을 버릴 리 없는 사람들인 것이다.

*   *   *

범바위 뒤편 노목산 기슭.

박대섭은 숨소리조차 조심하며 박태호의 뒤를 따랐다.

박태호는 강팍한 인상의 중년 서양인과 함께 걷고 있었

는데 그는 요하네스 렌부르크 공작이었다.

세 사람의 주변은 십여 명의 서양인과 검은 양복을 입은 일흔두 명의 동양인 남자들로 메워져 있었다. 서양인들은 렌부르크를 따르는 무스펠하임의 초상능력자들이었다.

인상적인 건 검은 양복 사내들이었다.

발소리가 거친 서양인들과 달리 그들은 하나같이 단단한 체격의 소유자들이었고 수십 명이 움직이고 있는데도 옷자락이 서걱거리는 미세한 소리조차 나지 않았다.

자신들의 움직임을 철저하게 통제할 수 있는 능력을 가진 자들이라는 방증이었다.

간혹 그들을 힐끔거리는 박대섭의 눈에는 정체 모를 분노와 절망, 경외의 기색이 어지럽게 뒤엉킨 채 스쳐 지나가곤 했다.

양복 사내들은 지난 세월 박태호가 직접 만들어낸 태양회의 최정예 전투 요원으로 능력자들인 '초특급 에스퍼'였다. 70여 명이 넘는 초특급의 에스퍼를 만들기 위해서는 막대한 자금과 연구 인력이 필요했다.

박대섭이 태양회를 완벽하게 장악하고 있었다면 저들의 제작 과정은 보고되었어야 했다. 그러나 그런 보고는 올라온 적이 없었다. 당연히 그는 이런 자들이 존재한다는 사실을 방금 전까지 알지 못했다.

박태호는 30년 전 태양회의 전권을 박대섭에게 넘기고 2선으로 물러났었다. 그런데 실제로 박대섭은 얼굴마담에 불과했던 것이다.

박태호가 직접 저들을 만들어내는 과정을 통제하지 않았다면 있을 수 없는 일이었다.

어렸을 때부터 그는 부친인 박태호를 두려워했다. 하지만 태양회의 전권을 넘겨받은 후부터 언젠가 부친을 넘어설 수 있을 거라고 생각해 왔다.

그는 속으로 깊은 한숨을 내쉬고 있었다.

오늘 그것이 혼자만의 착각이라는 것을 확인한 것이다.

박태호와 사내들을 힐끔거리던 그의 얼굴에 긴장된 기색이 떠올랐다. 선두에서 움직이던 십여 명의 사내가 갑자기 걸음을 멈췄기 때문이었다. 선두가 정지하자 뒤를 따르던 자들의 움직임도 자연스럽게 멈춰졌다.

박대섭이 한걸음 나서며 물었다.

"무슨 일이냐?"

대답은 들려오지 않았다.

있을 수 없는 일이라 박대섭이 인상을 쓰며 호통을 치려 할 때였다.

스르륵.

푸확!

무언가 미끄러지는 소리와 함께 시뻘건 피 분수가 허공으로 치솟았다.

털썩!

털썩!

…….

목이 잘린 십여 명의 양복 사내는 모래성처럼 무너져 내렸다.

"적이닷!"

박대섭의 외침과 함께 남은 무스펠하임의 능력자들과 양복 사내들이 박태호와 박대섭, 렌부르크를 둘러쌌다.

열 명이나 목이 잘리며 죽어갔는데도 적의 모습은 전혀 보이지 않았다.

렌부르크가 입을 열었다.

"켄이 온 것 같소."

켄은 이혁이다.

박태호와 박대섭의 시선이 그를 향했다. 이 자리에 있는 사람 중 이혁이 싸우는 것을 본 사람은 렌부르크밖에 없었다.

렌부르크가 말을 이었다.

"그자 외에는 이런 은신술을 구사하는 능력자가 없소."

박태호와 박대섭은 고개를 끄덕였다.

아프리카의 나이지리아 사건 이후 이혁의 은신술은 능력자들의 세계에서 이미 최고 수준이라고 공인된 상태였다.

박태호가 말을 받았다.

"생각보다 간이 큰 놈이군. 리쿠의 은신처로 향하지 않았을 거라고 예상은 했지만 먼저 우리를 도발할 거라고는 생각하지 못했소. 회주."

박태호의 부름에 박대섭이 한 걸음 나서며 대답했다.

"예, 아버님."

"죽여라."

목적어는 없지만, 이 마당에 말을 알아듣지 못할 사람

이 있겠는가.

박대섭은 즉시 대답했다.

"알겠습니다."

박태호가 고개를 돌려 렌부르크를 보며 말했다.

"손을 보태주시겠소?"

"그렇게 하지요."

렌부르크는 긴장된 안색으로 고개를 끄덕였다.

순망치한(脣亡齒寒)이라는 말이 있다.

입술이 없으면 이가 시리다는 말인데 지금 상황에 이처럼 어울리는 말도 없었다. 태양회의 보호막이 무너진 다음 순서가 누구인지는 바보라도 알 수 있는 일이었으니까.

대화는 끊겼다.

불과 몇 마디가 오간 짧은 시간 동안, 양복을 입은 사내들은 제대로 저항조차 하지 못한 채 시신이 되어 쓰러지고 있었다.

박태호는 입술을 질끈 깨물었다. 무서운 분노가 가슴을 가득 채웠다. 그는 특급 에스퍼 부대를 만들기 위해 태양회가 쌓아놓았던 막대한 자원의 30퍼센트를 쏟아부었다.

그런 에스퍼들이 심장이 갈라지고 목이 잘린 채 피를 뿜으면서 푹푹 쓰러지고 있었다, 마치 도미노 게임의 골패들처럼 무기력하게.

제13장

에스퍼들은 양손에 각기 단검과 소음기가 장착된 권총을 하나씩 쥐고 있었다. 하지만 그들은 무기를 제대로 사용하지 못하며 우왕좌왕했다.

　이혁은 투명인간이라도 된 것처럼 눈에 보이지 않았다.

　특급 에스퍼의 시력과 감각은 보통 사람보다 열 배 이상 뛰어나다. 하지만 그런 강화된 능력을 가지고도 그들은 이혁의 기척조차 잡아내지 못했다.

　이전에 그가 환상혈조로 적을 벨 때면 허공을 물들이던 반투명한 홍광의 모습은 보이지 않았다.

　적을 베고 손톱으로 거두어들이는 속도가 믿을 수 없을 만큼 빨라 허공에 빛이 머물 시간조차 없는 것이다.

　공격할 대상을 찾지 못한 에스퍼들이 혼란에 빠지는 건

피할 수 없는 수순이었다. 그렇게 우왕좌왕하는 동안 30여 명이 자신들의 피로 만들어진 구덩이에 누웠다.

화가 머리끝까지 치밀어 시뻘겋게 변한 얼굴로 전황을 지켜보던 박대섭이 앞으로 나섰다. 렌부르크 공작이 무거운 얼굴로 그의 뒤를 따랐다.

"적이 움직일 공간을 주지 마라!"

박대섭의 외침에 에스퍼들은 서로 간의 간격을 최대한 좁혔다. 이혁을 볼 수도, 기척을 들을 수도 없자 아예 그가 움직일 수 있는 공간을 주지 않으려는 의도였다.

그들의 시도는 적절했다, 물론 그렇다고 효과가 있는 건 아니었지만.

푸확!

털썩!

터진 수도관에서 물이 쏟아지는 것처럼 심장에서 피를 거세게 뿜어내며 또 한 명의 에스퍼가 통나무처럼 쓰러졌다.

그의 좌우에 있던 에스퍼들이 번개처럼 몸을 돌리며 쓰러진 동료가 있던 곳을 향해 신속하게 권총의 방아쇠를 당겼다.

푸슉! 푸슉!

퍽퍽!

둔탁한 총성이 울려 퍼지며 푹푹 패인 땅에서 흙먼지가 튀어 올랐다. 하지만 공격한 에스퍼들이 기대한 신음이나 기척 혹은 핏물과 같은 반응은 전혀 없었다.

오히려 총을 쏜 자들의 몸이 수직으로 쪼개졌다. 피할 틈조차 찾을 수 없는 무자비한 반격이었다. 뜨거운 김과 함께 폭포수처럼 터져 나온 핏물이 허공을 시뻘겋게 물들였다.

그것을 본 박대섭이 살기에 젖은 눈으로 소리쳤다.

"이혁! 쥐새끼처럼 숨어서 암습이나 할 거냐! 모습을 드러내고 당당하게 싸워라!"

자리를 옮기던 이혁은 어이가 없어 다리가 꼬일 뻔했다.

'헐, 박대섭. 평생 장막 뒤에 숨어서 모략이나 일삼던 작자가 저런 개소리를!'

그는 박태호와 박대섭을 이 자리에서 처음 보았다. 하지만 그들의 정체를 한눈에 알아보는 데는 아무런 어려움이 없었다. 시은과 제이슨에다 테일러까지 더해진 최고의 정보 전문가들이 그들에 대한 모든 것을 제공해 준 덕분이었다.

이혁과 태양회의 주력이 충돌한 시간은 1분도 채 되지 않았다. 하지만 벌써 시신으로 변한 에스퍼의 수는 사십 명을 넘어갔다. 그 짧은 시간 동안 주력의 절반 이상이 사라진 것이다.

피가 얼음으로 이루어져 있다는 평까지 받는 박태호의 안색이 한 점의 핏기조차 찾기 어려울 정도로 하얗게 변했다. 분노로 붉게 물든 박대섭과는 정반대의 안색이었다.

무심코 고개를 돌려 박태호를 본 그의 등이 식은땀으로 축축하게 젖어들었다. 그는 자신의 아버지가 화가 날수록 더 냉정해지는 사람이라는 걸 누구보다도 잘 알고 있었다.

지금 박태호의 얼굴은 그가 얼마나 분노하고 있는지를 적나라하게 말해주었다.

박대섭은 뒤에서 싸움을 지켜보고만 있다가는 아버지의 분노가 자신을 향할 거라는 걸 직감했다. 박태호는 자식이라는 이유로 실패를 눈감아줄 만큼 너그러운 사람이 아니었다.

심장이 쪼그라들 정도로 놀란 박대섭은 이를 악물었다. 그리고 에스퍼들이 피를 뿌리며 쓰러지는 곳을 향해 달려갔다.

박대섭과 렌부르크가 자신이 있는 곳으로 다가오는 걸 보는 이혁의 눈빛이 스산해졌다.

'빨리 죽고 싶은 게 소원인 모양이군. 죽은 사람 소원도 들어준다는데 산 사람의 것이야. 흐흐흐.'

속으로 중얼거리던 그는 이 자리를 준비하면서 했던 결심을 다시 한 번 속으로 되뇌었다.

'내가 허락하는 자 외에는 그 누구도 살아서 이곳을 떠나지 못한다.'

박대섭과 렌부르크는 일보 간격을 두고 나란히 섰다. 서로의 등을 비스듬히 마주 댄 자세였다.

두 사람이 전장에 뛰어든 덕분에 에스퍼들은 한숨을 돌릴 수 있었다.

이혁의 공격이 멈춘 것이다. 그렇다고 태양회가 처한 상황이 좋아진 건 아니었다. 사신의 낫질이 잠시 멈추었을 뿐.

'클라우디아 왕녀는 렌부르크가 지닌 능력 중 주의해야 할 건 두 가지라고 했다, 환술과 공명력(Resonance Force).'

렌부르크의 환술은 멜리사의 측근인 콜튼이 펼쳤던 정

신제어와 환상생성력과는 구현 방식이 많이 달랐다. 그의 환술은 단순히 환상을 보여주는 것으로 끝나는 것이 아니었다.

불에 타고 얼어붙는 류의 환술 공격을 당한 자는 실제로 몸에 화상과 동상이 나타났다.

그가 지닌 또 하나의 능력인 공명력도 환술과 비슷한 정신계 초상 능력이었다. 이 능력은 공격에도 소용되긴 했지만 그보다는 목표로 삼은 자의 마음을 자신의 뜻에 동조화시키는데 주로 쓰였다.

무스펠하임의 조직원들 다수가 렌부르크를 따르도록 만드는데 절대적인 역할을 한 것이 '공명력' 이었다.

이처럼 강력한 능력을 가진 렌부르크가 노옥산의 계곡에서 야지마에게 힘을 쓰지 못하고 패퇴했던 건 그의 능력이 가진 특성 때문이었다. 그의 환술과 공명은 마음을 가진 자들에게만 통하는 능력이었다.

욕망을 초월해서 외부 자극의 영향을 받지 않는 사람과 마음이 죽은 자에게는 위력을 발휘하지 못했다.

야지마는 후자에 속했다.

그의 정신과 마음은 이미 죽은 상태라 렌부르크의 환술이 전혀 통하지 않았던 것이다.

능력이 어느 정도 공개된 렌부르크와 달리 박대섭의 능력은 알려진 것이 없었다. 그뿐만 아니라 박태호 또한 능력이 베일에 싸여 있었다.

그럴 수밖에 없는 것이 그들 부자는 실제 현장에서 몸싸움을 한 적이 거의 없었다. 수족처럼 움직여 주는 자들이 주위에 널렸는데 그들이 직접 손을 쓸 일이 언제 있었 겠는가.

최측근들조차 그들이 손을 쓰는 걸 본 적이 없으니 어 떤 능력이 있는지도 알려지지 않은 것이다.

두 사람은 조심스럽게 사방을 경계하며 피를 뿜으며 쓰 러진 에스퍼의 곁으로 다가섰다. 어둠 속에 은신한 채 박 대섭에게 시선을 준 이혁의 전신에서 소름 끼치는 살기가 흘러나왔다.

'태양회의 초인 연구는 육체의 강화에 특화되었다. 에 스퍼 중 정신계 능력을 구현한 놈이 있다는 얘기는 들어 본 적이 없어. 박대섭과 박태호도 다르지 않을 거다. 부하 들보다야 많이 강하긴 하겠지만… 그래 봤자 도토리 키 재기지.'

얼음처럼 차갑게 가라앉은 그의 눈에서 승리에 대한 확 고한 자신이 느껴졌다. 초상 능력을 사용하지 않는 순수 한 육체적 능력을 사용하는 싸움이라면 세상 그 어떤 강 자에게도 지지 않을 자신이 있는 사람이 그였다.

스승의 도움이 없었을 때도 단신으로 무공의 절대고수 인 적천휴를 쓰러뜨리며 온몸으로 그 사실을 증명한 남자 였다. 그런데 오늘은 그때와는 비교도 할 수 없을 정도로 심신이 업그레이드된 상태인 것이다.

렌부르크와 박대섭이 접근하는 것을 지켜보던 이혁의 눈이 갑자기 가늘어졌다. 그는 고개를 돌려 서북쪽을 올 려다보았다. 그리고 다시 고개를 서남쪽으로 돌렸다.

고개를 돌릴 때마다 시야 가득 어두운 하늘이 들어왔다.

그의 입가에 만족스러운 미소가 떠올랐다.

눈은 하늘을 보고 있었다. 하지만 그의 심상에 그려지고 있는 건 하늘이 아니었다.

몸 안에 거대한 힘을 품은, 인간의 범주를 넘어선 자들이 가공할 속도로 가까워지고 있었다. 다가서는 기운들 가운데 몇은 상당히 익숙할 뿐만 아니라 무척이나 보고 싶던 기운들(?)이기도 했다.

'좋아, 좋아! 역시 다들 모여드는군. 오늘 끝을 볼 수 있겠어, 으하하하하하.'

이혁은 속으로 유쾌하게 웃었다.

눈꼬리에 미소를 머금은 채로 그는 박대섭과 렌부르크를 번갈아 보았다. 그는 이제 은신을 풀 시간이 왔음을 알았다. 애초부터 은신한 채로 태양회를 궤멸시킬 생각은 없었다.

박씨 부자가 눈으로 그를 보며 자신들이 누구의 가족과 지인들을 건드렸는지 처절한 깨달음을 얻게 해주어야 했다, 그 끝이 지옥으로 결론이 나 있다는 게 함정이긴 했지만.

'쇼타임!'

마지막으로 쓰러진 에스퍼의 옆에 막 도착한 박대섭과 렌부르크의 안색이 확 변했다.

그들로부터 불과 3미터도 떨어지지 않은 곳의 어둠이 아지랑이처럼 일렁이는가 싶더니 검은 티와 바지에 같은 색의 운동화를 신은 이혁이 갑자기 모습을 드러냈기 때문이다.

놀람은 짧았다. 그렇게 찾던 자를 발견했는데 놀라고만

있을 수는 없는 일이니까.

"이혁!"

호랑이의 울부짖음과도 같은 고함과 함께 박대섭의 모습이 그 자리에서 푹 꺼지듯 사라졌다가 이혁의 코앞에 나타났다.

동시에 쇳덩이보다 더 단단하게 강화된 그의 두 주먹이 이혁의 머리와 가슴을 포탄처럼 후려갈겼다.

그 순간 렌부르크의 정신계 공격도 이혁을 강타했다.

그들보다 한 템포 늦긴 했지만 살아남은 30여 명의 에스퍼도 혼란에서 벗어나 이혁에 대한 공격에 가담했다.

목표가 모습을 드러냈으니 망설일 이유가 없었다.

이혁을 공격하던 자 중 가장 먼저 낌새가 이상하다는 것을 알아차린 사람은 렌부르크 공작이었다. 그는 정신계 공격에 특화된 초상 능력자인 터라 다른 사람보다 상대를 읽는 감각이 탁월했다.

'우릴 보지 않아?'

그가 이상함을 느낀 건 그와 박대섭, 그리고 에스퍼들의 파상 공격에 노출된 이혁이 코앞에 들이닥친 위험에 전혀 관심을 보이지 않았기 때문이었다.

게다가 문제는 그뿐만이 아니었다.

그의 안색이 창백해졌다.

'환술과 공명력이 전혀… 통하지 않아?'

그는 이혁의 마음과 공명하기 위해 그 안으로 파고들려고 했다. 하지만 철벽이 가로막고 있는 것처럼 조금도 느낄 수 없었다.

그의 이마에 식은땀이 맺혔다.

적과 공명할 수 없다면 당연히 환술도 통하지 않았다.
둘 다 상대의 마음을 장악해야만 뜻대로 조종할 수 있는
능력들이기 때문이다.

살아 있는 자들이라면 누구도 피할 수 없다고 믿었던
자신의 능력이 노옥산의 계곡에서 만났던 자에 이어 이혁
에게도 통하지 않자 그는 크게 당황했다.

이혁은 렌부르크의 공격에는 관심도 없었다.

적어도 오늘만은 그의 마음에 충격을 가할 수 있는 정
신계 초상 능력 따위는 이 세상에 존재하지 않았다.

렌부르크는 날을 잘못 잡은 것이다.

이혁이 지금 보고 있는 사람은 박태호였다.

박태호는 박대섭과 렌부르크의 뒤 30여 미터 떨어진 곳
에서 한 걸음도 움직이지 않은 채 장내를 주시하고 있었다.

박태호에게서 시선을 뗀 그는 고개를 돌려 박대섭과 눈
을 맞췄다. 그리고 흰 이를 드러내며 씨익 웃었다.

온몸에 소름이 돋은 박대섭이 이를 악물었다. 끔찍할
정도로 예감이 좋지 않았다. 뒤에 있는 박태호만 아니었
다면 벌써 등을 돌리고 도망쳤을 것이다.

도망갈 수가 없으니 앞으로 나아가야 했다.

호랑이 등에 올라탄 것이나 다름없는 상황이었다.

그는 두 주먹에 자신이 지닌 모든 힘을 쏟아부었다.

박대섭 때문에 칼을 쓸 수 없는 에스퍼들의 권총이 이
혁을 향해 불을 뿜었다.

투투투투툭!

총알이 빗발치듯 날아들었다.

이혁의 호흡이 깊어지는가 싶더니 어느 순간 끊어졌다. 그는 무심하게 관조하듯 마음을 열었다.

눈에 보이지 않을 정도로 빠르게 그를 향해 날아들던 박대섭의 주먹과 에스퍼들의 권총탄들이 하품이 나올 정도로 느려졌다, 마치 영화 속의 슬로우 모션 장면처럼.

이혁은 왼쪽으로 두 걸음을 내디뎠다.

자리를 이동한 그가 몸을 틀어 측면에 완전히 자리를 잡을 때까지도 박대섭의 두 주먹은 허공을 가로지르고 있었다. 총탄들도 마찬가지였다.

모든 공격은 아직도 이혁이 있던 자리에 도달하지 못한 상태였다.

그의 두 손이 허공을 유영하듯 부드럽게 뻗어나가 박대섭의 양 손목 위에 나비처럼 내려앉았다.

미꾸라지가 두부 속으로 파고들 듯 다섯 손가락이 그의 손목에 푸욱 꽂혔다. 이혁은 손에 힘을 주었다.

와드득.

박대섭의 손목이 종잇장 찢기듯 뜯겨 나가며 핏물이 터졌다. 사방으로 비산하는 핏방울의 속도 또한 다른 것과 마찬가지로 느리기 이를 데 없어서 박대섭의 전면 허공은 붉은 물감이 번지는 검은 화폭처럼 변해갔다.

손목에서 발생한 고통이 뇌에 전해지는 속도까지 느려진 것일까. 박대섭은 자신의 몸에 어떤 일이 벌어지고 있는지 자각하지 못하고 있는 듯했다. 그는 비명을 지르기는커녕 표정조차 변하지 않았다.

이혁이 손을 거두며 한 걸음 뒤로 물러났다.

동시에 시간이 정상적으로 흐르기 시작했다.

푸확!

박대섭은 갑자기 시야에 들어오는 붉은 핏물에 어안이 벙벙한 얼굴이 되었다. 그리고 시간차 없이 찾아든 끔찍한 고통에 입을 떡 벌렸다.

"끄으으억!"

핏물이 자신의 몸에서 나온 것이며 두 손이 손목에서부터 뜯겨 나간 걸 본 그의 얼굴이 시체처럼 창백해졌다. 연이어 손만 뻗어도 닿는 자리에 있는 이혁까지 본 그는 정신없이 뒤로 물러섰다.

상황의 변화는 믿을 수 없을 정도로 빨라서 장내에 있던 사람들 중 혼란을 느끼지 않는 이는 아무도 없었다.

박태호도 예외는 아니었다.

이혁의 은신술이 경이로운 수준이라는 건 그도 익히 알고 있는 사실이었다. 방금 전까지 바로 눈앞에서 보기도 했고. 하지만 그는 이혁이 저렇게 빠른 속도로 움직일 수 있을 거라고는 생각하지 못했다.

그는 지켜보고만 있을 수 없다는 걸 직감했다.

박대섭의 손목이 뜯겨 나가는 걸 보기 전까지 그는 혼자서 이혁을 제압할 수 있다고 자신했었다. 그래서 직접 전투를 지휘하지 않고 후방에 머문 것이었다.

하지만 이혁의 전투 능력이 본격적으로 드러나는 걸 보곤 자신이 오판했다는 것을 인정했다. 그도 다른 사람들처럼 이혁이 박대섭의 손목을 뜯어내는 장면을 놓쳤기 때문이었다.

그 의미는 결코 작지 않았다.

박대섭과 렌부르크, 그리고 부하들이 전부 쓰러지기 전에 적극적으로 개입해야 했다.

그는 자신이 일대일로 상대하기 힘든 진정한 초강자와 조우했다는 것을 인정할 수밖에 없었다.

이혁은 자신을 향한 박태호의 눈빛이 팔색조처럼 변하고 있다는 것을 알았다. 그의 속내를 짐작하기는 어렵지 않았다.

'머릿속이 복잡하겠지, 흐흐흐. 다가오는 위기를 느끼고 있을 테니까. 하지만 저자는 최악의 상황이 벌어지더라도 후퇴를 결정하지는 못한다. 욕망을 멈출 줄 아는 자가 아니니까. 누가 도덕경이라도 읽어보라고 권해줬다면 몰라도. 훗.'

도덕경 44장에서 노자는,

지족불욕 지지불태(知足不辱 知止不殆).

만족할 줄 알면 욕을 당하지 않고, 멈출 줄 알면 위태롭지 않으며,

또한 46장에서는,

화막대어부지족 구막대어욕득(禍莫大於不知足 咎莫大於欲得).

만족할 줄 모르는 것만큼 큰 화가 없고 욕심을 내어 탐하는 것보다 더 큰 허물은 없다. 고 말한다.

이 구절과 같은 책 9장의 글이 조화를 이룬다.

금옥만당 막지능수 부귀이교 자유기구(金玉滿堂 莫之能守 富貴而驕 自遺其咎).

금과 옥이 집에 가득하면 이를 능히 지키기 어렵고, 부귀로 교만하면 스스로 허물을 남길 뿐이니,

공수신퇴 천지도(功遂身退 天之道).

공을 이루었으면 물러남이 하늘의 도이다.

이혁이 이 구절을 기억하는 건 그가 고전에 관심이 있다거나 노자를 좋아해서가 당연히 아니었다. 그저 스승인 장문규가 입에 달고 살던 것들이기 때문이었을 뿐.

하지만 지금 상황에 이처럼 어울리는 말도 없을 거라는 게 그의 생각이었다.

박태호가 번개 같은 속도로 달려오고 있었다.

그의 입꼬리에 걸린 미소가 짙어졌다. 그는 박태호가 후퇴하지 않을 것이라 확신했다. 이곳으로 오고 있는 다른 자들에 대한 판단도 마찬가지였고. 영생과 불멸을 원하는 그들의 욕망에는 한계가 없다는 걸 잘 알고 있었기 때문이다.

물론, 예외는 있었다.

박대섭의 옆에 있던 렌부르크는 이혁과 멀어지기 위해 미친 듯 뒤로 물러나고 있었다.

이혁이 다시 반보를 내디뎠다.

박대섭의 벌린 두 팔 사이로 그가 몸을 들이민 형국이라 두 사람의 거리는 30센티미터도 되지 않을 정도로 가까워졌다.

이혁은 그의 얼굴이 절망과 공포로 시커멓게 변하는 것을 보았다.

"으으으……."

말도 제대로 못 하며 입만 떡 벌린 박대섭의 얼굴은 그가 보고 싶던 바로 그것이었다.

이혁은 오른손을 쭉 뻗었다.

활짝 편 손아귀 안에 박대섭의 목이 가볍게 들어왔다. 눈이 따라갈 수 있을 만큼 느린 움직임이었는데도 그는 꼼짝도 하지 못했다.

근처에 있던 에스퍼들이 사격을 멈추고 칼을 휘두르며 이혁에게 달려들었다.

그들은 총을 사용하지 못했다. 이혁과 박대섭의 거리가 너무 가까웠다.

총알엔 눈이 없다.

이혁이 아니라 박대섭이 맞을 가능성도 배제하지 못하는 상황인데 그런 모험을 할 수는 없었다.

박태호도 불과 4미터가량밖에 떨어지지 않은 곳까지 도달하고 있었다. 이혁은 에스퍼들과 박태호에게 눈길도 주지 않았다.

그들이 아무리 빨라도 그보다 빠를 수는 없다는 게 이미 명확해진 후인 것이다. 그는 오른손목을 슬쩍 비틀었다. 박대섭의 안색이 누렇게 떴다.

우두둑!

기괴한 소리와 함께 박대섭의 목이 수수깡처럼 부러졌다. 혀를 쭉 빼문 그는 이혁의 손에 몸을 맡긴 채 축 늘어졌다.

코를 찌르는 악취와 함께 그의 사타구니가 축축해졌다.

죽는 순간 방광과 항문이 열린 것이다. 살아서 온갖 영화를 누린 그였지만 죽을 때는 보통 사람과 다른 점이 하나도 없었다.

이혁의 시선이 렌부르크를 향했다.

상황 변화는 극적이다 싶을 정도로 빨랐다. 그래서 전력을 다해 뒤로 물러나고 있음에도 렌부르크가 도주한 거리는 채 2미터도 되지 않았다.

살아남은 에스퍼들은 발작적으로 이혁이 서 있는 곳을 향해 방아쇠를 당겼다. 박대섭이 죽은 이상 그들은 더 이상 거리낄 것이 없는 것이다.

투투투투투투투투!

정상적으로 흐르는 듯하던 시간이 다시 느려졌다. 탄알들은 어린아이가 던진 야구공처럼 천천히 허공을 가로질렀다.

누가 저처럼 느린 총알에 맞겠는가.

이혁은 싱긋 웃으며 오른발을 10여 센티미터가량 들어 올렸다가 진각을 밟듯이 지면을 내리찍었다.

쾅!

짧은 간격이었지만 그의 발밑에서는 고막이 터질 듯한 굉음이 터져 나왔다. 그리고 그를 중심으로 돌이 던져진 연못처럼 지면이 파도처럼 출렁이며 일어나더니 동심원을 그리며 사방으로 퍼져 나갔다.

그가 진각으로 만든 힘의 줄기는 아홉 가닥이었다.

구겹천뢰탄.

한 가닥으로 아홉 겹의 벽 너머에 있는 적을 타격할 수 있는 암왕의 초절기는 장애물이 없는 곳에서는 아홉 가닥의 힘으로 분리 응용하는 것이 가능했다. 다가서던 박태호의 안색이 흙빛으로 변하며 전력을 다해 땅을 박차며 수직으로 몸을 솟구치는 것이 보였다.

하지만 육체적인 능력이 떨어지는 렌부르크와 에스퍼들은 박태호처럼 빠른 움직임을 보여주지 못했다.

느려졌던 시간이 제 흐름을 찾았다. 땅을 타고 흐른 아홉 가닥의 힘과 렌부르크와 에스퍼 여덟 명의 발바닥이 만났다.

퉁!

마치 출렁이는 지면이 렌부르크와 에스퍼들을 허공으로 밀어 올리는 듯 그들의 몸이 부드럽게 떠올랐다.

하지만 상승의 시간은 길지 않았다.

그들의 발바닥을 통해 몸에 스며든 천뢰의 기운은 즉각 본래의 면모, 탄(彈)의 힘을 드러냈다.

지금 이혁이 지닌 능력은 불과 몇 시간 전과는 하늘과 땅만큼이나 차이가 났다.

구겁천뢰탄의 위력 또한 그만큼의 차이가 났다.

그것은 렌부르크나 에스퍼들이 통제하거나 피하는 게 가능하지 않은 절대적인 거력(巨力)이었다.

몸 안에서 폭탄이 터지면 어떻게 될까. 그 무시무시한 상상을 렌부르크와 에스퍼들은 온몸으로 현실화시켰다.

콰콰쾅!

날벼락이 치는 듯한 굉음과 함께 폭발과 함께 터져 나간 피와 육편이 비처럼 쏟아졌다.

미하일 블라디미르 대공의 죽음 이후 에릭 브린센 공작을 제거하며 무스펠하임의 권력을 장악했던 렌부르크 공작의 최후는 어이없을 정도로 무력하고 처참했다.

수직으로 5미터나 솟구쳐 오르며 위험을 피했던 박태호의 안색이 돌덩이처럼 굳어졌다.

피비가 내리는 한복판에 저승사자처럼 서서 그를 보고 있던 이혁의 모습이 사라졌기 때문이었다.

퍼퍼퍼퍼퍼퍼퍽!

총알에 맞은 땅이 풀썩이며 애꿎은 흙과 돌만 이리저리 튀어 올랐다.

박태호는 이혁의 부재를 인식하자마자 혼신의 힘을 다해 에스퍼가 많이 모여 있는 곳의 뒤편을 향해 몸을 날렸다. 그가 목표로 한 지점은 7, 8미터가량밖에 떨어지지 않은 곳이라 한 번의 몸놀림으로 도착할 수 있는 곳이었다. 하지만 그곳까지 가는 건 그의 생각처럼 쉽지 않았다.

그와 에스퍼들의 사이 허공에 사라졌던 이혁이 불쑥 모습을 드러냈기 때문이다.

박태호의 눈이 핏물에 담갔던 것처럼 시뻘겋게 변했다.

"이놈! 죽여 버리겠다!"

그의 입술 사이로 광기에 가득한 고함이 터져 나왔다.

그는 제대로 된 싸움을 해보지도 못한 채 부하들 태반을 잃은 데다가 비록 애착이 별로 없긴 해도 친아들인 박대섭까지 잃었다. 계속해서 피동으로 몰리는 상황이 결국 그의 냉정을 무너뜨린 것이다.

이혁은 피식 웃으며 말을 받았다.

"능력이 있다면!"

박태호는 사선으로 지면에 떨어져 내리던 것에 가속을 더했다. 밤하늘을 가로지르는 유성처럼 그는 한쪽 어깨를 곧추세운 채 이혁의 상체를 향해 떨어져 내렸다.

지면에 있던 살아남은 에스퍼 십수 명도 드러난 이혁의 등을 향해 권총을 난사했다.

투투투투투투투!

총알보다 먼저 도착한 것은 박태호의 어깨였다.

양 손바닥을 덧댄 자세로 그의 어깨를 받은 이혁의 몸이 뒤로 밀리는 듯했다.

이혁이 피하지 못하고 손으로 자신의 공격을 막는 것을 본 박태호의 얼굴에 안도와 기대가 섞인 흥분의 빛이 떠올랐다.

전력을 다한 공격인 터라 그의 어깨에 담긴 힘은 수십 센티미터의 철판도 우그러뜨릴 정도로 막강했다. 이혁이 그의 공격을 피하지 못하고 손으로 막은 이상 그다음 수순은 최소한 충격으로 인한 내상이었다.

그것이 박태호의 마지막 희망이었다.

내상을 입히고 이혁을 한순간이라도 멈칫거리게 만들 수만 있다면, 박태호는 피동에 몰린 전세를 뒤집을 자신이 있었다.

제14장

이혁은 살짝 눈살을 찌푸렸다.

박태호의 어깨를 막은 손바닥을 통해 막대한 힘이 쏟아져 들어왔다.

순간적으로 허공에 떠 있던 이혁의 몸이 50센티미터 가까이 땅 쪽으로 밀려났다.

그를 겨누고 발사된 총알들은 텅 빈 허공만을 두드려 댔다.

자신을 비스듬히 내려다보고 있는 박태호와 시선이 마주친 이혁의 눈에 얼음처럼 차가운 기색이 떠올랐다. 박태호의 어깨에 담겨 있는 힘은 그가 이 세계의 절대강자 중 한 명이라는 걸 웅변하는 것이었다.

무예의 진정한 고수들은 강한 적을 존중한다. 그것이

강호의 전통이다. 하지만 이혁은 지금 박태호가 보여주고 있는 강함을 존중하거나 감탄하고픈 마음이 눈곱만치도 없었다.

그렇기는커녕 오히려 분노와 살기만 더욱 증폭되었다.

박태호의 힘은 극악한 생체실험과 그 안에서 마루타가 되어 처참하게 죽어간 수많은 사람의 고통을 바탕으로 하고 있다는 걸 너무도 잘 알고 있기 때문이었다. 게다가 그에 의해 죽어간 사람들의 명단 속에는 이혁의 두 형과 진혼의 동료들도 포함되어 있는 것이다.

이혁의 전신에서 칼날처럼 정제되어 스치기만 해도 살이 베이고 뼈가 갈라질 것처럼 예리한 살기가 일어났다. 그리고 혈우팔법의 초절기 중 하나인 폭뢰경혼추가 시전되었다.

이혁이 밀려나는 것을 보며 기대에 부풀었던 박태호의 안색이 시커멓게 변했다. 일찍이 그가 경험한 적이 없는 막강한 기운이 어깨를 통해 해일처럼 밀려들어 왔다.

그의 어깨를 감싸고 있던 상의가 먼지가 되어 바람과 함께 흩어졌다. 드러난 어깨의 살들이 가뭄에 말라비틀어진 논바닥처럼 쩍쩍 갈라졌다. 그 사이로 검붉은색의 핏물이 흘렀다.

박태호는 전력을 다해 몸을 비틀었다.

이혁의 손에서 어깨를 떼어내려는 시도였다.

그로서는 최선이었지만 그것은 반 박자 늦은 대응이었다. 이미 폭뢰경혼추의 경력이 몸 안으로 파고든 후였기 때문이다.

허공에 떠 있는 그의 몸이 누가 밀어 올리기라도 하는 것처럼 1미터가량 떠올랐다.

"푸확!"

박태호의 입과 코에서 덩어리진 핏물이 터져 나왔다. 폭뢰경혼추의 경력이 그의 내부에서 폭발하며 오장육부와 경락을 사정없이 두드렸다.

상황은 악화일로였다.

사력을 다한 박태호의 노력에도 불구하고 그의 어깨는 여전히 이혁의 손을 벗어나지 못했다.

이혁은 위로 솟구치며 둘의 간격이 벌어지는 것을 허용하지 않았다. 그의 두 발은 계단을 밝기라도 하는 것처럼 허공을 걸어 올라가며 계속해서 박태호의 몸을 밀어 올렸다.

박태호의 안색이 시커멓게 죽었다.

짓깨문 입술이 터지며 핏물이 흘렀지만 몸은 그의 뜻대로 움직여지지 않았다. 아무리 애를 써도 이혁의 손을 떼어낼 수가 없었다.

이혁은 찰나지간 폭뢰경혼추를 구겁천뢰탄으로 변화시켰다.

폭뢰경혼추의 경력은 박태호의 경락과 오장육부를 뒤흔들어 놓을 정도로 강력한 충격을 가했다. 그러나 구겁천뢰탄의 위력에 비할 바는 아니었다. 구겁천뢰탄은 박태호의 아랫배부터 시작해 위쪽으로 거슬러 올라가며 여덟 번 폭발했다.

폭발에 휘말린 그의 장기 대부분은 발에 밟힌 두부처럼

으스러졌다.

박태호의 눈빛이 흐려지면서 몸이 사시나무 떨듯 부들부들거렸다. 자세를 유지하는 것도 힘들어 보일 정도로 그는 빠르게 힘을 잃어갔다.

신체를 극한까지 강화시켜 초인의 반열에 오른 그였지만 사람의 한계를 벗어나지는 못했다. 그러니 오장육부가 으스러졌는데 멀쩡할 수는 없는 것이다.

으스러진 그의 장부 중에 심장도 포함되어 있다는 걸 생각하면 아직 숨이 끊어지지 않은 게 오히려 신기한 일이었다.

투시라도 하듯 이혁의 심상에는 박태호의 몸 안에서 벌어지고 있는 일들이 눈으로 보는 듯 그려졌다. 그의 전체 상태를 스캔하는 와중에도 이혁은 한순간도 그의 눈에서 시선을 떼지 않았다.

박태호는 아주 오랫동안 그가 사랑했고 아꼈던 많은 사람의 목숨을 빼앗고 남은 사람들의 마음에 영원히 지울 수 없는 상처의 흔적은 새겨 넣은 자 중 한 명이었다.

그런 자가 지금 생의 마지막 숨을 몰아쉬고 있었다.

어떻게 시선을 다른 곳으로 돌릴 수 있겠는가.

구겁천뢰탄의 폭발 지점은 시전자인 이혁이 정할 수 있었다. 여덟 번의 폭발은 박태호의 몸통에 집중되었다. 아직 한 번의 폭발이 남아 있었다.

이혁은 마지막 폭발 지점을 박태호의 뇌로 정했다.

폭발로 인해 머릿속이 곤죽이 되고도 과연 박태호가 살아남을 수 있을지 지켜볼 마음이었다. 마음이 움직이자

의지가 박태호의 뇌에 가공할 기운이 되어 한 점으로 응축되기 시작했다.

응축된 기운이 막 폭발하려던 순간, 이혁은 눈살을 살짝 찌푸렸다. 그는 박태호에게서 시선을 떼며 바람처럼 몸을 왼쪽으로 비틀었다. 그리고 두 팔을 얼굴 앞에서 엑스자로 교차했다.

교차된 그의 팔뚝 중앙으로 믿어지지 않을 정도로 막대한 파괴력이 내포된, 에너지로만 이루어져서 눈에는 보이지 않는 포탄이 날아들었다.

쾅!

휘이이이아―

벼락이 치는 듯한 굉음과 함께 이혁이 있던 자리에서 거대한 흙먼지의 폭풍이 일어났다.

천천히 가라앉는 흙먼지의 색은 검붉었다.

이혁은 엑스자로 교차했던 두 팔을 느릿하게 내렸다. 자신을 중심으로 사방은 사지가 뜯겨 나간 시신으로 가득했다. 그중 한 구의 시체는 목 위에 머리가 사라지고 없었는데 그는 박태호였다.

암습자의 방해에도 불구하고 이혁은 구겁천뢰탄의 마지막을 완전하게 마무리 지었다.

그뿐만 아니었다.

권총을 난사하며 그를 공격했던 나머지 에스퍼까지 흡룡와류폭으로 한꺼번에 정리해 버린 것이다.

지금 막 도착한 자들을 제외하면 장내에 살아 있는 사람은 오직 그뿐이었다.

"허허, 그 상황에서도 박태호의 목숨을 거두다니. 의지의 한국인이라고 해야 하는 건가?"

아무런 기세도 느껴지지 않는, 지독하게 색깔이 없는 남자의 목소리가 귀를 울렸다.

이혁은 자신과 눈이 마주친 채로 말을 건네는 사내를 보며 미간을 찡그렸다. 처음 보는 남자였다. 아니, 어디선가 보았을지도 모르지만 기억이 전혀 나지 않았다.

적당한 체구에 어울리는 평범한 외모를 가진 사내는 마흔 중반 정도로 보였다. 그는 어느 곳 하나 눈에 들어오는 구석이 없었다. 마주 보고 이야기를 해도 고개만 돌리면 생각이 나지 않을 것 같은 느낌의 남자였다.

아무리 생각해 봐도 이혁은 중년인을 만난 기억이 없었다. 하지만 그의 좌우에 서 있는 일남일녀는 구면이었다. 사무라이 복장에 일본도를 옆구리에 찬 남자와 맨살을 거의 다 드러낸 가죽 탱크톱과 핫팬츠 차림의 남녀.

조각으로 빚은 듯 아름다운 외모지만 산 사람이 아닌 듯 기묘한 분위기를 가진 그들은 이혁이 몇 번이나 부딪쳤던 타카코와 야지마였다.

야지마와 타카로를 힐끗 보고 난 이혁이 시선을 다시 중년인, 사토에게 돌려 그의 아래위를 훑어보았다.

"암격이 꽤나 쓸 만했다는 건 인정하지. 하지만 당신이 저 두 괴물의 주인은 아니로군."

사토는 빙긋 웃었다.

"오호, 눈썰미가 제법인걸! 자네의 신경이 무척 둔한 편이라고 보고받았는데 정보가 많이 잘못되었구만."

사토는 야지마와 타카코를 돌아보며 말을 이었다.

"그나저나 괴물이라…… 저들이 감정이 있었다면 자네의 칭찬에 기뻐했을 텐데. 조금 아쉽구만."

이혁은 혀를 찼다.

"말투를 보아하니 당신도 생긴 것보다는 나이가 상당히 많은 모양이야. 하지만 몇 살인지는 관심이 없으니까 대답하지 않아도 돼. 더 듣고 싶지도 않아. 우리말을 잘 하긴 해도 말투에서 왜놈 냄새가 나거든. 그리고 더는 말 섞기도 귀찮으니 저 괴물들과 당신의 주인인 놈을 빨리 나오라고 하는 게 어떨까?"

이혁의 어투는 날이 서 있지 않았다. 오히려 심드렁하다고 해야 할 정도로 긴장감이 없었다.

하지만 그 말을 들은 사토의 마음은 대번에 살기로 가득 찼다. 그가 신처럼 존경하는 사람을 이혁은 '놈'이라고 부른 것이다.

사토의 눈빛이 스산해졌다.

"아주 기고만장하구나. 네놈이 그동안 제대로 된 임자를 만나지 못했다는 걸 알겠다. 하지만 너의 오만함도 오늘이 마지막이야. 내년 오늘이 바로 네 제삿날이 될 테니까."

이혁이 혀로 입술을 한 번 훑은 후 툭 던지듯 말했다.

"거 참, 겉만 젊은 노인네가 말까지 많네."

누가 들어도 귀찮다는 기색이 역력한 말투였다.

사토의 안색이 음침해졌다. 그가 어디서 이런 대접을 받아보았을까.

사토로부터 별다른 지시도 떨어지지 않았는데 야지마와 타카코가 한 걸음 앞으로 나섰다.

뒤이어 사토도 이혁을 향해 걸음을 옮겼다.

세 사람에게서 흘러나온 무시무시한 살기가 대기를 짓눌렀다.

이혁은 사토와 두 괴물이 심령으로 연결되어 있다는 걸 알아차렸다. 저들의 몸은 셋이었지만 정신은 하나였다.

이혁의 눈빛이 진지해졌다.

사토 일행의 기세가 강해서는 아니었다.

그가 보았을 때 저들의 심령 연결은 텔레파시와 같은 초상능력에 의한 것이 아니었다. 물론, 보는 것만으로 저들의 심령 연결 메커니즘을 전부 파악하는 건 아무리 그라 해도 불가능했다.

그렇지만 저들의 정신과 육신이 스스로의 의지에 의해서가 아니라 누군가에 의해 강제로 연결되었다는 건 충분히 알아차릴 수 있었다. 단순히 심령이 연결되기만 한 것도 아니었다. 저 상태를 유지함으로 인해 저들은 막강한 힘을 얻었다.

본인의 능력에 심령이 연결된 일행의 능력까지 보태서 힘을 업그레이드한 상태였던 것이다.

이혁은 어깨를 으쓱하며 말했다.

"개를 때리면 주인이 튀어나오는 건 시대와 상관없는 불변의 진리지, 흐흐흐."

살기에 찬 눈으로 이혁을 보며 사토는 느긋하게 말을 받았다.

"허허, 개라… 그래, 개한테 물어 뜯겨 죽어가는 기분이 어떤지 한번 느껴보도록."

그의 말이 끝남과 동시에 이혁의 앞으로 한 줄기 번개를 연상시키는 검격이 날아들었다.

어지간한 능력자는 알아차리기도 전에 일도양단당할 수밖에 없는 무서운 속도와 기세를 품은 검격.

야지마의 발도술이었다.

하지만 이혁은 야지마의 발도술은 별 신경도 쓰지 않았다. 그보다 더 빠른 속도로 이미 지근거리까지 도달한 존재가 있었기 때문이다.

타카코였다.

타카코는 혈륜을 거치며 인간이 아닌 존재가 되었다. 감정도 거세되었다.

그런데도 이혁을 보는 그녀의 두 눈 깊은 곳엔 은은한 두려움이 느껴졌다.

어디라고 분명하게 말하는 건 불가능하지만 그녀 안의 모처에 이혁에 대한 공포가 각인되어 버린 것이다. 하지만 공포가 그녀의 움직임을 제약하지는 않았다.

상식적인 반응과 움직임은 그녀와 거리가 먼 것이다.

*　　　　*　　　　*

범바위 북동쪽.

타케시와 타이료오바타 대원들, 그리고 움직일 수 있는 전투요원 전부를 이끌고 무서운 속도로 산기슭을 넘던 후지와라 리쿠가 갑자기 걸음을 멈췄다.

타케시가 그의 옆으로 다가섰다.

상황이 심상찮게 돌아가고 있는 터라 그의 얼굴엔 긴장된 기색이 가득했다.

"할아버님, 무슨 일이십니까?"

이를 악물고 있던 리쿠가 타케시에게 고개를 돌렸다.

"타케시."

그의 목소리는 엄중했다.

타케시는 자신도 모르게 자세를 바로 하며 대답했다.

"예, 할아버님."

"만약 내게 무슨 일이 생긴다면 너는 뒤를 돌아보지 말고 이 자리를 빠져나가 미국으로 돌아가라. 그리고 상황이 완전히 파악될 때까지 은인자중해라."

소곤거리는 듯한 리쿠의 목소리는 타케시의 귀에만 들릴 정도로 작았다. 하지만 그의 말에 담긴 의미는 너무 커서 타케시는 저절로 안색이 변했다.

"할아버님, 그게 무슨……?"

"질문은 허락하지 않겠다."

리쿠는 매몰차게 타케시의 말을 끊었다. 그리고 고개를 돌려 괴괴한 어둠에 휩싸여 있는 숲을 향해 말했다.

"나를 기다리고 있었던 듯한데, 나오시지요. 세월이 흘렀다고 성격까지 변하신 거요?"

"하하하, 눈치챈 건가?"

맑은 웃음과 함께 숲속에서 백금발의 아름다운 청년이 산책이라도 하는 것처럼 가벼운 걸음으로 걸어나왔다.

리쿠의 날카로운 시선이 화살처럼 청년의 얼굴에 꽂혔다.

"많이 변하셨구려. 일부러 기세를 노출하지 않으셨다면 전혀 알아보지 못했을 거요."

"그동안 흐른 세월이 반세기가 넘네. 자네처럼 세월이 멈춘 듯 변하지 않은 모습이 더 이상한 거지."

두 사람의 대화를 듣던 타케시는 얼마나 놀랐는지 표정 관리도 하지 못했다. 그는 이 세상에서 리쿠의 존대를 받는 사람이 있을 거라고는 상상조차 해본 적이 없었기 때문이다.

백금발의 청년이 손을 천천히 들어 올리며 입을 열었다.

"사실 자네를 기다렸던 건 아니었네. 가는 방향이 비슷했던 탓에 만난 것이지. 흠, 자네의 운이 다해서 그런 것이라고 이해하면 될 듯하구만."

리쿠의 눈빛이 서늘해졌다.

"쉽지는 않을 거요. 예전의 내가 아니니까."

백금발의 청년은 어깨를 으쓱했다.

"과연 그런지 한번 보세나."

리쿠가 백금발의 청년을 향해 몸을 날리며 소리쳤다.

"저자를 죽여라!"

휙휙휙휙휙!

대답도 없이 타이료오바타의 대원들이 몸을 날렸다.

가공할 살기가 숲을 가득 채우는 데는 1초도 걸리지 않았다.

＊　　　　＊　　　　＊

파앙!

공기가 찢어지는 소리가 났다.

어느새 이혁의 뒤로 돌아간 타카코는 그의 널찍한 등판을 향해 주먹을 휘두르고 있었다. 그녀의 움직임과 공격 모두 야지마와는 비교할 수 없을 정도로 빠르고 강력했다.

둘만 공격하고 있는 것도 아니었다.

이혁의 머리 위에 축구공만 한 머리를 가진 화살 형태의 포탄이 생성되었다. 하지만 그것은 심상에만 보일 뿐 맨눈으로는 볼 수 없었다. 그것은 사토가 만들어낸 기력의 포탄이었기 때문이다.

이것은 아메노하하야[天之波波矢:일본 고사기에 나오는 천상신 아메노와카히코가 사용했던 화살]라는 이름을 갖고 있는 원거리 공격용 기력탄(氣力彈)이었다.

사토는 혈륜의 연구가 1단계에 도달했을 때 행해졌던 최초의 실험 대상이었다. 그리고 그에게 시술된 실험은 한 번으로 그치지 않았다.

사토는 혈륜을 불완전했던 시절부터 가장 완성된 버전에 가까운 최근의 것까지 수십 차례에 걸쳐 시술을 받았다. 그 과정에서 그가 얻은 초상능력은 원거리 공격 능력이었다.

사토는 이시이 시로에게도 특별한 존재였다.

본래 혈륜은 진행 과정이 극악하다고 할 정도로 난이도

가 높아서 1단계조차 끝날 때쯤이면 인성과 감정이 말살 당할 뿐만 아니라 정상적인 사고를 할 수 있는 뇌의 시스템까지 망가졌다. 2단계는 살아 있는 사람이라고 부를 수 없는 상태가 되고.

그렇지만 사토는 예외였다.

인성과 감정이 말살당한 건 그도 다른 혈륜피시술자들과 같았다. 그러나 이시이 시로에 대한 절대적인 충성심만은 끝까지 남았다. 거기에 사고 능력까지 온전히 보존되었다.

그것이 이시이 시로가 오직 그만을 일회용 실험체가 아닌 집사처럼 대우하며 대부분의 일을 맡긴 이유였다.

셋의 공격이 이혁의 몸에 격중되는 듯 보였다. 하지만 사토 등은 그것이 눈의 착각에 불과할 뿐이라는 걸 바로 알아차렸다.

셋의 공격이 작렬했을 때 이혁은 본래 머물던 자리에서 1미터가량 떨어진 곳으로 이동한 후였다.

쐐애액!

스팟!

쾅!

타카코와 야지마의 공격이 허공을 가르고 사토의 기력탄이 지면을 강타했다. 그제야 이혁의 움직임이 너무 빨라 이동한 뒤에도 사라지지 않고 남아 있던 잔상이 흐트러졌다.

음침하게 가라앉았던 사토의 얼굴에 긴장된 기색이 떠올랐다. 그는 이혁의 이동을 전혀 감지하지 못했다. 하지만 방심하지 않았다. 그럼에도 동선을 놓쳤다는 건 심각한 문제일 수밖에 없었다.

상대의 움직임을 알아차리지 못하는데 어떻게 공격을 피할 수 있단 말인가.

이혁의 얼굴엔 표정이라고 할 만한 것이 떠올라 있지 않았다. 강적과 싸울 때 흔히 나타나는 흥분이나 긴장감은 전혀 보이지 않았다. 그렇다고 무시하는 기색도 아니었다.

한 가지는 분명했다.

그는 사토 일행과의 싸움에 집중을 하고 있지 않았다.

'그자는… 이 부근에 있다. 하지만 위치가 잡히지 않아. 정말 쉽게 생각할 수 없는 놈이다, 이시이 시로.'

야지마와 타카코는 물론이고 사토 또한 강자라는 이름에 부끄럽지 않은 능력을 갖고 있었다. 하지만 이혁의 진정한 적은 그들이 아니었다.

'결국 개를 패야 기어나올 모양이로군, 흐흐흐.'

그는 속으로 나직하게 웃으며 사토 일행을 바라보았다.

스팟!

허공을 베었던 야지마의 칼이 방향을 바꾸어 이혁의 머리를 수직으로 베어왔다. 헛손질했던 타카코도 손끝을 세워 이혁의 목을 찔러왔다. 십여 개로 나뉘어진 사토의 아메노하하야가 둘의 공격을 지원하며 빈틈을 메웠다.

피할 틈조차 찾기 어려운 잘 짜인 공세는 마른하늘의 날벼락처럼 눈에 보이지도 않는 속도로 이혁을 쳐갔다.

'쩝, 겁나게 느리네.'

이혁은 하품이 나오려는 것을 참았다.

사토 일행의 공격은 일초에 수백 번의 공격을 가할 수 있는 속도를 갖고 있었다. 그러나 이혁의 눈에는 거북이처럼 느렸다.

실제로 그들의 공격이 느려졌을 리는 없었다.

이혁의 신체와 생각의 반응 속도가 그들과는 차원이 다른 경지에 도달해 있기 때문에 발생하는 차이였다.

이혁은 불쑥 두 손을 내밀었다.

턱!

턱!

목을 찔러 들어오던 타카코의 손과 야지마의 칼이 그의 손아귀에 들어왔다.

그의 손놀림은 느려 보였다. 하지만 당하는 타카코와 야지마는 그것을 전혀 보지 못했다. 아니, 보기는커녕 동작 직전의 미세한 변화조차도 알아차리지 못했다.

그들이 무언가를 느꼈을 때는 이미 이혁의 손아귀에 칼과 손이 잡힌 뒤였다. 이혁은 의지를 손에 담았다. 그에게서 흘러나간 기운이 야지마와 타카코의 몸속으로 해일처럼 밀려들어 갔다.

둘의 눈이 찢어질 듯 커졌다.

그들의 몸 안으로 들어온 거대한 힘이 블랙홀처럼 모든 것을 빨아들이고 있었다. 몸을 이루고 있는 세포 조직부터 혈류으로 만들어진 힘까지 빨려 들어갔다.

그것은 착각이 아니었다.

아메노하하야를 펼치며 뒤편에 서 있던 사토의 얼굴색

이 확 변했다. 그의 눈앞에서 야지마와 타카코의 몸이 휴지처럼 구겨지고 있었다.

변화는 순식간에 일어났다.

찰흙처럼 구겨지던 둘의 몸이 작아져 갔다, 마치 어딘가로 빨려 들어가는 것처럼.

사토가 변화를 막기 위해서 무언가를 해야 한다는 자각을 했을 때는 너무 늦어 있었다.

퍽!

야지마와 타카코의 몸은 어린아이의 주먹만 한 공으로 변하더니 작은 소음과 함께 마치 다른 공간으로 차원이동이라도 한 것처럼 그 자리에서 사라져 버렸다.

이혁이 사용한 기법은 혈우팔법 중 하나인 폭뢰경혼추와 단혼절 수라염왕인의 혼합이었다.

폭뢰경혼추로 허공의 한 점에 거대한 기의 인력(引力)을 발생시키고 수라염왕인은 그것에 저항하는 야지마와 타카코의 능력을 갉아먹고 끊어냈다. 이전과는 비교할 수 없을 정도로 강력해진 이혁의 수라염왕인에 의해 재생 시스템이 파괴된 둘은 저항조차 하지 못했다.

둘 모두 이혁에게 당한 후 또 한 번의 혈륜을 거치며 능력이 업그레이드되었지만 오늘의 이혁에게는 제대로 손도 쓰지 못한 채 소멸했다.

사토는 졸지에 혼자가 되어버렸다.

그는 대단한 공격 능력자였지만 파괴와 재생성을 거치며 업그레이드된 타카코와의 차이는 크지 않았다.

압도적이라고 할 수 있는 그녀의 빠른 움직임을 거북이

처럼 느리게 보았던 이혁이었다.

그런 그에게 타카코와 능력이 차이가 크지 않은 사토의 기력탄 아메노하하야가 빠르게 보일 리 없었다.

이혁이 발을 옮겼다. 십여 발의 기력탄이 물속에 들어간 화살처럼 느릿하게 스쳐 지나갔다.

사토는 멍해진 얼굴로 그가 있던 자리를 보고 있었다. 그곳에는 텅 빈 허공밖에 없었다. 특별한 기법을 펼친 것이 아님에도 불구하고 그의 모습은 보이지 않았다.

이유는 단순했다.

그가 완벽하게 공간과 동화된 상태로 움직이고 있기 때문이었다. 흑암천관령의 성취가 극에 가까워야만 쓸 수 있는 편재(遍在)라는 공능이 구현된 것이다. 편재(遍在)는 가공할 속도와 은신술이 결합되었을 때만 가능한 공능이었다.

사토는 유령처럼 사라진 이혁을 찾지 못하고 눈만 이리저리 굴릴 수밖에 없었다.

반면 이혁은 걸음을 옮길수록 점점 가까워지는 사토를 보고 있었다.

사토의 코앞에 당도한 이혁은 그의 머리에 손을 가져다 댔다.

그때까지도 사토는 눈을 부릅뜨고 이혁을 찾기 위해 사방을 두리번거렸다. 아무리 애를 써도 그는 보는 건 고사하고 기척조차 감지하지 못했다.

이것이 진정한 흑암천관령의 위력이었다.

막 오른손으로 사토의 머리를 움켜쥐려던 이혁의 입가

에 환한 미소가 피어났다.

스팟!

가공할 속도로 무언가가 그의 오른쪽 어깨를 노리며 날아들고 있었다. 그것은 이혁조차도 무시할 수 없을 만큼 막강한 공격이었다. 이제까지의 적들이 보여준 것과는 속도와 힘의 차원이 하늘과 땅만큼 차이가 났다.

드디어 기다리던 자가 왔다.

이혁은 웃으며 사토를 죽이려던 손을 거두고 뒤로 물러섰다.

그는 한 걸음만 움직였다. 그러나 사토와의 거리는 십여 미터로 멀어졌다.

휘이이아—

정적에 잠긴 숲속의 공터에 세찬 바람이 불어와 흙먼지를 피워 올렸다.

사토의 옆에 왼손에 무언가를 들고 있는, 눈부신 백금발의 미청년이 환상처럼 모습을 드러냈다. 기다렸다는 듯 사토의 허리가 직각으로 꺾였다.

"주인님, 야지마와 타카코를 잃었습니다."

백금발의 청년, 이시이 시로는 싱긋 웃으며 사토의 어깨에 오른손을 얹었다.

"그들이 아깝기는 하다만 너를 잃지 않았으니 나는 아무것도 잃은 것이 없다. 너 이외의 다른 것들은 다시 만들면 된다. 내게 주어진 시간은 무한이 있으니."

사토의 눈매가 파르르 떨렸다.

"주인님……."

이시이 시로가 고개를 돌려 이혁을 보았다.

"영상으로는 많이 보았는데 직접 보는 건 처음이로군, 이혁."

이혁이 흰 이를 드러내며 웃었다.

"성형한 건가? 완전히 딴 사람이로군. 흠, 난 지금과 같은 너를 본 적이 한 번도 없으니 아무래도 손해를 많이 보는 기분인데… 그건 그렇고, 그럼 네가 살아 있는 악마라는 이시이 시로라는 놈이냐?"

이시이 시로의 얼굴에 어처구니없다는 기색이 떠올랐다.

"지금 내게 '놈'이라고 한 건가?"

한겨울 북풍처럼 차가운 음성.

이혁이 혀를 찼다.

"설마… 말귀를 못 알아들은? 혹시 죽을 날이 한참 지나서 귀까지 먹은 거냐?"

이시이 시로가 고개를 젖히고 크게 웃음을 터트렸다.

"으하하하하하. 재미있는 놈이로구나!"

웃음을 그친 그는 손에 들고 있던 것을 이혁의 앞으로 툭 던지며 말을 이었다.

"처음 만나는 자리에 선물이 있으면 좋을 것 같아서 준비했다. 마음에 들었으면 좋겠구나."

데구르르르…….

발 앞까지 굴러와 멈춘 것을 슬쩍 내려다본 이혁의 미간에 굵은 골이 패였다. 그것은 목 윗부분만 남은 머리였다.

이혁은 눈을 가늘게 떴다.

헝클어진 머리카락 사이로 핏기를 잃은 창백한 얼굴이 보였다. 얼굴의 주인은 놀라울 정도로 잘생긴 삼십대 청년이었다. 눈을 부릅뜬 채 숨이 끊어진 그의 눈동자가 이혁을 올려다보고 있었다.

그 얼굴은 제이슨과 시은이 준 보고서에서 여러 차례 본 적이 있어 낯이 익었다.

후지와라 리쿠.

타이요우의 창설자이자 북미 대륙의 암흑가에서 가장 거대한 영향력을 가지고 있다고 인정받던 자, 잘린 머리의 주인은 그였다. 보고서에서 봤던 사진들은 젊은 시절의 리쿠였다. 그래서 수십 년이 흘렀음에도 전혀 늙지 않은 그의 얼굴은 이혁에게 오히려 낯설게 느껴졌다.

이시이가 빙그레 웃으며 입을 열었다.

"내 선물이 마음에 드는가?"

고개를 드는 이혁의 얼굴이 딱딱하게 굳었다.

"전혀!"

낮게 가라앉은 목소리에서 불쾌함과 살기가 느껴졌다.

리쿠는 그가 박태호와 함께 직접 처리하겠다고 마음먹었던 자였다.

그러니 이시이 시로의 배려가 마음에 들 턱이 없었다.

"실망이로군. 내 나름대로는 꽤나 정성을 들여 준비한 선물인데 말이야."

이혁의 눈빛이 잘 벼린 칼날처럼 날카로워졌다.

"꿩 대신 닭이라고… 아니, 닭 대신 꿩인가? 목을 이리

주욱 늘여봐. 리쿠의 머리 대신 네 목 위에 달린 걸 잘라 내면 이 불쾌한 감정이 사라질 것 같거든."

가소롭다는 듯 이혁의 응대를 웃으며 지켜보던 이시이의 조각 같은 얼굴이 무표정해졌다.

"후우, 재롱도 적당히 떠는 게 좋다. 궁금한 게 있어서 참고 있을 뿐, 결코 네놈이 예뻐서는 아니니까."

이혁의 계속되는 하대에 그의 인내심도 결국 바닥에 가까워지고 있는 듯했다.

그가 이어서 물었다.

"오래전 네 사문의 윗대였던 유정광은 가네무라의 손에 잡혀 저승으로 갔다. 죽임을 당한 것인지 자살을 했는지는 불확실하지만 그가 가네무라의 손을 벗어나지 못했다는 건 분명해. 제자를 거두지 못한 상태로 말이다. 그런데도 암왕의 대는 끊어지지 않고 너한테까지 이어졌지."

그의 눈빛이 강해졌다.

"대전의 무역전시관에서 네가 마루타들을 쓰러뜨리는 동영상을 본 후부터 나는 이 의문을 풀기 위해 계속해서 고민을 해왔다. 그리고 마침내 결론을 얻었지."

열기가 가득한 이시이의 음성에서는 언뜻 광기까지 느껴졌다.

"나는 시대를 넘어 너희 유파를 돌보는 자가 존재했던 것이라는 결론을 내렸다. 그렇지 않다면 너희 유파가 당대까지 전승되고 있는 현실은 해석이 불가능하니까. 대답해 봐라, 이혁. 내 말이 맞지 않느냐?"

이혁의 입매가 미묘하게 비틀렸다.

그가 말했다.

"곧 죽어 먼지로 돌아갈 놈이 궁금한 것도 많군. 그냥 네 멋대로 상상의 나래를 펴. 내게 묻는다고 대답을 얻을 수는 없을 테니까."

이시이의 얼굴이 음침해졌다.

그가 독촉하듯 이혁에게 다시 한 번 물었다.

"그가 불사불멸에 근접해 있는 그런 존재라는 내 추측이 맞지 않느냐?"

이혁은 손가락으로 귀를 후비며 짜증이 배인 어투로 말했다.

"에효, 오래 살아서 그런가? 질기네."

이시이의 눈이 깊게 가라앉았다.

"과연 네가 끝까지 대답을 하지 않을 수 있을까? 내 손에 떨어져 사지가 찢기고 뼈가 잘근잘근 부러져 나가면서도 그런 말을 할 수 있을지 무척 궁금해지는구나."

이혁은 움켜쥔 두 주먹을 들어 올리며 말을 받았다.

"시끄럽군. 이놈이나 저놈이나 말 많네!"

말이 끝나기도 전에 이혁이 움직였다.

한 번의 움직임만으로 이시이와의 거리를 1미터로 좁힌 이혁이 주먹을 휘둘렀다.

쑤와왕!

가공할 힘이 담긴 주먹이 이시이의 턱으로 날아들었다. 겉보기에는 단순한 한 번의 주먹질에 불과했지만 그 안에는 암왕사신류의 전투술 혈우팔법의 정화가 모두 담겼다.

다가서는 이혁의 주먹을 보는 이시이의 입가에 희미한

비웃음이 떠올랐다. 다른 사람에게 이혁의 주먹은 눈에 보이지 않을 만큼 빠른 것이었다. 하지만 그에게는 정지된 화면의 연속처럼 느리게 보였다.

그는 지금까지 이혁의 손에 쓰러졌던 인물들과는 차원이 달랐다.

그는 모든 초상능력자가 손에 넣으려 하는 '불멸의 열쇠'인 '혈륜'의 최종적인 성과물을 몸으로 구현한 자인 것이다.

초인과 불멸을 꿈꾸며 이루어졌던 '혈륜' 연구는 그가 꿈꾸었던 마지막 하나의 퍼즐만을 남겨놓고 완성된 지 오래였다. 그렇게 완성된 혈륜의 피시술자는 당연히 그 자신이었다.

사토와 타카코 등 다른 자들에게 행해진 혈륜은 실제 공능의 70퍼센트 수준만 발휘될 수 있도록 효과가 억제된 것이었다.

이시이는 자신 외에는 그 누구도 믿지 않았다.

인간에 대한 불신은 그의 천성이었다. 그래서 그는 절대적인 충성을 바치는 사토에게도 등을 맡긴 적이 없었다. 그런 인물이 다른 사람에게 자신이 연구한 혈륜의 모든 것을 줄 리 없는 것이다.

하지만 공능이 억제된 혈륜을 시술받았음에도 타카코와 야지마, 사토는 경이적인 능력을 발휘할 수 있었다. 그러니 이시이가 스스로에게 베푼 온전한 혈륜의 공능이 어떨지는 묻지 않아도 짐작할 수 있는 것이었다.

이혁의 주먹이 턱에 닿으려 할 때 이시이의 몸이 바람

에 밀려나는 나뭇잎처럼 부드럽게 뒤로 움직였다. 그의 턱과 이혁의 주먹과의 거리는 불과 2, 3센티미터에 불과했다.

그 간격은 좁혀지지 않았다.

이혁의 일격은 간단하게 무력화된 것이다. 그가 속도와 힘에 몇 번의 변화를 주었지만 거리를 좁힐 수는 없었다.

이혁의 눈빛이 미묘해졌다.

그는 이시이가 이곳에 나타나기 전부터 그에게서 흘러나오는, 일찍이 경험한 적이 없던 거대한 살기를 느끼고 있었다.

그런 대살기를 품고 있는 이시이가 약자일 리는 없었다. 그리고 그가 지닌 능력이 특별할 것이라는 예상은 어린아이라도 할 수 있는 것이었다.

그런 만큼 지금 이시이가 보여준 한 수는 이혁이 예상한 범위 내의 능력이어서 놀랄 건 없었다. 지금 그가 느끼고 있는 감정은 분노와 혐오가 뒤섞인 탄식이었다.

이시이의 정신과 육체를 저 정도 수준까지 강화시킨 건 '혈륜'이라는 기술이었다. 그리고 '혈륜'을 돌리기 위해서는 얼마나 극악한 과정의 인위적인 세포 조작과 약물 제조 과정을 거쳐야 하는지 그는 잘 알고 있는 것이다.

이혁의 눈동자가 태양처럼 이글거리는 빛을 발했다.

그의 입술이 달싹였다.

"네가 오늘 이 자리에 나타난 것이 얼마나 어리석은 결정이었는지 깨닫게 해주마, 이시이!"

이시이는 피식 웃으며 놀리는 듯한 어투로 말을 받았다.

"혀만큼 능력이 있었으면 좋겠구나, 꼬마야."

말이 끝남과 함께 그의 모습이 허깨비처럼 사라졌다.

그의 움직임을 놓친 이혁의 미간에 골이 패일 때 이시이가 그의 오른쪽 측면에 모습을 드러냈다. 동시에 가공할 열기를 품은, 1미터 길이의 검형(劍形) 일곱 개의 푸른빛이 이혁의 몸에 내리꽂혔다.

쾅콰콰콰콰쾅!

무시무시한 폭음과 함께 이혁의 몸에 맺혔던 일곱 개의 푸른빛이 폭발했다. 두 사람을 둘러싼 주변 십여 미터가 폭발에 휘말리며 미사일에 맞은 것처럼 뒤집혔다.

콰우우우우!

돌과 흙이 뒤섞인 먼지의 태풍이 자욱하게 일어났다.

어둠과 흙먼지가 뒤섞인 숲속은 한 치 앞도 보기 어려운 환경으로 변했다. 하지만 그건 이혁과 이시이에게는 해당 사항이 없는 말이었다.

그들은 맨눈으로 사물을 구별하는 경지는 이미 오래전에 벗어난 초인이었으니까.

폭발의 여파가 사라지기도 전에 이시이는 회심의 공격이 자신이 원하던 결과를 만들어내지 못했다는 것을 알아차렸다. 그가 아메노무라쿠모노츠루기[天叢雲劍]라 이름 붙인 기법이 실패할 거라고는 생각지 못했기에 그의 얼굴에서 웃음기가 씻은 듯이 사라졌다.

쑤와앙—

실패는 반격을 부르는 법,

어느새 바로 그의 코앞에서 모습을 드러낸 이혁이 그의 인중을 손끝으로 눌러오고 있었다.

아메노무라쿠모노츠루기가 헛된 공격은 아니었던 듯 이혁이 입고 있는 옷은 넝마처럼 너덜너덜하게 변해 있었다. 하지만 그뿐이었다.

이시이의 눈에 잠시 실망의 기색이 떠올랐다가 사라졌다. 찢어진 옷 사이로 보이는 이혁의 맨살 어딘가에 피라도 비쳤다면 내외상을 기대할 수도 있었을 텐데 그런 흔적은 전혀 보이지 않았던 것이다.

그의 눈에 잔혹한 빛이 어렸다.

이혁의 손끝이 다가선 거리만큼 그의 몸이 구름처럼 밀려났다. 동시에 이혁의 머리와 등 뒤, 좌우 옆구리와 두 다리의 오금에 푸른빛 검형, 아메노무라쿠모노츠루기가 다시 맺혔다.

거대한 폭발이 또다시 대지를 뒤흔들었다.

콰콰콰콰콰콰쾅!

흙먼지 속에 우뚝 선 이시이가 사방을 돌아보며 말했다.

"이만 포기하고 항복해라. 네가 버틴다 하더라도 결과는 바뀌지 않는다. 네가 사용하는 암왕의 기법들은 이미 전부 까발려졌다. 어떤 기법으로도 너는 나를 이길 수 없다."

그의 말에서 강한 자신감을 느낄 수 있었다.

이시이는 이혁이 행했던 수많은 전투를 모두 분석하며 암왕사신류의 전투 기법에 대한 정보를 모아왔다. 그 과정을 통해 쌓인 정보도 적은 것은 아니었지만 결정적이라고 말할 만한 정보는 이혁에 의해 소멸된 타카코를 통해 얻었다.

그녀는 맡은 역할을 몇 배나 탁월하게 수행하고 사라졌다. 이혁과의 싸움을 통해 그녀의 몸에 새겨진 암왕사신류의 무예에 대한 정보는 고스란히 이시이에게 넘어갔다.

그렇게 얻어진 정보 속에는 암왕사신류의 전투 기법뿐만 아니라 이혁의 전투 스타일과 현재 그가 이룩한 무예의 성취가 어느 정도 수준인지에 대한 것도 포함되어 있었다.

그것들이 있기에 이시이는 이혁과의 싸움에 필승을 자신할 수 있었던 것이다.

천천히 흙먼지가 가라앉았다.

이시이에게서 3미터가량 떨어진 곳에서 짝다리를 짚고 고개를 모로 꼰 채 서 있는 이혁의 모습이 보였다. 그는 두 손을 바지 뒷주머니에 손가락만 걸치듯 넣은 모습으로 이시이를 보며 웃고 있었다.

그가 덤덤한 어조로 말했다.

"'혈륜'으로 얻은 능력을 지나치게 과신하는군. 네놈은 암왕이 어떤 존재인지 그 유파의 전투 기법에 담긴 것이 무엇인지 아무것도 몰라. 그리고 진정한 불멸과 절대적인 초상능력은 혈륜 따위의 인위적인 조작으로 얻을 수 있는 게 아니라는 것도."

이시이의 눈에 충격을 받은 기색이 떠올랐다.

그가 소리쳤다.

"이혁, 어서 말해라. 네가 알고 있는 모든 것을!"

이혁의 말에는 많은 것이 함축되어 있었다.

무엇보다도 그의 말은 불멸에 대해 무언가를 알고 있다는 뉘앙스를 진하게 풍기고 있었다.

이시이는 그것을 알아차린 것이다.

이혁은 어깨를 으쓱하며 한마디를 툭 뱉었다.

"내가 미쳤냐?"

말과 함께 그는 호주머니에서 손을 뺐다. 그리고 웃으며 말을 이었다.

"워밍업은 이만하면 된 것 같고…… 이제 본격적으로 힘 좀 써볼까!"

쾅!

이혁의 입에서 나온 '까'라는 말이 끝나기도 전에 이시이는 코앞까지 들이닥친 막강한 힘을 느끼고 안색이 변했다. 그의 몸이 바람처럼 뒤로 물러났다.

가공할 기세를 담은 회오리바람이 뱀처럼 똬리를 틀고 미친 듯이 그가 있던 자리의 공기를 빨아들였다.

뒤로 물러나던 이시이의 이마에 식은땀이 솟아났다. 전력을 다해 뒷걸음질을 하려 했지만 몸이 더는 뒤로 움직이지 않았다. 오히려 자꾸만 앞으로 나아가려고 했다.

몸이 그의 의지를 배반하고 있었다.

그 정도로 이혁이 만들어낸 회오리바람, 혈우팔법중의 하나인 흡룡와류폭의 제일초 흡룡와의 당기는 힘은 막강했다.

한 발자국 앞으로 끌려가던 이시이가 사력을 다해 몸을

비틀며 몸을 날렸다.

쾅!

그가 발을 내딛었던 자리에서 무서운 폭발이 일어나며 사방 십여 미터의 땅거죽이 뒤집혔다. 흡룡와에 이은 흡룡와류폭의 제이초 대선폭이 만들어낸 결과였다.

폭발로 인해 상처를 입은 건 아니었지만, 온전히 피했다고 할 정도는 아니라서 흙먼지를 뒤집어쓴 이시이의 몰골은 어수선했다. 이 자리에 나타났을 때의 우아함과 깔끔함은 흔적도 없이 사라진 것이다.

이시이의 얼굴엔 충격을 받은 기색이 완연했다. 그는 방금 벌어진 일을 이해할 수가 없어 머릿속이 혼란스러워졌다. 이혁이 강자라는 건 인정하고 있었다. 하지만 방금 전 일격은 그의 예상을 간단하게 넘어서는 것이었다.

이혁에 대해 그가 잘못 알고 있는 부분이 있음에 틀림없었다.

하지만 그는 더 이상 생각을 이어갈 수 없었다.

이혁이 그것을 허락하지 않았기 때문이다.

눈에 보이지 않는 속도로 자신에게 접근하는 무언가를 느낀 이시이는 이를 악물며 몸을 날렸다.

스팟!

공간 이동이라도 한 것처럼 보일 정도로 빠르게 자리를 이탈했음에도 이시이는 이혁의 공격을 완전하게 회피할 수 없었다. 그것을 증명하듯 그의 이마와 두 뺨, 양팔 상박부와 가슴, 다리… 십여 군데에서 붉은 핏물이 튀었다.

이시이의 몸을 훑은 것은 반투명한 붉은 빛을 발하는

한 뼘이 조금 넘어 보이는 열 자루의 단검이었다. 그것들은 나비처럼 그가 있던 자리를 유영하다가 이혁의 손으로 빨려 들어갔다.

이혁이 사용한 기법은 환상혈조와 혈우호접몽의 조합이었다. 본래 환상혈조는 암기처럼 사용할 수 없는 장비였다. 하지만 적어도 지금의 이혁에게만은 그런 한계는 적용되지 않았다.

이시이의 몸에 난 상처는 눈 깜짝할 사이에 아물었다. 상처가 났다는 흔적조차 보이지 않았다. 타카코가 지녔던 재생 능력을 그도 보유하고 있었다.

후광처럼 수십 개의 푸른빛을 띤 검이 이시이의 사방에 나타났다. 허공에 둥둥 떠 있던 검들이 수십 줄기의 번개처럼 이혁을 향해 날아들었다.

이혁은 피식 웃으며 두 손을 들어 올렸다.

그의 마음이 움직이는 대로 일어난 거대한 기운이 철벽처럼 앞을 막아섰다. 보이지 않는 기의 방패와 충돌한 검형들이 어지럽게 폭발하기 시작했다.

콰콰콰콰콰콰콰쾅!

가공할 폭발의 여력이 사방을 휩쓸었다. 하지만 이혁은 제자리에서 꿈쩍도 하지 않았다.

철판을 산산조각낼 수 있는 힘을 품고 있는 빛의 파편들이 이혁 근처에도 가지 못한 채 허공에 속절없이 흩어지고 있었다.

이시이의 공격은 이혁이 만든 기의 벽을 뚫지 못한 채 소멸되어 갔다.

그렇다고 공격을 포기할 수는 없는 일.

이시이는 줄에 꿴 구슬을 풀어내듯 아메노무라쿠모노츠루기를 연이어 펼쳤다. 강렬한 빛을 품은 검의 무리가 후광처럼 그의 뒤에서 솟아나더니 폭죽이 터지듯 이혁에게 날아갔다.

이시이는 검형의 빛무리 속에 몸을 숨기고 이혁을 향해 쇄도했다. 가공할 속도로 그와의 거리를 좁히던 이시이는 눈을 부릅뜨며 이를 악물었다.

흑백이 뚜렷한 두 개의 눈동자가 똑바로 시선을 마주쳐 오고 있었다. 눈부신 검형 속에 은신했음에도 이혁은 그를 장난이라도 하는 것처럼 너무도 쉽게 찾아낸 것이다.

검형의 빛무리가 폭발하듯 강렬한 빛을 뿌렸다.

이혁은 빙긋 웃으며 두 손을 들어 올렸다.

둘이 싸우는 공터는 어둠을 걷어내는 환한 빛으로 가득했다.

오직 빛뿐이었다.

두 사람의 형체는 보이지 않았다.

초인의 인지 범위조차도 넘어서는 속도로 움직이고 있는 터라 보통 사람의 육안으로 그들을 보는 건 불가능했다. 오직 그들만이 상대의 미세한 움직임에 격렬하게 반응할 수 있을 뿐인 것이다.

수백, 수천 자루로 보이던 검의 무리와 이혁과의 거리가 4, 5미터 정도로 좁아졌다.

그때 변화가 일어났다.

검들이 빨려들 듯한 점으로 모여들더니 3미터가 넘는

거대한 한 자루의 검으로 모습을 바꾸었다.

이시이는 거검(巨劍)의 손잡이를 잡아 창처럼 이혁의 가슴을 향해 찔렀다. 손잡이를 쥐고 검과 함께 허공을 가로지르는 그의 모습은 무예계의 전설에 나오는 이기어검술을 연상시켰다.

물론, 그가 펼친 기법의 이치는 이기어검술과 아무 상관이 없었지만.

쑤와아아앙—

폭풍과도 같은 기세의 검격을 견디지 못한 공간이 갈기갈기 찢겨 나갔다. 검격이 닥치기도 전에 무게를 짐작할 수 없는 막대한 풍압이 이혁을 덮쳤다. 입고 있는 옷이 찢어질 듯 나부꼈고, 몸의 털이란 털은 다 뽑혀 나가는 듯했다.

이 정도 풍압이라면 눈도 뜨기 어려워야 정상이었다. 하지만 이혁은 눈동자는 여전히 똑바로 이시이를 보고 있었다. 막강한 풍압도 코앞에 들이닥친 검격도 그의 입가에 떠올라 있는 미소를 지우지는 못했다.

그는 들어 올린 두 손을 합장하듯 가슴 앞에 모았다.

열 개의 손가락 끝에서 반투명한 홍광이 환상처럼 솟아오르더니 하나로 모아졌다.

변화는 순식간에 이루어졌다.

이혁의 손안에는 1미터가량 되는 길이의 아름다운 검 한 자루가 들려 있었다. 혈우호접몽을 단검으로 펼치는 것이 가능할 정도로 변화의 한계가 사라진 환상혈조였다.

장검으로 형태를 바꾸지 못할 까닭이 없는 것이다.

이시이와 이혁이 만들어낸 검들은 외형의 차이가 상극이다 싶을 정도로 차이가 났다. 길이와 굵기는 물론이고 빛의 세기도 달랐다.

반투명한 홍광을 은은하게 흘리는 환상혈검(?)은 아름답긴 했지만 소박했다. 이시이의 검에 가려 잘 보이지도 않을 정도로 존재감이 미약해 보였다.

반면 이시이의 검은 눈을 멀게 만들기라도 할 것처럼 강렬한 푸른빛을 뿜어냈다.

그런 두 자루의 검이 뿜어내는 기세의 차이는 이시이에게 아메노무라쿠모노츠루기의 검끝이 이혁의 검을 부수고 그의 가슴을 꿰뚫어 버릴 것이라는 기대에 부풀게 했다.

하지만 이혁은 이시이의 기대를 현실화시켜 주고 싶은 마음이 눈곱만치도 없는 사람이었다. 환상혈검을 쥔 이혁의 오른손이 부드럽게 허공을 사선으로 그어 내렸다. 그 궤적에 아메노무라쿠모노츠루기의 검형이 걸렸다.

서걱!

거대한 푸른빛 검의 중간이 마치 두부처럼 잘려 나가는 장면은 믿기지 않을 정도로 압도적이었다. 거대한 기운으로 이루어진 검이 부서졌으니 그 주인이 어느 정도의 타격을 입을 것인지는 말할 필요도 없는 일.

"컥, 푸확!"

짧은 비명과 함께 정신없이 뒤로 물러나는 이시이의 안색은 시체처럼 창백했다.

그뿐만이 아니었다.

시커멓게 죽은 덩어리 피가 그의 입에서 연거푸 쏟아

졌다.

이혁의 무심한 두 눈이 그를 따라붙었다.

이시이의 입술이 파르르 떨렸다. 단 일격이었지만 아메노무라쿠모노츠루기를 잘라낸 후 그의 몸 안으로 파고든 기이한 힘은 내부 경락을 뒤흔들고 오장육부를 흩어놓았다. 그러고도 사라지지 않은 채 계속해서 회복을 방해하며 내상을 확대시키고 있었다.

그 여파로 한순간도 끊김 없이 순환하던 대살기가 뒤틀리며 끊어졌다 이어지기를 반복하고 있었다. 불멸에 근접한 그의 재생 능력이 내상을 치유하기 위해 움직이고 있었지만 회복의 속도는 더디기만 했다. 재생 시스템의 회복 속도보다 그것의 파괴 속도가 더 빠르고 강력했다.

이시이는 타카코의 몸을 으스러뜨리던 미지의 힘이 떠올랐다. 지금 그의 내부를 부수고 있는 것도 그 힘이 틀림없었다. 상상한 적조차 없는 끔찍한 공포가 심연으로부터 떠올라 그의 두 눈 깊은 곳에 뱀처럼 똬리를 틀었다.

그것은 이제는 잊었다고 생각하고 있던 죽음에 대한 공포였다.

이시이는 이혁의 몸이 점점 거대해지는 착각에 빠졌다. 왜 이런 착시현상이 벌어지는 것인지 잘 알고 있었다. 기세에 눌리고 있기 때문이었다. 그는 자신에게 주어진 기회가 많지 않다는 것을 직감했다.

그것을 깨닫자 가슴이 답답해졌다.

그는 영원불멸에 대한 욕망을 한 번도 버린 적이 없었다. 외길을 걷듯 다른 건 쳐다본 적도 없었다. 그것을 얻기 위해서라면 악마도 차마 하지 못 할 짓을 아무렇지도 않게 벌였다.

지난날을 한 번도 후회하지 않으며 달려온 인생이었다.

목표가 눈앞에 있었다.

어떻게 좌절할 수 있단 말인가.

자신을 방해하는 이혁에 대한 분노로 그는 치를 떨었다. 그는 자신이 무엇을 잘못했는지 알지 못했다. 세상은 그를 위해 존재하는 것이었고, 자신을 위해서라면 누구라도 기꺼이 희생해야 했다.

어떤 자라도 그가 원하는 것을 얻는 걸 방해해서는 안되었다. 우주가 그를 중심으로 돌고 있는데 누가 감히 그를 방해할 수 있단 말인가.

그것이 그의 믿음이었다.

자신이 이 세상의 주인이라는 것을 부인하는 자, 영원불멸의 제국을 만들어 영생토록 영화를 누리고자 하는 것을 막으려 하는 자의 존재는 그 자체가 죄악이었다.

이혁은 자신을 노려보는 이시이의 눈빛이 시시각각 변하는 것을 보았다. 분노와 살기가 증폭되던 그자의 두 눈은 시간이 갈수록 터질 듯한 광기에 물들어가는 듯했다. 화산이 폭발하는 것처럼 이시이의 전신에서 소름 끼치는 대살기가 뿜어져 나왔다.

대지가 숨을 죽였고, 달과 별들이 구름 속에 몸을 숨겼다.

대살기와 하나가 된 이시이의 몸은 한순간 하늘과 땅사이를 가득 메울 것처럼 거대해졌다. 형체가 커진 것은 아니었다. 기세가 거대해진 것이다.

이혁은 눈빛이 엄중해졌다.

천지의 이치는 순천(順天)과 역천(逆天)이 어우러지며 이루어진다.

사방에서 솟구친 검고 붉은 기류가 이시이의 몸으로 빨려 들어갔다. 세상에 존재하는 역천의 기운들이었다.

그의 몸에서 흘러나오는 대살기는 점점 강해졌다. 그리고 하늘과 땅이 점점 더 어두워져 갔다. 밤의 어둠과는 다른 기운의 어두움이었다. 어둠에 닿은 생명체들이 허덕이며 생기를 잃어갔다.

모든 변화는 이혁의 심상에 보이는 것이었다. 하지만 이시이가 역천의 기운을 대살기와 합일시키게 놔둔다면 저 어둠은 현실이 될 터였다. 만약 그런 일이 벌어진다면 이 세상 사람들은 지옥이 어떤 곳인지를 온몸으로 겪게 되리라.

이혁은 환상혈검을 고쳐 잡으며 혀를 찼다.

"거 참, 지랄도 풍년이구만."

환상혈검에서 뭐라 형용하기 어려운 한 줄기 빛이 흘러나왔다. 암왕사신류 혈우팔법의 최종 기법은 참혼절(斬魂絕) 번천무상인(翻天無常印)이라는 이름을 갖고 있었다.

환상혈검에서 일어난 한 줄기 빛이 하늘과 땅을 수직으로 갈랐다. 모든 것을 무겁게 짓누르던 어둠이 거짓말처럼 사라지고 생기를 잃어가던 것들이 힘을 되찾았다.

이시이는 뭔가 이해할 수 없다는 눈빛으로 물끄러미 이혁을 보며 서 있었다.

그의 입술이 달싹였다.

"그건… 뭐였나?"

"번천무상인, 암왕사신류의 최종절기다."

"좋군."

이시이는 살짝 고개를 끄덕이고는 고개를 들어 하늘을 보았다.

"어둠이 깊어."

"당신 마음에 들지는 않겠지만 새벽이 곧 오려는 징조 야."

이시이는 피식 웃었다.

그것이 살아 있는 악마라 불리던 이시이 시로의 마지막 모습이었다.

푸스스스스—

한 줄기 바람이 스치고 지나가자 그의 몸이 먼지처럼 부서져 갔다. 몇 초도 지나지 않아 이시이 시로가 있던 자 리는 텅 비었다. 바람이 모든 것을 쓸어간 것이다.

이혁이 고개를 돌렸다.

왜소한 체구의 노인이 착잡한 얼굴로 그의 시선을 받았 다.

얼굴이 낯이 익었다. 그럴 수밖에 없었다.

노인은 오래전 이혁이 대전에서 만났던 삭월비검향주였 으니까.

노인이 입을 열었다.

"오랜만일세."

이혁도 고개를 끄덕이며 말을 받았다.

"그렇군요. 당신이 신명호이면서 가네무라라 불리는 사람이겠죠?"

노인, 신명호가 씁쓸하게 웃으며 대답했다.

"부인한들 소용이 있겠나?"

"없지요."

이혁은 천천히 환상혈검을 들어 올렸다. 상상할 수조차 없는 거대한 기세가 해일처럼 기지개를 켰다.

기세에 짓눌린 신명호는 입술을 악물며 말했다.

"후욱… 후욱…… 살려달라고 할 것이었다면 도망쳤지, 이 자리에 오지는 않았을 걸세. 마지막으로 내 궁금증이라도 풀어주지 않겠나? 자네가 알고 있는 불멸의 비밀을 말해준다면 설령 이 자리에서 죽는다 하더라도 여한이 없겠네."

이혁이 담담하게 웃으며 말했다.

"여한을 갖고 그냥 뒈지세요, 노인장!"

"허허, 매정하구만. 이시이를 죽인 자네에게 대항하는 건 계란으로 바위를 치는 격이라는 걸 모르지 않네만 그냥 죽음을 받는 것도 자존심이 허락하지 않는구만."

이혁은 무심한 표정으로 말을 받았다.

"지렁이도 밟으면 꿈틀하긴 하지."

치욕감에 신명호는 이를 악물며 천천히 양손을 들어 올렸다. 안색이 시퍼렇게 변한 그의 이마에 굵은 땀방울이 송골송골 맺혔다. 그의 손이 천천히 움직이는 건 그의 뜻이 아니었다. 그를 찍어 누르는 무형의 기세가 너무 강력해서 작은 움직임조차 힘든 것이다.

'이 정도라니……!'

가슴이 떨렸다. 하지만 아쉽기는 해도 두렵지는 않았다. 이 자리에 올 때 이미 각오한 상황이었으니까. 게다가 그는 근 1백 년 가까운 세월을 살아온 사람이 아닌가.

휘이이아—

바람이 불며 그의 손목이 드러나며 고풍스러운 느낌의 팔뚝보호대가 보였다. 그곳에는 작은 칼들이 빙 둘러가며 꽂혀 있었는데 언뜻 보아도 열 자루가 넘는 듯했다.

시선을 이혁에게 고정한 그의 입술이 달싹였다.

"우리 무맥 최후의 절기는 은린비검천리향(銀鱗飛劍千里香)이라는 이름을 갖고 있네. 자네 눈에 차지는 않을 테지만 그래도 수백 년간 내려오며 다듬어진 절기일세. 보고 비웃지는 말아주었으면 하네."

말과 함께 그는 손을 떨쳤다.

스팟!

이혁과 그 사이의 공간이 물고기의 비늘처럼 하얗게 빛나는 수십 자루의 단검으로 가득 찼다.

이혁은 손목을 슬쩍 움직였다. 반투명한 홍광이 또 한 번 하늘과 땅을 수직으로 갈랐다.

번쩍!

신명호가 있던 자리 또한 텅 빈 허공만 남았다.

제15장

서울, 잠실.

스르르르—

전동식으로 개폐되는 커튼이 미세한 소음과 함께 좌우
로 갈라졌다. 그 사이로 쏟아져 들어온 아침 햇살이 넓은
방을 환하게 비췄다. 햇살 속을 떠다니는 먼지들이 선명
하긴 했지만 방은 깔끔했다.

열 평이 넘을 정도의 방에 가재도구라고는 침대와 협탁
밖에 없었다.

딱 그 둘뿐이었다.

너저분해지려야 그럴 수 없는 구성이었다.

커튼이 완전히 걷히며 창가에 선 여인의 모습이 완전히
드러났다. 눈이 휘둥그레질 정도로 아름다운 몸매의 윤곽

이 또렷하게 드러나는 타이즈로 온몸을 감싼 여인은 얼굴 또한 보는 이의 넋을 잃게 만들 정도로 아름다웠다.

세월이 흘러도 변함이 없는 미모의 주인은 시은이었다.

리모컨을 내려놓은 그녀가 침대로 다가갔다.

킹사이즈의 목제 침대에는 어깨까지 내려오는 긴 머리가 제멋대로 풀어헤쳐져 있고, 강철 같은 근육으로 뒤덮인 상체는 다 드러낸 채 큰 대자로 누워 코를 골고 있는 남자, 이혁이 있었다.

그의 몸을 덮고 있어야 할 이불은 침대와 바닥에 절반씩 걸쳐진 채 잔뜩 구겨져 있었다.

쿠우우우— 쿠우우우—

피휴우우우우— 피휴우우우우—

그가 숨을 쉴 때마다 코와 살짝 벌어진 입술 사이로 바람 빠지는 듯한 소리가 규칙적으로 흘러나왔다.

시은은 엉덩이를 침대에 붙이고 이혁을 내려다보았다.

머리를 가볍게 흔들자 허리까지 늘어진 긴 머리카락이 앞으로 쏠리며 이혁의 얼굴과 가슴을 간질였다.

그의 눈썹이 꿈틀거렸지만 눈을 뜬 것은 아니었다.

그는 모로 돌아누우며 손으로 시은의 머리카락을 치웠다.

시은이 몸을 비트는 그의 귓불을 잡고 입술을 귀에 가져다 댔다.

"혁아, 말로 할 때 일어나는 게 좋지 않을까? 네 피부가 아무리 단단해도 내 손톱을 막을 수 없다는 건 이미 증명된 걸로 아는데?"

말투는 부드러웠지만 내용은 전혀 그렇지 않았다.

이혁의 눈꺼풀이 힘겹게 위로 올라갔다.

그는 길게 하품을 하며 한 손으로 시은의 허리를 휘감아 확 잡아당겼다.

털썩!

자신의 넓은 가슴에 새처럼 안겨서 눈을 크게 뜬 시은을 보며 이혁이 툴툴거렸다.

"협박은 이제 지칠 때도 되지 않았어, 누나?"

철썩!

시은이 손바닥으로 이혁의 가슴을 세게 쳤다.

"네가 소야? 우이독경할 일 있어? 말로 해서 들으면 협박을 할 일도 없잖아."

"움메 움메!"

이혁이 소 울음소리를 내자 시은이 어쩔 수 없다는 표정으로 피식 웃었다.

그녀가 상체를 일으키며 말했다.

"어서 일어나. 국 식겠어."

시은이 몸을 일으키자 가슴이 허전해진 이혁이 아쉬운 얼굴로 입맛을 다셨다.

시은이 그의 얼굴을 보며 말했다.

"지금 그 얼굴, 늑대 닮은 것 같은데?"

"진짜 늑대 해볼까!"

이혁이 두 팔을 활짝 벌리며 으르렁거렸다.

시은은 빙긋 웃으며 뒷걸음질 쳤다.

"아침부터 늑대 밥 되는 건 사양하겠어. 어서 씻고 나오기나 해."

간단하게 늦은 아침 식사를 마친 두 사람은 거실에 마주 앉았다.

시은이 입에 머금고 있던 한 모금의 커피를 삼켰다. 그리고 고개를 돌려 창밖을 보며 입을 열었다.

"벌써 겨울이 다 갔네."

눈에 들어오는 나뭇가지들은 아직 헐벗었지만 거리는 겨울의 황량한 느낌에서 조금씩 빠져나오고 있었다. 사람들의 옷차림도 불과 며칠 전보다 완연히 얇아져서 봄이 멀지 않았다는 것을 알 수 있었다.

시은이 말을 이었다.

"반년이나 지났는데 이제 어울리지 않는 칩거는 깨야 되지 않을까?"

이혁이 어리둥절한 얼굴이 되어 손가락으로 자신의 가슴을 가리키며 말을 받았다.

"칩거? 내가 그런 걸 했다고?"

시은이 한숨을 내쉬었다.

"에효, 범바위 전투가 끝나자마자 산에 박혀서 겨울잠 자는 곰처럼 다섯 달이나 꼼짝 안 하다가 불쑥 집으로 돌아와서는 또 한 달 넘게 문밖출입을 한 번도 안 한 걸 그럼 뭐라고 해야 하니?"

이혁이 어깨를 으쓱했다.

"그게 칩거였어? 그냥 푹 쉰 건데?"

"그래, 백번 양보해서 칩거 아니고 쉰 거라고 하자. 하지만 네가 그렇게 며칠만 더 쉬면 송장 치우게 될까 봐 겁나니까, 이제 그만 쉬어."

시은의 목소리에 날이 섰다.

이럴 때는 꼬리를 내리는 게 만수무강에 이롭다.

이혁은 시은의 눈치를 슬슬 보며 작은 목소리로 툴툴거렸다.

"다들 마무리를 잘 지어줘서 문을 나선다고 특별히 내가 할 일이 있는 것도 아닌데……."

시은의 눈꼬리가 하늘로 솟았다.

"바람도 쐴 겸 고생한 사람들 만나서 고맙다고 수고했다는 말 한마디쯤 해줘도 되잖아. 모두 하루에도 몇 통씩 네 안부를 묻는 전화를 하는데."

이혁은 커피잔의 손잡이를 만지며 시선을 딴 데로 돌렸다.

그가 깊은 대화를 피하는 시늉을 하는 걸 보며 시은이 고개를 휘휘 저었다.

"혁아, 말해봐. 대체 뭐가 그렇게 고민스러워서 밖으로 나가지도 않는 거야? 너처럼 단순한(?) 남자가 그러고 있는 걸 보려니 내 속이 터진다 진짜!"

시작은 조곤조곤했지만 말이 끝날 때쯤 시은의 목소리는 높은 소프라노가 되어 있었다.

이혁이 혀를 찼다.

"그냥 쉬는 거였다니까. 엉뚱한 생각은 하지 마셔. 커다란 문제는 다 해결되었잖아. 내가 고민할 게 뭐 있어."

그가 대답을 할 기미를 보이지 않자 시은은 미간을 찡그렸다.

이혁이 뭔가 고민을 하고 있는 것 같기는 했지만 그게 무엇인지는 전혀 짐작도 가지 않았다.

그의 말처럼 세상에는 그에게 고민거리가 될 만한 무언가가 더는 남아 있지 않았기 때문이었다.

범바위에서 박태호 부자가 이혁의 손에 죽은 직후 시은은 재건된 진혼의 전력을 동원해 태양회를 쳤다.

그들을 궤멸시키지는 못했지만 그들은 수년간 세상구경하기 어려울 정도로 막대한 피해를 입었다.

수뇌부가 지리멸렬한 데다 전력의 대부분을 상실한 태양회는 숨을 죽인 채 꼬리를 감추었다.

박씨 가문의 후인 중 살아남은 자가 문지석의 도움을 받으며 태양회를 지휘하며 권토중래를 꿈꾸고 있다는 소문이 돌았지만 구체적인 건 확인되지 않았다.

타이요우도 상황은 비슷했다.

태양회와 달리 다른 조직이 그들을 공격한 건 아니었다. 그러나 그들은 한국에서 후지와라 리쿠와 전투 부서인 타이료오바타가 전멸하며 가용 전력의 대부분을 상실했다.

그들의 활동 영역이 정치 경제의 배후인 만큼 전력을 잃은 상태에서 양지를 고집하면 다른 조직의 공격이 집중될 건 뻔했다.

그렇게 된다면 결과는 멸망이었다.

살아남은 후계자 후지와라 타케시는 양지의 기반을 전격적으로 포기하고 음지로 숨어들었다. 힘을 키울 때까지 그들은 세상에 모습을 드러내지 않으리라.

그것이 타케시에게 남아 있는 유일한 선택지였다.

앙천도 비슷한 길을 걷고 있었다.

천주 적천휴와 핵심전력이 한국에 뼈를 묻자 그들도 빗장을 걸어 잠그고 잠적했다. 적가의 후손 중에 살아남은 자들이 아직 있는데 그들과 원로들이 이혁에 대한 복수를 천명했다는 소문이 잠깐 돌았다. 하지만 그건 먼 미래에도 과연 이루어질 수 있을지 의심스러운 그들만의 희망 사항이었다.

오히려 그들은 이혁의 눈을 피해 도망 다녀야 할 처지였다.

이혁이 앙천의 씨를 말려 버리겠다고 한 맹세를 알고 있었기 때문이다.

아무튼 세 세력 모두 수년 내에 잃었던 전력을 복구하는 건 쉽지 않을 거라는 게 세간의 중론이었다. 설령 그들이 예상과 달리 신속하게 과거 수준까지 세력을 재건한다 하더라도 더는 그의 관심을 끌지는 못할 것이다.

속된 말로 이혁과 그들의 레벨 차이가 이제는 넘사벽일 정도로 크게 나기 때문이었다.

그의 주요한 적이었던 태양회와 타이요우, 앙천이 힘을 잃고 잠적하면서 그의 주변은 자연스럽게 평온해졌다.

물론 그의 주변이 평온해진 이유가 세 조직의 잠적 때문만은 아니었다.

무스펠하임은 수뇌부가 완전히 붕괴된 상태라 그들을 이끄는 클라우디아 왕녀는 빛의 고리의 수장 키안과 협정을 맺고 조직을 은둔시켰다. 그 협정의 결과 빛의 고리는 유럽 내 영향력을 전성기 수준으로 회복했다.

그리고 독수리의 발톱 마스터 크리스티나와 괴팍한 영국신사 테드는 티격태격하면서 다시 과거의 관계를 조금씩 회복해 가는 중이었다.

키안이 적극적으로 재결합을 중재하고 있어서 초상능력자의 세계에는 수백 년 만에 그들이 한 집 살림하는 모습을 보게 될 수도 있다는 소문이 돌고 있었다.

무엇보다도 평화의 진짜 이유는 가네무라 슈이치이자 신명호였던 삭월비검향주와 이시이 시로의 죽음 때문이라 할 수 있었다. 그들의 죽음으로 '혈륜'을 온전하게 돌릴 수 있는 자들도 사라졌다.

물론 앞으로도 평화가 계속될 거라는 보장은 누구도 하지 못했다.

태양회와 타이요우, 삭월비검향과 무스펠하임 또 그 외의 다른 조직들도 후계자가 살아 있거나 새로 옹립되는 중이어서 몇 년 뒤에는 치열한 혈전이 재개될 수도 있었다.

'불멸'에 대한 욕망은 완전히 소멸될 수 있는 성질의 것이 아니었고, 또 세상사라는 게 언제나 그렇듯 돌고 도는 법이니까.

하지만 어떤 상황이 도래하든 어느 누구도 이혁에게 위협적인 존재가 되지는 못할 터였다.

그는 범바위에서 벌어진 전투에서 절대무적이라고 할 만한 능력을 보여주었다.

지금도 이렇게 막강한데 수년 뒤라면 그가 얼마나 강해질지는 예측이 불가능했다. 초상능력자의 세계에 더 이상 그의 심기를 거스르려는 자들이 없게 된 것은 자연스러운 수순이었다. 앞으로도 그런 사람이나 조직이 생길 가능성은 많지 않았다. 그러니 평화는 계속될 터였다, 아마도······.

시은을 보는 이혁의 눈에 불안해하는 기색이 떠올랐다.

강력한 적들이 궤멸되고, 초상능력자의 세계가 아무리 평화로워져도 그와는 아무 상관이 없었다. 그가 평화를 누릴 수 있느냐 마느냐는 그가 선택할 수 있는 게 아니었기 때문이다.

선택의 권한을 쥔 사람은 따로 있었다, 바로 눈앞에.

선이 아름다운 눈꼬리를 고양이처럼 하늘로 밀어 올리고 이혁을 잡아먹을 듯 노려보던 시은이 팔짱을 꼈다.

세월이 흐르며 더 풍만해졌는지 두 팔에 얹힌 가슴이 도드라졌다.

입안에 침이 고이고 눈이 휘둥그레질 정도로 섹시한 매력이 넘치는 모습이었지만, 그걸 보는 이혁의 턱과 어깨는 오히려 축 늘어졌다.

그의 손에 쓰러진 자들은 믿지 않겠지만 세상에는 그가 절대로 이길 수 없는 사람이 분명하게 존재했다. 설령 그가 우주 최강이라는 평을 들을 정도로 강해진다 해도 시은의 앞에서는 영원히 약자이리라.

이건 객관적인 실력, 그리고 합리와 이성이라는 무기를 갖고는 죽었다 깨어나도 이해할 수 없는 영역에서 벌어지는 전투였다.

그곳에서 이루어지는 시은과의 싸움에서 이혁은 백전백패의 패배자였다.

'내 팔자야……'

요리조리 쪼아보는 시은의 눈길을 피하며 속으로 신세 한탄을 하던 이혁이 뺨을 긁적이며 입을 열었다.

"누나, 잊었나 본데, 한국 정부는 나를 희대의 연쇄 살인마로 지명 수배했다고. 온갖 언론과 유튜브를 비롯한 동영상 사이트들이 내 얼굴을 하루 종일 방송했었어. 그것들, 지금도 돌아다니고 있을 걸? 내가 밖으로 나가면 바로 신고가 폭주할 거야. 내가 수갑 차고 경찰서에 끌려가는 걸 그렇게 보고 싶어?"

그의 말에 시은이 빙그레 웃었다.

"어머, 어울리지 않게 그렇게 사소한 걸 걱정하고 있었던 거야?"

그녀의 목소리는 자신감에 가득 차 있어서 이혁은 뜨끔했다.

시은이 말을 이었다.

"멜리사님과 크리스티나님 주변에 정신조작에 능한 분들이 여럿 있더라. 그분들이 애를 많이 썼어. 덕분에 이제는 능력자의 세상에서나 너를 기억하지, 평범한 사람들은 아무도 널 알아보지 못할 거야. 다 잊었으니까. 그러니 그 부분은 전~혀 걱정하지 않아도 돼."

이혁의 안면근육이 파르르 떨렸다.

'아, 그분들이……'

현인회와 독수리의 발톱에는 콜튼과 같은 광역 정신조작 능력을 가진 일군의 초상능력자 그룹이 있었다. 현대의 방송시스템과 그들의 정신조작능력이 결합된다면 시은이 말한 것과 같은 일도 불가능하지는 않았다.

대단히 강력한 권력이 도와야 한다는 전제가 필요하지만 그것을 충족시키는 것도 어려운 일은 아니었다.

크리스티나는 미국정부를 움직일 수 있고, 멜리사는 그

녀가 키운 아이들(?)을 통해 유럽 강국들의 도움을 받을 수 있었을 테니까.

이혁은 힘을 잃은 눈으로 시은을 보았다.

그가 폐인처럼 은거해 있던 지난 반년 동안 바깥세상에서는 많은 일이 벌어진 듯했다. 시은과 많은 사람이 함께 손을 썼으리라.

그가 물었다.

"그래서 어쩌라고?"

"쉬는 걸 방해할 생각은 없어."

이혁의 눈이 반짝였다.

"진짜?"

시은이 눈을 흘기며 대답했다.

"거짓말 안 해. 대신 내가 원하는 방식으로 쉬어."

"그 방식이 뭔데?"

"준비가 아직 덜 됐어. 다 되면 말해줄게. 하루 정도면 될 거야."

"알았어."

이혁은 항복한 마당이라 더 이상 토를 달지 않고 일어섰다.

그는 자신의 방으로 걸음을 옮겼다, 속으로 하루뿐일지라도 다시 방구석 폐인으로 돌아갈 수 있다는 게 어디냐고 중얼거리며.

밤이 왔지만 형형색색의 네온사인과 차량의 헤드라이트가 파도처럼 넘실거리는 잠실의 거리는 대낮처럼 환했다.

커다란 의자에 몸을 깊숙이 묻은 채 이혁은 손에 든 캔을 입에 가져다 댔다.

목울대가 서너 번 꿈틀거리는 것으로 맥주 한 캔이 바닥을 드러냈다. 빈 캔을 바닥에 놓은 그는 근처의 협탁 뒤에 놓인 십여 개의 캔 맥주 중 하나를 들어 뚜껑을 땄다. 언제부터 마신 것인지 의자 옆의 바닥에는 벌써 이십여 개의 빈 캔이 나뒹굴고 있었다.

창밖에 둔 그의 시선은 초점이 흐렸다.

눈은 밖을 향했지만 보는 건 밖이 아니라 자신의 마음과 몸이었다.

"에효, 알콜이 분자 단위까지 느껴지면 어쩌라는 거냐. 술을 마시라는 거야, 말라는 거야."

탄식이 저절로 흘러나왔다.

이혁의 눈은 사색과는 거리가 먼 그답지 않게 고뇌에 흠뻑 젖은 빛을 줄줄 흘리고 있었다.

범바위 전투가 끝난 후 그는 시은과 멜리사 등 최측근 몇 명에게만 짧은 전언을 남기고 지리산에 들어갔다.

당장 풀어야 할 두 개의 문제가 있었다.

첫 번째는 스승 장문규가 부여한 하루 제한의 초월적인 힘에 대한 것이었다.

그 힘은 하루가 지나며 사라졌다. 하지만 그것을 갖고 있던 시간 동안 이혁이 얻은 깨달음까지 함께 없어지지는 않았다. 그것을 온전히 자신의 것으로 소화하기 위해서는 외부와 단절된 상태에서의 폐관수련이 절대적으로 필요했다.

두 번째 문제는 '불멸'에 대한 것이었다.

그는 '불멸'의 한 갈래인 '혈륜'이라는 극악무도한 기술로 역천의 능력을 얻은 후 영원한 삶과 절대 권력을 얻고자 했던 신명호와 이시이 시로를 죽였다. 그뿐만 아니라 '불멸'이라는 힘을 쫓았던 자 대부분을 쓰러뜨렸고, 그것의 근원을 완전히 파괴하겠다는 굳은 결심도 했다.

그런데 역사를 열었던 '불멸자'인 스승은 진정한 '불멸'을 이룰 수 있는 가장 완전한 방법을 그에게 가르쳤다고 말한 후 어디론가 떠나 버렸다. 그의 경지가 스승에 근접할수록 그는 '불멸'의 힘을 얻을 가능성이 높아질 게 분명했다.

그는 하루 동안이긴 했지만 스승의 경지에 근접한 능력을 사용한 경험이 있었다. 그 힘이 어떤 것인지 보았고 겪었다. 당연히 스승이 거짓을 말한 것이 아니라는 것을 잘 알았다.

자연의 반칙이자 사기적인 능력이라며 없애 버리겠다고 공언했던 능력을 언젠가 그 자신이 보유하게 될 아이러니한 상황이 된 것이다.

이것이 그가 풀어야 할 두 가지 문제였다.

지리산에서의 오 개월에 걸친 폐관수련으로 그는 범바위 전투 당시 보유했던 능력의 절반 정도까지 경지를 끌어올릴 수 있었다. 하지만 능력의 향상은 그때부터 정체되었다.

장문규가 알았다면 기절초풍할 정도로 빠른 성취였다. 그러나 그것을 알지 못하는 이혁은 답답해 할 수밖에 없었다. 치열한 노력을 기울였음에도 능력향상의 정체 상태가 단시간 내에 풀릴 기미는 보이지 않았다.

두 번째 고민을 해결할 수 있는 단서도 잡히지 않았다.

그는 초인이라 부를 수 있는 경지조차 넘어섰지만 아직

'불멸'을 논할 수 있는 단계는 아니었다.

'불멸자'가 될 가능성만 안고 있는 상태에서 '불멸'을 이룬 자신의 정체성과 세계와의 관계 설정에 대한 고민의 해답을 찾는 게 쉬울 리 없었다.

며칠 동안 하늘만 보며 생각에 잠겼던 그는 두 사안 모두 조급해 할 일이 아니라는 것을 깨달았다.

게다가 그는 수련을 거듭하며 생각지도 못했던 심각한 문제에 직면했다. 그리고 그 문제는 산에 머문다고 해서 해결될 성질의 것이 아니었다.

더 이상 산에 머무는 건 의미가 없었다. 결론을 내린 그날로 산을 내려와 시은을 찾았다.

'스승님이 하루 동안 주었던 능력은 전투와 관련된 것이었어. 아마 내가 이런 혼란을 겪는 걸 원치 않으셨던 거겠지. 하긴 벌써 한 달이나 되었는데도 받아들이기가 쉽지 않은데 그때 이런 일을 겪었다면 이시이와 싸우기도 전에 정신을 반쯤 놓았을 거야.'

그는 씁쓸하게 웃으며 다시 캔을 입으로 가져갔다.

방 안에 그는 혼자 있었다. 누군가 눈에 불을 켜고 사방을 둘러보아도 이혁 외의 다른 존재를 찾지는 못할 터였다.

그는 정말로 혼자 있었으니까.

그럼에도 지금 그는 혼자가 아니었다.

환상혈조의 빛처럼 반투명하게 빛나는 기묘한 무엇인가가 물결치듯 방 안을 가득 채운 채 일렁이고 있었다.

빛은 형태를 갖고 있었다.

그것은 사람 같기도 했고, 동물이나 나무 같기도 했으

며, 어떤 것은 건물을 닮았고, 또 어떤 것은 마땅히 표현할 단어를 찾기 어려운 형태를 갖고 있기도 했다.

형태를 가진 빛들은 각자의 배경도 갖고 있었다.

어떤 배경은 수십 미터가 넘는 거대한 나무로 이루어진 숲이었으며, 또 다른 건 끝도 없이 펼쳐진 황금빛의 사막이었다.

고딕풍의 건물들이 가득 들어찬 도시도 있었고, SF영화 속 한 장면처럼 거대한 전함들이 날아다니는 광대한 우주도 보였다.

이혁은 사막에 앉아 있는 것처럼 보이기도 했고, 우주전함의 함교에 이상하게 생긴 생명체들과 섞여 있기도 했다.

그는 처음에 자신이 환상을 본다고 생각했다. 하지만 지금은 그가 보는 것들이 환상이 아니라는 걸 깨닫고 있었다.

'불멸'의 존재에 가까워지면서 그는 다른 시간과 공간 심지어 차원을 달리하는 세계까지도 보게 된 것이다.

아직 그가 보는 세계의 존재들이 그를 인식하지 못하고, 그 또한 그들과 접촉할 수는 없었다. 하지만 그의 경지가 깊어졌을 때도 이런 상태가 유지될 거라는 보장은 없었다.

그때가 되면 이혁은 시공간과 차원의 장벽을 넘어 저들 속에 실재(?)하게 될지도 몰랐다.

그는 스승 장문규가 간 곳도 저들 중 하나일 수도 있다는 생각을 하고 있었다.

그뿐만이 아니었다.

최근 이혁은 자신의 육신이 실재하는 것인지조차 의심스러울 때가 있었다.

지금처럼 맥주를 마실 때면 맥주의 분자 단위까지 느껴

지면서 몸이 맥주와 하나가 되는 듯했다. 아무것도 하지
않아도 그의 몸은 흩어져 공기와 하나가 되었다.

이건 단순한 착각이 아니었다.

손을 뻗어 창을 만지면 손이 유리와 하나가 되면서 아
무것도 없는 허공을 짚은 것처럼 창문 밖으로 뻗어나갔다.

벽 또한 마찬가지였다.

몸의 반이 벽을 통과해서 상체는 거실에 있고, 하체는
방에 있는 그런 기괴한 상황도 어렵지 않게 벌어졌다.

이혁은 자리에서 일어섰다.

총천연색으로 빛나는 수많은 빛이 그의 주변에서 너울
처럼 일렁였다.

다른 사람의 눈에는 보이지 않지만 그는 꿈결 같은 분
위기 속을 걷고 있었다.

그의 시선이 빛을 돌아보았다.

'아름답기만 하면 얼마나 좋을까. 귀신과 전생까지 뒤
섞여 있으니 마냥 좋아할 수만은 없다는 게 문제지.'

그랬다.

이혁이 보는 빛 중에는 어둡고 탁한 것도 적잖이 섞여
있었다. 그들은 음산한 귀기를 흘리고 있었는데 생기와
활력이 전혀 느껴지지 않았다.

죽은 자들이 영혼(靈魂)이었다.

이혁은 귀신까지도 보게 된 것이다. 더불어 마음만 먹
으면 다른 사람의 과거도 볼 수 있었다. 아직 미래까지는
보지 못했지만 이런 식의 변화가 가능한 걸 보면 그것도
조만간 가능해지리라.

장문규가 힘을 허락했던 반년 전의 하루 동안에는 이런 현상이 전혀 없었다.

만약 그때도 지금과 같았다면 이혁은 방금 전 중얼거린 것처럼 정신줄을 놓았으리라.

벌써 수개월째 겪고 있는 이혁조차 아직도 밖에 나갈 마음의 여유를 얻지 못했는데 누가 이런 현상을 겪으며 평정을 유지할 수 있겠는가.

이혁은 침대에 몸을 던졌다.

출렁!

큰 대자로 누운 그는 눈을 감았다.

'누나가 무슨 생각을 하는 건지 모르겠지만 까짓 거 따라주지 뭐. 처박혀 있다고 답이 나오는 게 아니라는 건 확실해졌으니까. 일상생활을 하다보면 단서를 찾을 수 있을지도.'

경지가 높아져도 변하지 않은 게 하나 있었다.

어딘가에 머리만 대면 자는 습관이 그것이었다.

피유우우우우—

곧 잠든 이혁의 숨소리가 방을 가득 채웠다.

"누나… 뭐, 뭐… 라는 거… 야?"

아침 식사를 끝내고 자리를 거실로 옮겨 커피를 마시던 이혁의 손에서 잔이 떨어졌다.

쨍그렁!

다행히 쇠처럼 단단하다는 평을 듣는 회사가 만든 잔이어서 깨지진 않았다. 하지만 남은 커피물이 이리저리 튀는 불상사는 피할 수 없어서 그의 발은 검은 물이 들었다.

물론 이혁은 지금 그런 걸 신경 쓸 정신이 없었다.

시은이 환하게 웃으며 말했다.

"귀에 말뚝을 박았니? 두 번이나 말했으면 알아들어야 하는 게 아닐까?"

이혁의 눈이 왕방울처럼 커졌다.

"그럼 지금 한 말이 진담이라는 거야?"

"응."

시은이 힘차게 고개를 끄덕이며 대답했다.

"헐······."

이혁의 입이 떡 벌어졌다.

그가 손가락으로 자신의 가슴을 가리키며 재차 물었다.

"진짜 나보고 대학을 가라고?"

"그렇다니까."

"내가 잘못 들은 거야? 어제 쉽게 해준다고 하지 않았어?"

"아니, 제대로 들었어. 내가 분명히 그렇게 말했지."

"그런데 난데없이 웬 대학? 내가 이 나이에 이 머리로 대학을 가면 쉴 수 있을 거라고 생각해? 진심으로?"

"응."

시은의 대답은 시원했다.

"마, 말··· 도 안··· 돼!"

이혁의 입에서 비명처럼 들리는 외마디 말이 흘러나왔다.

그가 말을 이었다.

"누나, 대체 무슨 생각을 하고 있는 거야?"

"네 말처럼 딱히 할 일도 없잖아. 그리고 어차피 쉬는 건데 그동안 네 머릿속에 모자란 인문학 지식과 고전의 지혜를 채워 넣는 것도 괜찮을 것 같아서."

"싫거든."

"나는 네게 거부할 권한을 허락한 적이 없거든."

"고등학교 갈 때는 내가 미성년자라 받아들였지만 이제는 나도 인생의 중대사를 혼자 결정할 수 있는 성인이라고."

"진짜?"

시은이 눈을 동그랗게 뜨며 물었다.

이혁은 뜨끔한 얼굴이 되었다. 시은이 저런 표정을 지을 때는 조심해야 했다.

"저기… 누나… 잊고 있나 본데. 몇 년 있으면 내 나이가… 서른인데… 세월이라는 게… 누나한테만 가는 게 아니야… 나도 세월을 먹는… 다구…….."

"진짜?"

시은이 같은 표정으로 또 물었다.

"아니, 그러니까. 누나 눈에 내가 여전히 어린 동생으로 보일 수도 있다는 건… 인정하는데 객관적으로 나도… 나이를 먹고 있다는…….."

"진짜?"

시은의 눈에 물기가 어렸다.

그녀가 말을 이었다.

"그러니까 네 말은 머리 굵어서 내 부탁을 못 들어주겠다는 거야? 아아아아…… 세상에 내 말에 귀를 기울여 줄 마지막 사람이라고 생각한 너마저… 나를 버리는구나…….."

시은이 탁자에 팔을 올리고 그 위에 얼굴을 묻었다.

이혁은 길게 한숨을 내쉬며 어깨를 축 늘어뜨렸다.

시은이 저렇게 나오면 거절이 불가능하다는 걸 그도 알고 시은도 안다.

그가 입을 열었다.

"알았어. 간다, 가. 가면 되잖아. 어느 대학이야!"

벌떡.

시은이 상체를 일으켰다.

언제 그랬냐는 듯 그녀의 얼굴엔 환한 미소가 떠올라 있었다.

"한국대!"

"이번에는 서울이군. 가까워서 다행이네."

"대전처럼 추적을 피하기 위해 선택하는 게 아니니까. 서양철학과 3학년에 편입하는 걸로 수속 다 해놨어. 근처에 하숙집도 구해놨고."

"하숙집? 전철 타도 한 시간이면 갈 수 있는 거리인데 뜬금없이 웬 하숙집?"

고개를 갸웃하며 한 질문에 시은은 생긋 웃었다.

"내가 같이 있으면 아무래도 자유로운 대학 생활이 어려울 것 같아서. 필요한 건 다 가져다 놨으니까 오늘 오후에 몸만 가면 돼. 갈 거라고 얘기도 해놨어."

"하여튼. 번갯불에 콩 구워 먹겠네. 알았어."

이혁은 자리에서 일어났다.

시은의 조치 중에 이상한 구석이 있다는 생각이 들긴 했다. 하지만 어차피 그녀의 뜻에 따르기로 하지 않았던가. 더 이상은 군소리에 불과할 뿐이었다.

에필로그

겨울이 지나지 않았음을 말해주듯 저녁 6시가 넘은 지 얼마 되지 않았는데도 사방은 어두웠다.

　"주소는 이 근처인데······."

　커다란 백팩을 오른쪽 어깨에 대충 둘러맨 장신의 청년이 중얼거리며 어둠에 잠긴 골목으로 들어섰다.

　골목은 차 한 대가 다닐 정도의 넓이였는데 위로 약간 경사가 져 있었다.

　주변의 집들은 단독과 원룸, 빌라가 섞여 있었고, 건물들과 거리가 깨끗한데다 가끔 다니는 사람들은 젊은 남녀들이어서인지 동네에서 활력이 느껴지는 듯했다.

　대문 옆에 붙어 있는 주소들을 훑어보며 걷던 청년이 가로등 아래에 도착하며 얼굴이 드러났다. 머리를 스포츠

형태보다 조금 긴 정도로 잘라 실제 나이보다 어려보이는 그는 이혁이었다.

그는 가끔 손에 든 스마트폰을 내려다보고 있었는데 그곳에는 보행자용 지도 앱이 실행 중이었고, 지도상에는 목적지가 붉은 점으로 표시되어 있었다.

골목을 따라 걷던 이혁의 걸음이 2층 단독주택 앞에서 멈췄다.

대문 옆의 명패에 적혀 있는 주소는 이 집이 그의 목적지임을 말해주고 있었다.

"여기로군."

30분 넘게 헤맨 끝에 도착한 터라 그의 얼굴에는 저절로 미소가 떠올랐다. 하지만 그 미소는 명패의 주소 아래 적혀 있는 한문으로 적힌 이름을 보고 의아함으로 바뀌었다.

[오정희.]

한문으로 적힌 이름은 '오정희'였다.

이혁의 고개가 천천히 모로 꼬였다.

"설마… 동명이인이겠지……."

들릴 듯 말 듯 작은 목소리로 중얼거린 그는 조금 망설이는 기색이 되었다.

'이 기분은 뭐지… 굉장히 불안한데… 봉인을 해제할까… 아서라, 작심삼일 된다. 참자.'

그는 잠실을 떠나기 전 능력을 잠정적으로 봉인했다.

언제든지 의지로 해제할 수 있는, 단순한 것이긴 해도 그는 능력의 봉인을 택했다. 그렇게 하지 않으면 언제 어디서 뭘 보게 될지, 얼마나 해괴한 것을 보게 될지 알 수 없었다.

그는 그런 식의 일상생활을 하고 싶은 생각은 눈곱만치도 없었다. 그래서 지금 그의 능력은 육체적 능력이 굉장히(?) 뛰어난 보통 사람에 불과했다. 당연히 집 안을 심안으로 보거나 하는 능력을 발휘하지 못했다.

그는 천천히 초인종을 눌렀다.

딩동! 딩동!

[누구세요?]

인터폰을 통해 활달한 젊은 여자의 목소리가 흘러나왔다. 어딘가 귀에 익은 듯한 목소리였지만 중년여인의 그것이 아닌 터라 이혁은 주의를 기울이지 않았다.

이혁은 빙긋 미소를 지었다.

'역시, 오해였어. 오 여사님 집이 이곳에 있을 리가 없지.'

생각을 하며 그가 인터폰에 입술을 대고 말했다.

"하숙하기로 한 학생입니다."

[아, 잠깐만요!]

덜컹!

말이 끝남과 동시에 대문이 열리는 소리가 났다.

이혁은 문을 열고 안으로 들어섰다.

마당이 넓은 집이었다.

겨울이 끝나지 않아서 잔디와 나무들은 아직 새순을 틱

우지 못하고 있었지만 봄이 되면 꽤나 보기 좋은 풍경이 될 것 같았다.

별생각 없이 현관문을 향해 걸어가던 이혁의 표정이 묘해졌다. 능력을 봉인했다고 하지만 예민한 감각까지 전부 사라졌겠는가.

그의 이마에는 여러 개의 밭고랑 같은 주름이 생겨났고, 미간은 깊게 패였다.

'아닐 거야… 아닐 거야… 아닐 거야… 착각일 거야… 착각이어야만 돼… 착각이지… 누나… 누나…….'

현관문 앞에 도착한 그는 깊게 숨을 들이쉬었다.

당장 발길을 돌릴까 하는 생각도 없지는 않았다. 하지만 그랬다가는 뒷감당을 하지 못할 게 뻔했다.

시은이 방방 뛰는 모습을 떠올리며 이혁은 현관문의 손잡이를 돌렸다.

눈부신 황금빛 머리카락을 휘날리며 누군가 바람처럼 그의 가슴으로 뛰어들었다.

"어서 와, 켄!"

"레나……."

그를 꼭 끌어안고 품 안에서 눈을 반짝이는 금발의 미녀는 레나였다.

그 뒤에서 팔짱을 끼고 못마땅한 얼굴로 그녀를 보고 있는 리마도 있었다.

그녀들만 있는 것도 아니었다.

"변태 오빠, 진심으로 환영!"

지수도 있었다.

그녀 옆에 나란히 서 있는 남녀는 남영주와 지윤이었다.

남영주가 환하게 웃으며 말했다

"오랜만이다."

그들 옆에 눈물을 글썽이고 서 있는 두 명의 미녀는 채현과 미지였다.

모두의 뒤에는 오정희 여사와 편정호가 있었다.

키가 작은 편정호가 까치발을 하고 이혁과 눈을 맞추며 말했다.

그가 곰처럼 두터운 어깨를 들썩이며 웃었다.

"살아 있을 줄 알았다, 흐흐흐."

자신을 환영하는 사람들을 보며 넋을 잃고 있던 이혁의 안색이 굳어졌다.

소름 끼치는 살기를 흘리는 사람이 바로 등 뒤에 서 있었다.

고개를 돌린 그의 시야에 이수하가 들어왔다.

그녀가 살벌하게 웃으며 말했다.

"내가 포기할 거라고 생각했다면 꿈 깨, 이혁!"

어깨를 축 늘어뜨린 이혁이 원망스런 표정으로 하늘을 올려다보며 외쳤다.

"누나, 차라리 나를 잡아먹어!"

밝은 빛을 뿌리는 보름달이 하숙집을 내리 비추고 있었다.

*　　　*　　　*

그는 통통한 손가락을 쪽쪽 빨았다.

방금 전에 먹은 당호로의 맛이 밴 손가락은 달착지근했다.

그는 아쉬운 표정으로 식탁을 내려다보았다.

십여 명이 둘러앉아도 자리가 남을 정도로 커다란 식탁은 텅 빈 그릇만 산더미처럼 쌓여 있었다.

그는 고개를 이리저리 돌리며 중얼거렸다.

"나 말고 누가 또 있나? 왜 음식이 벌써 동났지?"

자신 외에 아무도 없다는 것을 확인한 그가 혀를 내밀어 입술을 훑었다.

"내가 다 먹은 게 맞는 모양이군."

그래도 아직 남은 게 있었다.

그는 손을 뻗어 커다란 사발을 잡았다. 그 안에는 은은한 향기를 풍기는 차가 넘칠 듯 들어 있었다.

차를 앞으로 당겨 마시려던 그의 동작이 멈췄다. 그의 시선은 차 안에 들어 있는 환한 달을 물끄러미 바라보다가 고개를 돌렸다.

팔괘 문양을 한 열린 창문 밖으로 달이 보였다.

그의 눈매가 가늘어졌다.

"녀석, 제대로 하고 있나 모르겠군."

작게 중얼거리던 그가 사발을 들어 입에 댔다.

벌컥.

찻물을 한 입에 털어 넣고 사발을 내려놓은 그의 입술이 달싹였다.

"알아서 하겠지. 뭐, 잘 모르겠으면 장자라도 읽어보라고 했으니 그 정도면 진짜 친절하게 알려준 건데, 그래도 헤매면 팔자려니 하며 살아야지."

그는 빙긋 웃으며 의자에 등을 묻으며 자신의 귀에만 들릴 정도로 작은 목소리로 중얼거렸다.

"장자 대종사 편에 이르기를, 外天下(외천하) 外物(외물) 外生(외생) 見獨(견독) 無古今(무고금) 入於不死不生(입어불사불생)이라……."

열린 창문 사이로 시원한 바람이 불어와 그의 머리카락을 간질이며 지나갔다.

〈『켈베로스』 대미(大尾)〉

작가 후기

몇 년 걸려 완결하는 건지 기억도 안 날 정도로 오래 걸렸습니다.

이렇게 늦은 완결에 개인적으로 여러 가지 사정이 있었습니다만 제 글을 아껴주셨던 분들께는 죄송할 따름입니다. (_._)

완결하자마자 쓸 글이 또다시 제 어깨를 누릅니다.

철산대공과 또 다른 신작까지……

아무튼 최선을 다해서 쓰겠습니다.

아껴주시는 모든 분에게 항상 감사드리고 있습니다.

(_._)

1판 1쇄 찍음 2017년 2월 23일
1판 1쇄 펴냄 2017년 3월 3일

지은이 | 임준후
펴낸이 | 정 필
펴낸곳 | 도서출판 **뿔미디어**

편집장 | 문정흠
기획 · 편집 | 한관희

출판등록 | 2002년 9월 11일 (제081-1-132호)
주소 | 경기도 부천시 원미구 소향로 17번길(두성프라자) 303호 (우)420-864
전화 | (032)651-6513 / 팩스 032)651-6094
E-mail | bbulmedia@hanmail.net
비북스 | http://b-books.co.kr

값 8,000원

ISBN 979-11-315-7780-6 04810
ISBN 979-11-315-1140-4 04810 (세트)

www.bbulmedia.com